dtv

Reihe Hanser

Cat Jordan

Nichts als Liebe im Universum

Roman

Aus dem Englischen von
Ute Mihr

dtv

Ausführliche Informationen über
unsere Autoren und Bücher
www.dtv.de

MIX
Papier aus verantwortungsvollen Quellen
FSC® C083411

2019 dtv Verlagsgesellschaft mbH & Co. KG, München

Titel der Originalausgabe:
›Eight Days on Planet Earth‹
Published by arrangement with HarperCollins *Children's* Books,
a division of HarperCollins Publishers.

Umschlaggestaltung: Katharina Netolitzky unter Verwendung von
Fotos von Jeremy Thomas/Unsplash und Veronica Silva/Unsplash
Gesetzt aus der Berling 11/14˙
Satz: Fotosatz Amann, Memmingen
Druck und Bindung: CPI books GmbH, Leck
Gedruckt auf säurefreiem, chlorfrei gebleichtem Papier
Printed in Germany · ISBN 978-3-423-65030-4

Für meinen Vater, John,
der immer ein Stern sein wird.

Denk daran, zu den Sternen hinauf und nicht zu
deinen Füßen hinunter zu blicken.
Versuche zu verstehen, was du siehst
und warum das Universum existiert. Sei neugierig.
Stephen Hawking

Das Universum ergibt Sinn.
Wir sind bloß zu klein, um es zu verstehen.
DJ Jones

Ich würde gern daran glauben.
Fox Mulder

TAG EINS

6:02

Viel zu früh strample ich die Decke weg – immer noch auf Schule gepolt, weil erst seit ein paar Tagen Ferien sind –, wanke die hintere Treppe hinunter in die Küche, um Kaffee zu machen und dann mit Ginger, unserem etwas klein geratenen weißen Labrador spazieren zu gehen.

Der Steinboden unter meinen nackten Füßen ist kalt, und das Haus fühlt sich gespenstisch still an. Irgendwas fehlt, aber vielleicht bilde ich es mir ja ein. Kaffee hilft bestimmt.

Ursprünglich war unsere Küche ein Schuppenanbau, den mein Großvater in den Siebzigerjahren umgebaut hat. Damals war sie ziemlich modern, allerdings ist seit seinem Tod nichts renoviert worden. Wir haben eine der ersten Mikrowellen, die jemals hergestellt wurden, und eine Kaffeemaschine aus dem späten zwanzigsten Jahrhundert.

Ich bin wahrscheinlich der einzige Typ in meinem Bekanntenkreis, der im Schlaf Kaffee machen kann: Wasser, Filter, hundert Löffel Maxwell House (schmeckt bis zum letzten Tropfen), Knopf drücken, los geht's. Dann gehe ich mit Ginger raus. Bis wir heimkommen, ist der Kaffee fertig, und ich füttere Ginger und …

Ginger ist nicht da.

Ihre Hundehütte, die ich mit acht Jahren wie Snoopys rot angepinselt habe, ist leer.

»Ginger! Ginger! Hierher, Mädel!« Ich pfeife nach ihr, klatsche in die Hände und wecke wahrscheinlich die ganze Nachbarschaft, aber sie kommt nicht.

»Ginger! Ginger!« Ich halte die Luft an und lausche auf das Rascheln ihrer Pfoten im Gebüsch oder ihr Hecheln, wenn sie den kleinen Berg vom Wald heraufklettert. Alles ist still. Ginger ist schon oft weggelaufen, aber bisher immer wieder zurückgekommen, normalerweise pünktlich zu den Essenszeiten.

Ich klatsche noch ein paar Mal und pfeife, während ich einmal ums Haus herumgehe. Vielleicht steckt sie irgendwo fest, weil sie versucht hat, einen Ball zu erwischen oder einen Vogel? Aber unter den Bäumen und Sträuchern rührt sich nichts, und auch der Garagenvorplatz, wo mein Großvater einen Basketballkorb aufgestellt hat, ist leer.

Das offen stehende Garagentor zieht meinen Blick auf sich. Eigentlich sollte es geschlossen sein. Ich sollte ein Schild sehen, auf dem in fetten orangefarbenen Buchstaben auf ausgebleichtem Holz der Schriftzug *Farm der Familie Jones* prangt.

Ich trete ein paar Schritte näher. Ginger liegt genau dort auf dem Betonboden, wo normalerweise Dads Pickup steht. Ihr Kopf ruht auf ihren gekreuzten Vorderpfoten.

»Hallo, Mädel«, locke ich sie. »Was treibst du hier?«

Sie schaut mich mit großen braunen Augen an und scheint den Kopf zu schütteln. *Keinen blassen Schimmer.*

Der Pick-up. Wo ist Dads Pick-up? Moms Honda steht da, wo er hingehört, aber sonst liegt auf dem ölverschmierten Betonboden nur ein traurig dreinschauender Labrador-Retriever mit einem goldenen Aalstrich.

Das Herz rutscht mir in die Hose. Diese leere Garage fühlt sich falsch an. Auch Ginger ist das klar.

Mom ...

Ich gehe ins Haus. Meine Mutter sitzt an dem runden Holztisch in der Essecke und trinkt den Kaffee, den ich gemacht habe.

»Der Kaffee ist gut.« Dabei hebt sie ihren Becher hoch – ein Riesending aus Keramik, in das doppelt so viel passt wie in eine normale Tasse – und nickt. Sie trinkt jeden Morgen vor der Arbeit mindestens drei davon.

»Danke.«

Sie trägt nicht ihren üblichen Arbeitskittel, sondern die pinkfarbenen Shorts und das Tanktop, in dem sie gerne schläft, unter einem baumwollenen Bademantel und an den Füßen Flipflops. Auch ihr Pixie-Schnitt ist noch nicht für die Arbeit frisiert: Ihre braunen Haare stehen wie elektrisiert von ihrem Kopf ab.

Sie zeigt auf ihren Kaffee-Pott: »Gieß mir bitte noch was ein.«

Ich schenke mir selbst eine Tasse ein und fülle dann ihre wieder auf. Schwarz. Ohne Zucker. Ich selbst nehme zwei Würfel.

»Setz dich, Matty. Los«, drängt sie mich. In ihrer Stimme liegt eine gewisse Schärfe, ein Ton, der mich davor warnt, dass noch etwas kommt. Die Hand meiner Mutter gleitet in die vordere Tasche ihres Bademantels, und ich höre, wie ihre Fingernägel über Papier kratzen.

»Was ist das?« Mein Blick richtet sich auf ihre Tasche.

Moms Blick huscht von mir zu ihrem Schoß und wieder zurück zu mir. Dann zieht sie einen zerknitterten Umschlag heraus und lässt ihn eine halbe Ewigkeit auf ihrem Oberschenkel liegen. Ihre Finger zittern, und ihr Fuß wippt nervös, sodass die Plastiksohle ihrer Flipflops laut gegen ihre nackte Haut klatscht. »Dein Vater ...«

»Er ist weg«, sage ich, aber es klingt wie eine Frage. »Ist es ... ist es das, was du mir sagen willst?«

Ihr Atem stockt, als sie seufzt. »Ich glaube nicht ... also, ich weiß nicht genau ... nein, nein, natürlich weiß ich es. Er ist ... ja, er ist weg.«

Das Kratzen zieht wieder meinen Blick auf sich. »Und das ist ... eine Nachricht von ihm? Hat er uns ... dich ... verlassen, ich meine, hat er dir eine Nachricht hinterlassen?«

»Matty ...«

Ich entreiße meiner Mom den Umschlag. »›Liebe Lorna...‹« Das ist meine Mom. »›Es tut mir leid, aber Carol und ich ...‹« Mehr kann ich nicht lesen, bis meine Mom den Umschlag wieder an sich nimmt. Aber ich muss auch nicht mehr lesen. Ich weiß, wer Carol ist: die Frau von Onkel Jack, dem Bruder meines Vaters. Wie meine Mutter ist Jack zehn Jahre jünger als mein Dad, und Carol ist zehn Jahre jünger als Jack. Es ist also ... ziemlich erbärmlich, dass Dad ausgerechnet mit Carol durchgebrannt ist.

»So ist es eben.« Ich höre ein Zittern in meiner Stimme und schlucke, um es zu unterdrücken.

»Wir wissen es nicht.« Mom sieht zugleich sehr jung und sehr alt aus. Ihre Wangen sind übersät mit Sommersprossen, und die Haare an ihren Schläfen sind grau. »Wir wissen nicht, was passieren wird.«

»Ja, klar.«

»Er könnte …« Ihre Worte hängen in der schwülen Luft. Sie nimmt einen großen Schluck Kaffee, während ihr Blick durch die Küche huscht. Will sie wirklich, dass er wieder zurückkommt? Im Ernst? Ein Typ ohne feste Arbeit, der lieber den ganzen Tag twittert oder Blogposts schreibt? Ein Typ, der seinen Familienbetrieb verkommen und untergehen lässt, weil er zu faul war, sich darum zu kümmern?

Ich springe auf, und der Tisch wackelt. »Ich muss was essen.« Bei dem Wort »essen« jault Ginger auf. »Oh, Mist.« Ich beuge mich hinunter und kraule sie am Hals. »Tut mir leid. Dein Frühstück kommt gleich. Augenblick.«

Mom schwenkt ihren Becher. »Du hast das im Griff, ja?«

»Ja, keine Sorge.«

»Und dein Frühstück auch?«

»Wie alt bin ich? Zehn? Ich kann mir mein Frühstück selbst machen.«

Sie runzelt die Stirn.

»Sicher?«

»Äh, welches Gerät war noch mal der Toaster?« Ich

gehe zum Kühlschrank. »Das hier?« Ich klopfe gegen die Mikrowelle. »Oh nein, das hier, richtig?«

Für den Bruchteil einer Sekunde lächelt meine Mutter, aber dann presst sie die Lippen aufeinander. »Ich muss mich für die Arbeit fertig machen. Ginger und die Kaffeemaschine überlasse ich deinen fähigen Händen.« Schweigend trinkt sie ihren Kaffee aus und schaut mich nicht mehr an. Als ich einen Augenblick später einen Sack Trockenfutter vom Schrank herunterhole, spüre ich ihre Hand auf meiner Schulter. Meine Mom ist ungefähr dreißig Zentimeter kleiner als ich, zierlich und drahtig. Sie sieht gerade nicht so aus, aber sie ist eine tolle Mutter. »Hab einen guten Tag. Alles wird gut.«

Ich schüttle den Gedanken ab, dass die Abwesenheit meines Vaters in irgendeiner Weise Einfluss auf meinen Tag, meine Woche und/oder mein Leben haben könnte. »Logo, es ist Sommer. Wird super.«

Für einen langen Moment hält sie meinen Blick fest, und währenddessen versuche ich herauszufinden, was sie denkt. Sind wir auf einer Wellenlänge, was meinen Vater angeht? Das ist keine große Sache, oder? Wir sind nicht am Boden zerstört, oder? Unsere Blicke treffen sich, und sie schaut auf einmal weg, als ob sie zu viel gesagt oder zu viele Gefühle offenbart hätte. »Ja, dann ist ja gut.«

Sie sieht aus, als könnte sie eine Umarmung vertragen, aber in der Familie Jones ist man nicht besonders emotional. Es wäre komisch, sie zu umarmen. Stattdessen salutiere ich, als sie durch die Tür hinausgeht.

Dann schaufle ich Trockenfutter in Gingers Napf und

denke dabei an den Brief in der Tasche meiner Mutter. Was hat mein Vater sonst noch geschrieben? Steht irgendwas über mich darin? Nicht dass mich das interessieren würde. Er hatte immer seinen eigenen Scheiß am Laufen, der nichts mit uns zu tun hatte. Vielleicht ist er jetzt endlich glücklich.

Ich höre, wie meine Mutter in ihrem Zimmer direkt über der Küche mit leichten Schritten vom Schrank zur Kommode und dann zum Bett geht. Es ist nicht leicht gewesen, David James Jones' Frau zu sein: Mom muss schon eine ganze Weile lang die Familie zusammenhalten. Vielleicht kann sie jetzt auch endlich glücklich sein.

12:04

Ich warte bis Mittag und schreibe dann Brian. Er und Emily sind Langschläfer. Eigentlich lebt die ganze Familie Aoki einen komplett anderen Rhythmus als wir. Spät ins Bett, lange schlafen. Vielleicht sind wir immer mit den ersten Sonnenstrahlen wach, weil wir früher Farmer waren.

Hallo, treffen wir uns?, schreibe ich ihm.

Hallo, jap, ist die Antwort. Mehr brauchen wir nicht.

Wir treffen uns wie immer auf der Rückseite des alten Autokinos hinter der riesigen Leinwand aus Gips. An den Wochenenden finden hier Tauschbörsen statt, aber unter der Woche ist es leer. Brian und ich hängen hier zusammen ab, seit wir Kinder sind. Zuerst fuhren wir mit unseren Bonanza- und BMX-Fahrrädern herum. Als wir vierzehn wurden, besorgten wir uns preisgünstige Motorräder. Seit drei Jahren wühlen wir den Boden auf wie Profis.

Ha. Nein.

Einmal bauten wir mit unbearbeitetem Holz und Zementblöcken, die wir am Straßenrand fanden und in das Autokino schleppten, eine Rampe. Brian versuchte, ohne jede Anleitung oder Übung von der Rampe zu springen.

Ich habe nie wieder so viel Blut aus einer einzigen Nase fließen sehen. Sein Gesicht stieß gegen den Zement wie ein mit Creme gefüllter Doughnut. *Patsch.*

Brian war noch ein Baby und seine Schwester Emily gerade mal ein Kleinkind, als die Aokis in das Steinhaus ganz am Ende unserer Landstraße zogen. Da wir die einzigen Jungs in der ganzen Straße sind, wurden wir Freunde, sobald wir sprechen konnten. Em hing auch mit uns rum, aber in unseren Augen war sie irgendwie kein Mädchen, und außerdem besaß sie vor uns den Führerschein, und das gab ihr einen Bonus.

»Hey«, ruft Brian mir zu, als er auf die Kinoleinwand zufährt. Er trägt abgeschnittene Cargo-Hosen und ein schwarzes T-Shirt, das sich über seinem Bauch bläht. Brian war sich schon immer seines Körpergewichts sehr bewusst. Sein Vater bekam mit vierzig Diabetes und predigt Brian seither, dass er abnehmen und richtig essen müsse.

Bitte. Die Taschen der Hose sind vollgestopft mit Almond-Joy-Schokoriegeln, nicht mit Grapefruit.

Beziehungsweise mit Almond-Joy-Schokoriegeln und Gras. Er zieht noch zwei Mal rasch an seinem Joint und reicht ihn mir. Ich schüttle den Kopf, er zuckt mit den Achseln und nimmt noch einen Zug. »Selbst schuld.«

»War das Ding auch während der Fahrt an?«

»Schon möglich.«

Ich lache. »Idiot.«

»Ich bin sehr talentiert.«

»Klar. Deshalb hast du auch in allen Fächern eine Vier …«

Er fuchtelt mit dem Joint in der Luft herum, um seine Worte zu unterstreichen: »Stimmt nicht. In Geschichte hab ich eine Drei.«

Geschichte ist an unserer Highschool ein Witz. Hier ist noch nie jemand durchgefallen. Selbst der schlechteste Schüler – und das war Brian wohl – bekam nicht weniger als eine Drei minus. Wir beide starten mit einem ähnlich miserablen Durchschnitt in unser letztes Schuljahr. Ich, weil ich mich zu Tode langweile, und Brian, weil er, na ja, er ist nicht dumm, aber er kifft lieber als zu lernen.

»Was machen wir heute?«, fragt er und beschattet die Hände mit den Augen, während sein Blick durch das leere Autokino schweift. Überall Relikte einer vergangenen Epoche. In der trockenen Erde stecken Metallstäbe, verbogen und niedergedrückt von Wind und Wetter und wahrscheinlich auch von Brian und mir, als wir jünger waren. Früher hingen Boxen, die man an Autofenstern befestigen konnte, an ihren Kabeln, aber sie sind vor ein paar Jahren verschwunden. Von den ursprünglichen Gebäuden steht bloß noch die verlassene Imbissbude, und das auch nur, weil die Organisatoren der Tauschbörse einen Raucherbereich brauchten.

»Keine Ahnung. Wozu hast *du* Lust?«

»See?«

»Etwa schwimmen?« Mein pummliger Kifferfreund kann sich höchstens treiben lassen, aber er würde niemals freiwillig Sport treiben.

»Schwimmen? Alter, bitte.« Er nimmt noch einen Zug aus dem Joint und hält ihn tief in seiner Lunge. »Nur rumhängen«, stößt er mühsam hervor, bevor er den Rauch ausatmet. Der süßliche Geruch verflüchtigt sich sofort in der staubigen Luft.

»Rumhängen?« Ich weiß, was er am See will: die Rettungsschwimmerin anglotzen, auf die er steht. »Vielleicht braun werden? Ja? Oder vielleicht ein Boot mieten? Nein!« Ich schnipse mit den Fingern. »Ein Paddlebord!« Ich tue so, als würde ich ein unsichtbares Ruderblatt durchs Wasser ziehen, und wische mir imaginären Schweiß von der Stirn.

»Du mich auch, Jones.«

»Los, sag es.«

»Was.«

»Sag ihren Namen. Los.« Ich stupse ihn mit zwei Fingern in die Brust. »Mir. An. Da.« Ich stupse ihn noch einmal, und er rutscht vom Sattel seiner Geländemaschine. Dann beuge ich mich zu ihm und flüstere ihm ins Ohr. »Du weißt, dass du sie willst.«

Brians Wangen werden rot. »Idiot.« Er hebt den Joint hoch, zwickt das Ende mit seinen Fingernägeln ab und steckt ihn in die vordere Tasche seiner Shorts. »Brauchst gar nicht zu fragen. Du bekommst nichts.«

Ich zucke mit den Achseln. »Egal.« Uii, er steht also auf ein Mädchen.

Und ich muss, wahrscheinlich wegen ihrer gemeinsamen DNA oder so, auf einmal an Emily denken.

Brians Schwester hat das herzförmige Gesicht ihrer Mutter und Grübchen in den Wangen, wenn sie lächelt, kastanienbraune Haare, die sie meist in einem Pferdeschwanz trägt, und Rundungen, die sie unter Levis und einem Eagles-Sweatshirt verbirgt. Ein paar von uns Jungs wissen, dass sie einen Wahnsinnskörper hat, aber sie ist dauernd in Bewegung. Feldhockey im Herbst, Tauchteam im Winter, Softball im Frühling. Em ist eine Team-Playerin, auch wenn das Team nur aus mir und Brian besteht.

Ich und Em haben ein bisschen miteinander rumgemacht. Aber das ist jetzt vorbei.

Miranda hingegen, das ist eine ganz andere Sache. Sie befindet sich so weit außerhalb von Brians Liga, dass sie auch auf einem anderen Planeten sein könnte. Ich meine, sie ist Rettungsschwimmerin! Total durchtrainiert, seit dem Kindergarten eines der beliebtesten Mädchen der Schule, herausragende Noten. Mit ihrem glänzenden schwarzen Haar – nennen wir es seidig glänzend – und ihren hohen Wangenknochen sieht sie eher aus wie ein Model als eine real existierende Person.

Jeder normale Typ, wie ich, wüsste, woran er bei einem Mädchen wie Miranda ist. Aber Brian ... Ich mag ihn wirklich gern, aber er ist nicht normal. Er glaubt wirklich, dass er eine Chance haben könnte, sie abzuschleppen.

Was nicht unbedingt dazu beiträgt, ihm diese Illusion zu nehmen, ist die Tatsache, dass Emily im selben Tauchteam war wie sie. Also weiß sie, dass Brian eigentlich nicht Kröte heißt, wie die meisten Mädchen ihn nennen.

»Egal, ich muss los. Hab noch was zu tun.« Ich schwinge das Bein über den Sattel.

Brian verdreht die Augen. »Was zu tun? Hast du etwa einen Job?«

Wir wissen beide, dass der »Job«, den ich im vergangenen Jahr hatte, weg ist. Schon damals im Sommer lief der Stand auf unserer Farm nicht mehr und brachte mit dem Verkauf von frischen Eiern und Zuckermais an die Nachbarn nur ein paar Öcken ein. Aber die Hühner haben wir letzten Herbst gegessen (sorry, Hühner), und der Mais ist verdorrt.

Ich starre auf den Boden unter den Vorderreifen meiner Maschine. Hart. Trocken. Leer. Drei lange Monate liegen vor mir. Meine Güte, worauf kann ich mich diesen Sommer freuen? Gras rauchen und Motorrad fahren mit Brian? Zuschauen, wie er sich zum Narren macht, während er Miranda anschmachtet?

Klingt wie der direkte Weg zu einem Leben als Loser. Wie der Vater, so der Sohn.

»Ich hätte einen Job für dich«, sagt Brian. »Lieferungen«, fügt er mit gesenkter Stimme hinzu und schaut sich verstohlen um.

Ich kenne diesen Blick. »Ich werde kein Grasdealer.«

»Ich hab von Lieferungen gesprochen. Wer hat irgendwas von Dope gesagt?«

Ich setze mich wieder auf meine Maschine und verschränke die Arme vor der Brust. Brauche ich so dringend Geld? Wir leben schon lange von Moms Einkommen, aber wie lange das noch geht, weiß ich nicht. Großvaters Farm und das Haus sind zum Glück abbezahlt, aber ich kenne mich in Finanzdingen gut genug aus, um zu wissen, dass es Steuern und andern Mist gibt, der jeden Monat fällig ist. Ich habe oft gehört, wie Mom und Dad spätabends darüber gestritten haben, dass Dad mehr beitragen, dass er mehr Verantwortung übernehmen und den *Tatsachen ins Auge sehen* müsse. Das ist einer der Lieblingssprüche meiner Mutter, wie zum Beispiel in: »Sieh den Tatsachen ins Auge, DJ, diese Farm führt sich nicht von allein.« Oder: »Sieh den Tatsachen ins Auge, Matty, du schlägst dir den Kopf auf, wenn du keinen Helm trägst.«

Ich frage mich, ob sie auch zu sich selbst sagt: *Sieh den Tatsachen ins Auge, Lorna, der Idiot ist weg, und er kommt nicht wieder zurück.*

Aber das ist gut so. Oder?

Ich höre das Klicken eines Feuerzeugs und schaue auf. Brian hat einen neuen Joint in der Hand, einen von der schlanken Sorte, aber der wird es schon tun. Allerdings zündet er ihn nicht selbst an, sondern reicht sowohl das Feuerzeug als auch den Joint mir.

»Du siehst irgendwie so aus, als würdest du's brauchen«, sagt er.

Ohne Zögern zünde ich ihn an, nehme zwei schnelle Züge und halte den Rauch in meinen Lungen, so lange ich kann. Dann gebe ich den Joint zurück und atme aus.

»Also dann ... zum See?«, frage ich Brian.

Mein Freund schüttelt den Kopf. »Nö, passt.«

Ich wende mein Gesicht dem Himmel zu und spüre, wie die Sonne meine Wangen wärmt. *Ja, passt.*

Schon bald verwandelt sich jeder Muskel in meinem Körper in Wackelpudding, und mein Kopf fühlt sich an, als wäre er mit Helium gefüllt und würde sich immer weiter in das Universum ausbreiten. Flüchtige Erinnerungsschnipsel an Dad und mich, an andere Sommer poppen in meinem Gehirn auf.

»Hast du jemals darüber nachgedacht, was es dort oben gibt, Junior? All die unzähligen Sterne in unserer Galaxie?«, fragte mich mein Vater oft, als ich klein war. Streng genommen bin ich kein Junior, weil er David James heißt und ich David Matthew, aber das war mir egal. Damals wenigstens. In warmen Sommernächten saßen wir draußen. Er zeigte zum Himmel hinauf und fuhr mit dem Zeigefinger vom Nordstern aus zum Großen Wagen hinunter. Oder erklärte den Unterschied zwischen Sternbildern und Sterngruppen und wie Pluto erst vom Planeten zum Stern degradiert und dann wieder zum Zwergplaneten hochgestuft wurde.

Als die Weiden im Spätherbst kahl wurden, konnten wir von der Veranda aus das Feld sehen. Mom erlaubte nicht, dass wir zu viel Zeit dort verbrachten. »Wenn dein Vater auf diesem Feld wohnen könnte, wurde er es auf der Stelle tun, Matty«, sagte sie dann mit einem nervösen Lächeln. »Pass auf, dass du dich davon nicht anstecken lässt.«

Mein Vater lachte dann und wischte ihre Bedenken weg: »Wird er nicht, Lorna, wird er nicht.« Aber kaum war sie weg, flüsterte er: »Das gehört zu unserer Geschichte. Zur Geschichte der Familie Jones. Es ist etwas Besonderes. Ich bin etwas Besonderes. Wir sind etwas Besonderes.«

Etwas Besonderes. Mein Vater wurde geboren, um bedeutend zu sein, um etwas Bedeutendes zu tun. Er wusste das, weil in der Nacht seiner Geburt auf dem Feld gleich neben seinem Zuhause ein Raumschiff landete. Es landete genau im Augenblick seiner Geburt. Zufall?

Zufälle gibt es nicht. Nicht im Zusammenhang mit dem Universum.

Im Jahr 1965 landete in unserem kleinen Ort im ländlichen Pennsylvania ein Raumschiff, so erzählten sich zumindest die Einheimischen. Es stürzte um zwei Uhr morgens in der Nähe der Farm der Familie Jones in eines der Maisfelder, das Großvater Jones damals gehörte. Er sah nicht, wie es landete, aber er spürte es – der ganze Ort spürte es. Einige Bewohner berichteten, sie hätten einen Feuerball am Himmel gesehen, und dann habe die Erde gebebt. Andere dagegen meinten, die Luft sei elektrisch aufgeladen gewesen wie sonst nie zuvor. Uhren blieben stehen. Die Türen von Kühlschränken und Backöfen gingen auf und wieder zu. Lichter flackerten.

Mein Großvater, der nicht unbedingt für seine Neugier bekannt war, warf eine Decke über seine Frau, die gerade ihren ersten Sohn geboren hatte, und rannte ohne ein weiteres Wort hinaus. Als er eine Stunde später wieder zurückkehrte, war sein Gesicht grau, und seine Kleider waren voller Ruß. Ruhig nahm er das wimmernde Neugeborene hoch, flüsterte ihm etwas ins Ohr, und der Säugling hörte sofort auf zu weinen. Meine Großmutter sollte niemals erfahren, was er gesagt hat.

Das Feld brannte die ganze Nacht, obwohl Feuerwehrleute aus dem gesamten Bezirk tapfer gegen die Flammen ankämpften. Als am nächsten Morgen die Sonne über der Farm aufging, herrschte ein Aufruhr auf dem Feld. Hunderte von Großvaters Nachbarn hatten sich um einen riesigen Kegel aus Metall versammelt, der im Boden steckte, als hätte ihn eine gewaltige Hand hineingestoßen. An der Basis waren merkwürdige Hieroglyphen eingraviert, die niemand jemals zuvor gesehen hatte, was nicht allzu viel heißt, denn der Ort ist recht abgelegen. Die Lokalpresse machte Fotos und interviewte Zeugen.

Die Aufregung, sagten jene, die dabei waren, sei mit Händen zu greifen gewesen. Endlich etwas, das dem Ort zu Ansehen und Bekanntheit verhalf! Ob man nun glaubte, dass es sich um ein Raumschiff von Außerirdischen oder ein Wrackteil eines russischen Raumfahrzeugs handelte – erstaunlich war der Umstand, dass in unserem Kaff überhaupt was passiert war.

Das war am 9. Dezember 1965.

Am 10. Dezember kam das Militär und nahm alles mit.

9:28

Das Mittagessen verläuft ruhig. Ohne Dads Stimme, die sehr schneidend werden kann, wenn er vor sich hin schwatzt, kommt mir das Haus noch größer und leerer vor. Mom ist auf dem Heimweg von der Arbeit bei Kentucky Fried Chicken vorbeigefahren und hat uns was zu essen besorgt. Das hilft ein bisschen. Fett lindert viel Leid.

Nicht dass wir leiden würden. Weder ich noch Mom.

»Was hast du heute gemacht?«, will sie bei Wein und Cola wissen. Sie hat wieder ihren pinkfarbenen Pyjama an, sodass ich mich frage, ob sie wohl so zur Arbeit gegangen ist und ich es bloß nicht bemerkt habe. Aber nein, meine Mutter ist taff, nicht verrückt.

Ich zucke mit den Achseln. »Eine Katze von einem Baum gerettet. Einer alten Dame über die Straße geholfen. So Zeug eben.«

»Nett.«

»Und du?«

»Hab die Welt vor einem tödlichen Virus bewahrt.«

»Verdammt. Eins zu null für dich.«

Meine Mutter wedelt mit einem Hühnerschlegel durch

die Luft. »Na ja, es war nur eine Person, und die hatte eine Halsentzündung, *aber es hätte auch die Pest sein können.*«

»Aber du hast es verhindert.«

»Ich habe es verhindert.« Sie will in das Hühnerfleisch beißen, nimmt aber stattdessen einen Schluck Wein. »Was steht für morgen an? Wieder dasselbe?«

Ich lege kauend den Kopf schief. »Das ist wohl das Wahrscheinlichste.« Was stimmt. Vielleicht gehen wir an den See oder fahren, wenn es knalleheiß ist, zu der Mall am Ortsrand und aalen uns in der Luft der Klimaanlage. »Und du?«

Meine Mutter legt das Hühnerbein ab und reibt sich mit Daumen und Zeigefinger die Augen, als wollte sie ihre Augäpfel herausnehmen. »Ich sollte mich mit Jack treffen.«

Das ist mein Onkel. Carols Mann. Dads Bruder. »Er weiß es noch nicht?«

Mum macht ein finsteres Gesicht. »Glaubst du nicht, dass er auch einen Brief bekommen hat?« Bevor ich antworten kann, atmet sie hörbar aus. »Sein Brief strotzte wahrscheinlich nicht vor Fehlern. Immerhin hat Carol die Universität besucht.«

Und Dad war in die Schule des Lebens gegangen.

»Er weiß vielleicht mehr darüber, was hier gespielt wird«, sagt sie.

Ich beiße in ein Stück Keulenfleisch und kaue nachlässig. »Was meinst du damit? Was musst du sonst noch wissen?«

Mom legt die Hände auf den Tisch. »Ganz so ... Ganz so einfach ist es nicht, Matty. Wenn jemand geht ...«

»Machen diejenigen, die zurückbleiben, mit ihrem Leben einfach weiter.« Warum versteht sie das nicht?

Sie will etwas sagen, ihr Mund öffnet sich und bewegt sich, aber dann hält sie lächelnd inne. »Du hast recht. Genau das machen wir. Aber ... Jack und ich müssen trotzdem reden.« Als sie sieht, dass ich protestieren will, fügt sie rasch hinzu: »Die Farm gehört auch ihm. Vielleicht hat er was damit vor, jetzt, wo DJ weg ist.«

»Glaub ich nicht. Was sollte er mit der Farm? Die ist tot. Und selbst wenn sie gut laufen würde, er hat doch einen Job.«

Mein Onkel ist Autohändler. Er hat Carol vor ungefähr fünf Jahren kennengelernt, als sie ein Auto gesucht hat. Gekauft hat sie keins, aber sie hat Jack geheiratet. Rückblickend hätte mein Onkel sich lieber mehr darum bemühen sollen, ihr das Auto zu verkaufen.

»Matty, ich hab keine Lust auf Diskussionen. Ich bin müde. Es war ein scheißlanger Tag.« Meine Mom stützt das Kinn in die Hände. »Räumst du heute ab?«

»Ja klar, sicher.« Ich lasse den Blick über den Tisch wandern. Den Rest des Hühnchens und der Beilagen kann ich noch problemlos vertilgen. Nur die grünen Bohnen nicht. Wer mag so was?

»Danke. Übrigens kann ich morgen früh selbst Kaffee machen. Schlaf, solange du willst.« Ihre Worte klingen ein bisschen undeutlich. Zu viel Wein, zu wenig Huhn? Nö, wahrscheinlich ist sie einfach nur müde.

Sie nimmt ihr Glas und geht. Da fällt mir etwas ein. »He? Du hast ihn angerufen, oder? Du hast ihn auf dem Handy angerufen?«

Meine Mutter schüttelt den Kopf und hält dann inne: »Oh. Nein. Hab ich nicht.«

»Wolltest du ... soll *ich?*«

Ihre Augen leuchten auf. »Würdest du?«

Ich greife nach meinem Handy und scrolle durch meine Kontakte. Steht er unter »Dad« oder unter »DJ«?

»Die haben auch GPS, oder?« Mom schleicht zurück zum Tisch. »Dann könnten wir ihn mithilfe seines Handys finden?«

»Er wird nicht ... Mom, er wird nicht *vermisst.*«

Die Wangen meiner Mutter röten sich. »Ich weiß.«

Ich berühre das Telefonsymbol neben der Nummer meines Vaters und warte auf die Verbindung. Überdeutlich nehme ich das angespannte Atmen meiner Mom neben mir wahr. Es klingelt einmal, dann zweimal, dann ...

Die gespenstischen Klänge des Raumschiff-Enterprise-Transporters hallen durch das leere Haus.

Dads Klingelton. Er hat sein Handy hiergelassen.

Mom macht ein langes Gesicht, hat sich aber schnell wieder im Griff. »Alles klar ... dann ... dann informiere ich Jack.« Sie drückt sich vom Tisch weg.

»Ja klar.« Warum *sorgt* sie sich? Er ist weg, und es ist egal. Wir brauchen ihn nicht.

Kaum hat meine Mutter den Raum verlassen, erfasst mich eine große, ekelhafte Welle von Übelkeit. Ich hab mich einfach übergessen. Rasch packe ich die Reste ein und verstaue sie im Kühlschrank. Wir können sie zum Frühstück vertilgen.

Ein Jaulen lässt mich zusammenschrecken. Ginger steht vor der Fliegengittertür. »Du willst raus, Mädel?« Ihr

Schwanz wischt auf dem Boden hin und her. Ich entriegle die Tür, und sie schießt wie der Blitz in Richtung Feld, sobald ich die Tür geöffnet habe. »Wenn du rausmusst, musst du raus.«

Während ich darauf warte, dass sie pinkelt und ein bisschen im Garten herumschnüffelt, schreibe ich Brian und ärgere ihn wegen Miranda. Ginger kommt normalerweise schnell wieder zurück, um sich schnaufend und Schwanz wedelnd ein Betthupferl abzuholen. Aber nach ein paar Minuten ist sie immer noch nicht wieder zurück.

Ich strecke den Kopf hinaus in die Dunkelheit und schaue mich um. Sie ist weder im Garten neben dem Haus, um ihr Geschäft zu machen, noch wartet sie in ihrer Hundehütte auf einen Kauknochen.

»Ginger! Ginger! Komm her, Mädel!« Ich klatsche in die Hände und pfeife.

Als Antwort erhalte ich nur Stille.

Was zum Teufel ... Wo ist sie? Echt, dieser Hund. Ich trete in den Garten, lege meine Hände um den Mund und rufe ihren Namen, bis ich heiser bin.

Gut, meinetwegen. Soll sie die ganze Nacht draußen bleiben. Sie wird wieder zurückkommen. Sie muss fressen.

Draußen auf dem leeren Feld, dem »Weltraum-Feld«, bewegt sich etwas und erregt meine Aufmerksamkeit. Etwas Goldenes blitzt auf – das muss mein Hund sein. »Ginger? Ginger!« Im Licht des Mondes kann ich gerade noch erkennen, wie ihre Schwanzspitze hin und her wedelt. Verdammter Hund.

Das Feld ist nicht weit weg – knapp fünfzig Meter –, aber ich muss einen Bach überqueren, um dorthin zu gelangen. Mein Dad bezeichnet ihn in seinem bescheuerten Dialekt als »Bächle«. Wasser gurgelt über bemooste Steine, und die Zweige der Trauerweiden hängen in einem dichten Gestrüpp in das Wasser. Vorsichtig springe ich von Stein zu Stein und schiebe die biegsamen Zweige zur Seite, bis ich die andere Seite erreiche.

Das Feld ist nicht leer.

Da ist mein Hund. Und ... ein Mädchen.

Ich blinzle ein paarmal, um sicherzugehen, dass es keine Täuschung durch das Mondlicht ist, aber nein. Ginger sitzt zu Füßen eines Mädchens.

Mein Vater erzählte immer, dass die Leute die ganze Küste hinauf- oder herabgefahren seien, um sich das Weltraum-Feld anzuschauen, um *seine Energie zu spüren,* wie er sagte. Aber das war vor vielen Jahren. Seit ich auf der Welt bin, waren vielleicht zwei Dutzend oder dreißig Besucher herbeigeströmt und hatten Fotos gemacht.

Aber niemand war mitten in der Nacht gekommen. Da gibt es buchstäblich nichts zu sehen.

Das ist wirklich komisch. Mir läuft ein Schauer über den Rücken, obwohl die Luft ruhig und warm ist.

»Hallo!«, rufe ich beim Näherkommen. »Belästigt mein Hund dich?« Ich will sie nicht erschrecken. Merkwürdiger Typ. Merkwürdiger Hund. Merkwürdige Nacht.

Sie dreht sich zu mir, und ich sehe den Umriss ihres Körpers, lange, schlanke Beine, eine schmale Gestalt, seltsam dünn. Ihre Arme baumeln von ihren Schultern, als wären sie an einer Wäscheleine aufgehängt, und ihr schulterlanges Haar sieht im Licht des Mondes weiß aus. Nicht blond, sondern einfach ganz weiß.

Ich hebe die Hand, winke ihr zu und erwarte, dass auch sie die Hand hebt, aber sie steht einfach reglos da. Ich weiß, dass sie mich sieht. Egal. Ich bin hier, um den Hund zu holen und dann heimzugehen.

»Ginger! Komm, Mädel! Lass uns heimgehen!«

Ginger, die Treulose, schaut zu dem Mädchen auf und ignoriert mich komplett.

»Es gibt Leckerli, Ginger! Komm! Zeit für Leckerli!« Nicht mal das führt sie in Versuchung. Ich wünschte, ich hätte einen Keks dabei oder ein Stück von dem kalten Hühnchen, aber ich stehe mit leeren Händen da.

Wie aus dem Nichts erhebt sich auf einmal ein Wind, fährt unter Blätter und Papierfetzen auf dem Boden und wirbelt sie in die Luft. Die Brise fühlt sich an, als wäre sie elektrisch aufgeladen, und die Haare an meinen Armen und im Nacken richten sich auf.

Was zum Teufel …

Die Arme des Mädchens heben sich, als wollte sie flüchten, aber stattdessen bewegt sie ihre Hände und Finger wellenartig, als wäre die Luft etwas, das man festhalten und berühren kann. Ihre langen Finger greifen nach einem Blatt, nach einem Bonbonpapier, aber beides wirbelt aus ihrer Reichweite, als wollte es sie necken, und entkommt dann.

Ich höre ein freudiges Juchzen, ein leise gewispertes Lachen, als sie endlich ein Blatt erwischt. Beide Hände halten es voller Ehrfurcht, als wäre es etwas Heiliges, dann bringt sie die Handflächen näher zu ihrem Gesicht.

Will sie das Blatt essen? Nein, das wäre verrückt. Meine

Füße finden ihren Weg näher zu ihr hin, bis ich nur noch einen halben Meter vor ihr stehe. Gebannt beobachte ich, wie sie sich das Blatt an die Nase hält und daran riecht. Auf einmal schnellt ihre Zunge hervor.

»Nein!«, rufe ich. »Wahrscheinlich hat mein Hund daraufgepinkelt.«

»Wahrscheinlich hat mein Hund daraufgepinkelt.« Habe ich das wirklich gerade gesagt?

Na ja, ja, hab ich.

Der Wind legt sich genauso schnell, wie er aufgekommen ist, als hätte mein Ausruf irgendwie gestört. Das Mädchen schaut zu mir auf, und ihre Augen werden schmal.

»Äh, hi«, sage ich noch einmal. Ihr Blick ist so eindringlich, bohrt sich in mich hinein, als würde sie mich untersuchen. Ich beuge mich zu Ginger hinunter und tätschle ihren dicken, dummen Kopf. »Okay, Ginger, lass uns gehen.« Wieder ignoriert sie mich, aber diesmal packe ich ihr Halsband und ziehe sie hoch. »Komm schon, Mädel«, dränge ich, aber ich habe es mit dreißig Kilogramm Eigensinn zu tun. »Ginger. Lass. Uns. Gehen.«

Ich komme mir in Gegenwart dieses Mädchens wie ein Idiot vor. »Äh, das passiert manchmal. Sie hat manchmal ihren eigenen Kopf, weißt du?«

Es entsteht eine lange Pause, bis das Mädchen antwortet. »Sie ist ein Hund, oder?«

Habe ich richtig gehört? Ginger ist groß, aber sie ist nicht so groß wie ein Pferd oder eine Ziege oder so. »Sie ist ein Labrador. Ein Retriever.« Als ich sehe, dass das Mädchen den Kopf schräg legt, erkläre ich: »Wenn ich einen Ball oder irgendwas werfe, holt sie ihn und bringt ihn zu mir zurück, verstehst du?«

Das Mädchen hebt eine weiche, schwarze Tasche auf, die neben Ginger auf dem Boden liegt. Fast erwarte ich, dass sie einen Tennisball rausholt, um meine Aussage auf die Probe zu stellen, aber stattdessen zieht sie ein kleines Notizbuch heraus, das von einem dicken Gummiband zusammengehalten wird. Nachdem sie sich von mir abgewandt hat, um ihre Notizen vor meinem Blick zu schützen, kritzelt sie rasch etwas in ihr Buch.

Weiß sie echt nicht, dass Ginger ein Hund ist? Ich schüttle innerlich den Kopf. Nein, das kann nicht sein. Wahrscheinlich weiß sie nur nicht, was ein Labrador Retriever ist. Apropos ...

»Komm schon, Ginger, du faules Stück ... Lass uns heimgehen.« Aber der Hund hockt mit seinem Hinterteil fest auf dem Boden.

»Ist das dein Zuhause?«, höre ich das Mädchen fragen.

»Ja, da drüben.« Ich zeige mit der Hand in Richtung der Trauerweiden, und sie zieht hörbar die Luft ein.

»Der Baum ist dein Zuhause?«

Ich lache. »Äh, nein. Hinter dem Baum. Das Haus hinter dem Bächle – ich meine – Bach.« Ich schaue über den schmalen Wasserlauf zu meinem Haus. In der Küche brennt noch Licht und im Zimmer meiner Mutter auch.

»Und du, äh, du wohnst auch hier in der Gegend?«, frage ich das Mädchen. Ich bin mir ziemlich sicher, dass ich sie noch nie gesehen habe, und unser Ort ist ziemlich klein. Also, superklein. Jeder kennt jeden.

Ich bin nicht sehr überrascht, als sie den Kopf schüttelt. Sie ist eine Touristin, eine von *denen*. Klar. Ein Mädchen, das mitten in der Nacht auf einem leeren Feld im ländlichen Pennsylvania steht, kann nicht normal sein. Warum sollte ich was anderes denken?

Sie geht um den Hund herum, um das Haus genauer in Augenschein zu nehmen, und als sie sich zu mir umdreht, kann ich sie im Licht des Mondes endlich richtig sehen. Ihre Augen fallen mir zuerst auf, sie sind groß und rund und werden von sanft geschwungenen Augenbrauen eingerahmt, ihre Wangen sind fahl und makellos, und ihr Kinn läuft in einer weich gerundeten Spitze aus. Ihre Haare fallen ihr über die Schultern herab, sie sind weiß über einer feinen Schicht Schwarz. Ihr langer Hals endet an einem sich deutlich abzeichnenden Schlüsselbein, und sie ist so dünn, dass ich unter ihrem dünnen T-Shirt die Umrisse ihrer Rippen erkennen kann. Ihr Rock, der ungefähr auf der Mitte ihrer Oberschenkel abgeschnitten ist, sieht aus wie das Tutu eines Kindes, verschiedene Schichten in Zuckerwattefarben: rosa und blau und gelb und grün, blasse Farben, die funkeln, als wären sie mit Sternenlicht bestäubt.

Einem Mädchen wie ihr bin ich niemals zuvor begegnet, ganz gewiss nicht in unserem Kaff. Sie sieht aus, als könnte sie zusammen mit den Blättern wegfliegen, wenn der Wind wieder auffrischt, und ich empfinde plötzlich das Bedürfnis, ihre knochigen Handgelenke zu packen und sie auf der Erde festzuhalten.

»Dieser Ort ist magisch«, sagt sie. »Du und dieser Hund, ihr habt großes Glück.«

Sie scheint ihre Worte sorgfältig zu wählen, als würde

sie in ihrem Kopf ein Wörterbuch zurate ziehen. Ihr Blick kippt seitlich weg, und ihre schwarz-weißen Haare hängen in langen Strähnen von ihrem Kopf herab. Trägt sie eine Perücke? Bestimmt. Wer hat weiße Haare? Meine Hand möchte sich ausstrecken und sie ihr aus dem Gesicht streichen. Bewusst trete ich einen Schritt von ihr weg. »Wahrscheinlich ist es okay hier. Ich habe noch nie irgendwo anders gelebt.«

»Es ist magisch«, wiederholt sie und fügt hinzu: »Ich spüre die Energie.«

Ich schnaube. Mein Dad hat dauernd solchen Schwachsinn getwittert: *Das Feld hat die Energie des abgestürzten Raumschiffs in sich aufgenommen. Wir wissen bloß nicht, was wir damit anfangen sollen. #PARaumschiff #ichglaubdaran*

Bitte.

»Ja, gut.« Dabei belasse ich es. »Und woher kommst du?«

Ihr Blick hebt sich und senkt sich dann wieder, um meinen Blick zu treffen. Ihre Lippen kräuseln sich zu einem kleinen Lächeln.

»Ähm ... von den Bergen oben? Altoona?«

Sie bewegt ihr Kinn in Richtung Himmel.

»Noch weiter weg? New York? Kanada?«

Diesmal hebt sie *mein* Kinn zum Himmel hinauf, und als ihre Fingerspitzen meine Haut berühren, spüre ich ein Kribbeln. Ich schaue hinauf zu den Sternen, die um den Mond herum verteilt sind. Was will sie mir sagen? Dass sie vom Mond kommt?

Herrje, vielleicht haben wir es hier mit einer Außerirdischen zu tun?

»Okay, gut, ich muss heim«, sage ich unvermittelt und löse mich von ihr. Dann klatsche ich in die Hände und rufe Ginger. Endlich hebt der Hund sein Hinterteil und folgt mir. Wir sind schon bei den Weiden und wollen gerade den Bach überqueren, als ich stehen bleibe und mich umdrehe.

»Kommst du alleine klar?«, frage ich. Vielleicht sollte ich für alle Fälle Ginger bei ihr lassen.

Sie lächelt, vollkommen sorglos. »Ich werde bald abgeholt.« Sie sagt das in einem Singsang. Fast höre ich *tra-la-la* in ihrer Stimme.

Na gut, okay. Ich winke und springe über den Bach.

Das war ein sehr seltsamer Ausklang meines Tages. Ein Tag, der damit begonnen hatte, dass Dad weg war ... und jetzt mit dieser Begegnung endet.

Zurück in der Küche, räume ich fertig auf, wische die Arbeitsflächen ab und werfe die grünen Bohnen weg, auf denen das Fett erstarrt ist, während ich draußen war.

Dann schreibe ich Brian: *Mann, wieder was Verrücktes oben auf dem Feld.*

Er antwortet: *wtf*

Sie ist irgendwie scharf.

Sie????

Ich versuche durch das Fenster hindurch ein Auge auf sie zu haben. Die Bäume sind dicht belaubt, sodass man mit einem beiläufigen Blick kaum hindurchschauen kann; man muss irgendwie wissen, wonach man Ausschau hält.

Es ist schon lange her, vielleicht ein paar Jahre, seit der

letzte Ufo-Tourist da war. Mein Vater hatte sich immer ausgemalt, dass das Feld eine Sehenswürdigkeit werden könnte, mit einem Besucherzentrum, wo die Leute Andenken kaufen oder sich fotografieren lassen könnten.

»Junior, wirf mal einen Blick auf diesen Plan, und sag mir, was du davon hältst«, fragte er mich oft und zeigte dabei auf eine Simulation auf seinem Computer. »Sollte der Parkplatz auf der anderen Seite der Straße sein, oder sollten wir unsere Einfahrt als Eingang nutzen? Ich glaube, wir brauchen auch einen Imbissstand, oder? Im Sommer bekommen die Leute Durst, und wenn die Warteschlange lang ist, werden sie vielleicht auch hungrig.«

Wir würden reich werden. Wir würden berühmt werden. Wir würden nicht mehr Farmer sein müssen.

Aber er kam nie besonders weit, denn das Feld ist nicht in unserem Besitz. Dieser Teil der Farm gehört der Regierung, und dem Landwirtschaftsministerium sind, wie meiner Mutter und mir, Raumschiffe und Blogs mit Verschwörungstheorien egal.

Oh Mann. Ist dieses Mädchen eine von *ihnen*? Eine Verschwörungsfanatikerin?

Während ich aus dem Fenster starre, trottet Ginger zu mir herüber. Sie stupst mit der Pfote gegen mein Bein, bis mir einfällt, dass sie noch kein Leckerli bekommen hat. Rasch hole ich einen Hundekuchen aus der Tüte und gebe ihn ihr. Als ich wieder aufschaue, ist das Mädchen verschwunden.

Nein, nicht verschwunden. Sie ist noch da, aber sie liegt auf dem Boden.

»Was zum ...« Ist ihr etwas zugestoßen? Ich renne zur

Tür hinaus, Ginger direkt auf meinen Fersen, springe über den Bach und stürme durch die Weidenzweige hindurch. »He! He, alles in Or...«

Ich bleibe stehen. Sie liegt auf dem Boden, richtig, die Beine lang und die Füße gestreckt, als würde sie auf Zehenspitzen stehen. Ihre Augen sind weit geöffnet und starren direkt zum Himmel hinauf, als wollte sie ihn in sich aufsaugen, als wollte sie im Mond und den Sternen versinken. Das Herz klopft mir in der Brust, und ich stoße einen Seufzer der Erleichterung aus.

»Du bist wieder da«, sagt sie. »Der Magnetismus an diesem Ort. Er ist ziemlich stark, nicht wahr?«

Ich stütze mich mit den Händen auf den Knien ab, um zu Atem zu kommen. »Nein«, sage ich schließlich. »Ich dachte ... Ich dachte, du wärst gestorben.«

Sie lächelt. »Nein. Noch nicht. Ich habe noch viel zu tun, bis es so weit ist.« Sie klopft auf den Boden. »Warum setzt du dich nicht eine Minute, bevor du wieder heimgehst?«

Ginger versteht das als Einladung, das Gesicht des Mädchens zu lecken, und lässt sich dann neben ihr zu Boden plumpsen. Egal. Ich setze mich auch hin und ziehe die Beine an die Brust.

»Und wie heißt du?«, frage ich.

Ihre Hand tastet nach ihrem Notizbuch, aber sie nimmt es nicht. »Ich bin ... Priya«, sagt sie langsam, als würde sie sich in diesem Augenblick für den Namen entscheiden. »So nennt man mich.«

»Schön, dich kennenzulernen, Priya.« Ich will ihr die Hand schütteln, aber das kommt mir merkwürdig vor, weil sie ja auf dem Boden liegt und ich neben ihr sitze. »Ich bin Matthew. Werde aber Matty genannt. Wirst du, äh, bald abgeholt?«

»Ja, bald.«

Ich sehe keine Armbanduhr, und sie hat auch kein Handy in der Hand wie praktisch alle anderen, die ich kenne, obwohl der Empfang auf dem Feld sowieso sehr schlecht ist – ein Zeichen dafür, wie mein Dad oft twittert, dass etwas Außerirdisches hier gelandet war (#ichglaubdaran). Tatsächlich wohl eher ein Zeichen dafür, dass wir im ländlichen Pennsylvania mehr Handytürme brauchen.

Priya streckt eine Hand aus, um Ginger zu streicheln. Ich bemerke, dass ihre Hand zittert, und frage mich, ob sie nervös ist? Hungrig? Mom wird zittrig, wenn ihr Blutzuckerspiegel absinkt, und am Ende verschlingt sie einen von Dads Schokoriegeln.

»Hast du Durst oder so? Brauchst du was zu essen?«

»Essen?« Priya schüttelt den Kopf und streichelt weiterhin das Fell des Hundes. »Ich muss nicht essen.«

Ich lache. »Jeder muss essen.«

»Ich nicht.«

All dieses Gerede vom Essen weckt natürlich meine Hündin aus ihrem Schlummer. Sie stößt schnüffelnd mit ihrer Nase von unten an Priyas Hand und erschreckt sie. »Ihre Nase! Sie ist so kalt!«

»Nun. Ja. Sie ist ein Hund.«

Sie starrt mit großen Augen auf ihre Fingerspitzen. »Und nass ist sie auch.«

»Hast du noch *nie* einen Hund gestreichelt?«

»Nein. Aber ich habe gespürt, dass ich sie berühren soll.«

»Du hast es *gespürt?«* Es ist irgendwie schwierig, nicht zu wissen, wann Ginger gestreichelt werden will. Sie will es nämlich praktisch immer. »Sie mag es besonders, wenn du sie hinter den Ohren kraulst.« Ich zeige ihr, wie sie Ginger hinter den Ohren rubbeln muss, und die Hündin klopft glücklich mit dem Schwanz auf den Boden. Priya kichert und streckt die Hand aus, aber ihr Arm zuckt auf einmal, und statt Ginger hinter den Ohren zu berühren, packt sie den wedelnden Schwanz. Ginger springt jaulend auf und entfernt sich.

»Oh!« In Priyas Augen schwimmen Tränen. »Ich habe ihr wehgetan.«

»Nö, sie ist okay.«

»Nein, nein, ich hab ihr wehgetan.« Sie schlägt die Hände vors Gesicht und beginnt zu weinen. »Es tut mir so leid. Wir sind ausdrücklich angewiesen, niemandem Schaden zuzufügen.«

Wir? Was soll *das* nun wieder heißen? Ginger geht es gut, das muss sie doch sehen. Aber diese Tränen sind absolut real.

Ich ziehe Priyas Hände von ihrem Gesicht weg und halte sie fest. Ihre langen Finger sind sehr kalt, wie Eiszapfen. Durch zarte Haut hindurch kann ich jeden einzelnen Knochen in ihnen spüren.

Aber was mich wie ein Schlag in die Magengrube trifft, sind ihre Augen. Sie sind wie große, tiefe Teiche, und das Wasser droht überzulaufen, wenn sie blinzelt. Sie ist wirklich – tatsächlich – traurig.

»Es ist okay, wirklich, alles gut. Schau mal.« Ich rufe nach Ginger, und sie trottet zu mir herüber. Dann führe ich Priyas Hand hinter eines ihrer Ohren, und sie darf die Hündin eine oder zwei Minuten lang kraulen. Sofort wirft Ginger sich auf den Boden und suhlt sich in der Aufmerksamkeit. Endlich lächelt Priya wieder.

»Sie ist nicht verletzt. Ich habe ihr nicht dauerhaft wehgetan.« Sie hört einen Augenblick mit dem Kraulen auf und greift nach ihrem Notizbuch. Wieder schirmt sie es gegen meinen Blick ab und kritzelt dann mit einem Kuli etwas auf eine Seite, hält inne, legt den Kopf schief und schreibt weiter. Sie schaut unter ihren weißen Haaren hervor zu mir auf. »Beobachtungen«, sagt sie und klopft mit dem Kuli auf das Notizbuch.

Warum sind die Hübschen immer verrückt? Das ist ein berühmtes Zitat – von einem Philosophen, oder? Oder vielleicht aus den *Simpsons?* Ich schaue hinüber zu der Straße jenseits der Trauerweiden, aber ich sehe nicht den geringsten Lichtschein, der das Nahen eines Autos ankündigen könnte. Ich frage mich, wie lange sie warten will, bis sie nach einer Mitfahrgelegenheit fragt.

Apropos ... Mein Zuhause wartet auf mich. Mom flippt aus, wenn sie aufsteht, und ich bin nicht da. Wenn ihr zwei Männer an einem Tag abhandenkommen, würde sie ausrasten und wäre ganz schön angepisst. Ich stehe auf und klopfe den Schmutz von meinen Hosen.

Aber Priya sieht so klein und zerbrechlich aus. Was, wenn ihr etwas zustößt, bevor sie abgeholt wird? Ich suche mit den Augen das Feld nach Tieren oder Verrückten ab, aber es ist total einsam hier, wie immer.

»Hör zu, ich muss los. Aber ich bin direkt dort drüben, wenn du was brauchst, okay?«

Ihr Lächeln ist gelassen und ruhig. »Okay.«

»Dein Handy funktioniert hier nicht ...«

»Handy?«

»Mobiltelefon. Du hast doch eins, oder?«

Sie legt die Hand auf ihre Tasche, als ob sie prüfen wollte, dass ein Handy darin ist, und schüttelt dann den Kopf.

»Also, wenn du telefonieren musst oder zur Toilette, komm einfach rüber. Ich lasse den Nebeneingang offen.« Wieder zeige ich zum Haus hinüber. Sie kann es nicht verfehlen. Wir sind auf ungefähr einem halben Kilometer die einzige Familie auf dieser Seite der Straße.

Als ich mich zu ihr umdrehe, hat sie die Nase in ihr Notizbuch gesteckt. Ein diamantener Nasenstecker funkelt im Mondlicht. »Dann, äh, komm gut heim.«

»Leb wohl, Matthew. Leb wohl, Ginger.«

Der Hund leckt Priyas Nase und geht dann mit mir zusammen zum zweiten Mal in dieser Nacht – oder inzwischen wahrscheinlich Morgen – den sanften Abhang zum Bach hinunter. Ich widerstehe dem Drang, über die Schulter zurückzuschauen. Sie kommt schon klar. Wie alt ist sie wohl? Siebzehn? Achtzehn? Alt genug, um nach sich selbst zu schauen. Und ich bin mir ziemlich sicher, dass sie gelogen hat, als sie sagte, sie hätte kein Handy. Gibt es jemanden auf diesem Planeten, der kein Handy hat?

2:11

Zurück im Haus, schnappe ich mir mein Handy vom Küchenblock und wische über den Bildschirm. Brian hat mir ein Dutzend Nachrichten geschickt, solange ich weg war, die meisten kreisen um das Wort *Mädel.*

Yeah, heißes Mädel? Jaaaaa.

Meine Finger tanzen über den Bildschirm, aber nichts von dem, was ich tippe, fühlt sich richtig an. Wie beschreibt man Priya? Wie erklärt man das hübsche, verrückte, verrückt-hübsche Mädchen, das allein auf einem leeren Feld steht und sich verhält, als ob sie nie zuvor einen Hund gestreichelt hätte?

Brian wird mich fragen, was ich geraucht habe.

Ich tippe auf den Bildschirm und schicke eine Nachricht: *weiße Haare, braune Augen, dünn*

Fast sofort schreibt Brian mir zurück: *Beine?*

Lang

Geil

Lachend tippe ich ein Emoji mit ausgestrecktem Mittelfinger. Noch mal, noch mal, noch mal.

Die Uhr am Backofen sagt, dass es schon ganz schön spät ist. Ich muss schlafen. Das ist der Farmer in mir.

Alter?

Morgen

See mit Em?

Will ich mit Brian und Emily an den See gehen?

Mit Brian? Ja. Mit Em?

Ich tippe eine Frage. Schüttle das Handy, um sie zu löschen. Tippe sie noch einmal. Schüttle das Handy wieder.

Muss Em mit?

Das Herz klopft mir in den Ohren, während ich auf Brians Antwort warte. Ich nehme mir eine Limo, stürze sie hinunter, zerquetsche die Dose unter meinem Turnschuh und gebe Ginger noch ein Leckerli – alles in der Zeit, die Brian braucht, um mir zu antworten:

Jap. Sie fährt.

Ich werfe meinem Handy einen bösen Blick zu. Als ich gerade »nein« tippen will, kommt noch eine Nachricht von meinem besten Freund:

Fahren übrigens für eine Woche zu Oma

Wann?

Übermorgen.

Eine Woche weg wird helfen. Na ja, zumindest mir. Ich haue ein »ja« rein und drücke senden. Und jetzt ist es wirklich Zeit fürs Bett. Als ich an der Tür vorbeistolpere, schließe ich sie auf, falls Priya reinkommen will, um zu pinkeln oder was immer. Außerdem lasse ich mein Handy auf dem Küchenblock. Wenn sie wirklich kein Handy hat, muss sie sich vielleicht eines ausleihen.

Ich schaue ein letztes Mal aus dem Fenster und versuche, sie durch das Gewirr der Weidenzweige hindurch zu finden. Jap. Sie ist immer noch da, sitzt auf die Hände gestützt auf dem Boden und starrt gedankenschwer in den Himmel. Im Licht des Mondes sind die Umrisse ihres Tutu und ihrer weißen Haare deutlich zu sehen.

Was für ein verrücktes verrücktes Mädchen.

TAG ZWEI

9:09

Ein Rascheln in meinem Zimmer weckt mich auf. Mom wühlt in meinem Schrank herum.

»He ...? Was suchst du da?«

Als sie über die Schulter zu mir schaut, erhasche ich einen Blick auf rot geränderte Augen. Hat sie geweint? *Bitte sag mir nicht, dass sie wegen diesem Arschloch heult.* Ich drücke das Kissen unter meinem Kopf zu einem Ball zusammen und boxe träge mit der Faust dagegen.

Sie räuspert sich. »Dein Vater hatte eine Kassette mit wichtigen Papieren. Ungefähr so groß.« Sie hält ihre Hände rund fünfundzwanzig Zentimeter auseinander.

Ich weiß, was sie meint, und nicke. »Und?«

»Und. Darin ist der Kaufvertrag für die Farm von deinem Großvater. Ich brauche ihn für Onkel Jack.«

Ich ziehe mir die Decke über den Kopf, aber es ist schon ziemlich heiß hier oben. In dem steinernen Farmhaus bleibt es im Sommer kühl, allerdings nicht im zweiten Stock. Ich spüre, wie die Finger meiner Mutter durch das Laken hindurch gegen meine Schultern drücken.

»Und? Eine Idee?« Sie geht in meinem Zimmer auf und ab und tritt abwesend auf meine Sachen, die über den Fußboden verteilt sind. Sie scheint sie nicht zu bemerken.

»Hast du in der Werkstatt nachgeschaut?« Gähnend rolle ich mich aus dem Bett und lande auf einem weichen Haufen aus Jeans und T-Shirts. Meine Mutter stößt mich mit ihren nackten Füßen an.

»Hör auf. Solltest du nicht bei der Arbeit sein?«, frage ich.

Sie ist nur halb angezogen und trägt die Hose ihrer Krankenschwesternbekleidung zu ihrem Pyjamatop. Und das ist ihr nicht einmal peinlich. »Meine Schicht fängt erst um zehn an.« Sie kickt meine herumliegenden Sachen aus dem Weg und verlässt mein Zimmer. Eigentlich will ich überhaupt nicht aufstehen, aber ich fühle mich genötigt, ihr in das Gästezimmer zu folgen. Dort hat Oma Jones ihre beiden Söhne zur Welt gebracht. Ich bin zu verschlafen, um wie sonst bei dieser Vorstellung zu schaudern. Mom zieht Schubladen auf und öffnet Schränke, die seit Jahren kein Tageslicht gesehen haben. Warum sie denkt, dass Dad irgendwas von Wert hier verstecken würde, ist mir schleierhaft.

»Die Werkstatt, Mom. Hast du schon in der Werkstatt nachgeschaut?«, frage ich noch einmal.

Sie hastet an mir vorbei, während sie das Obergeschoss des Hauses absucht, von meinem Bad zu ihrem, vom Wäscheschrank zum Wäschekorb (im Wäschekorb? Im Ernst?). Ich bleibe stehen, um ausgiebig zu pinkeln, und als ich fertig bin, finde ich sie in ihrem Schlafzimmer. Sie sitzt auf der Bettkante des Doppelbetts, das nur auf einer Seite zerwühlt ist, und starrt auf den Boden.

»Mom. Mom«, sage ich, bis sie endlich aufschaut – das Kinn auf die Fingerspitzen gestützt.

»Was?«

»Hast. Du. In. Der. Werkstatt. Nachgeschaut?«

Seufzend schaut sie sich im Zimmer um, und ihr Blick huscht von einer Ecke zur andern. Ich kann fast ihre Gedanken lesen: *Ist es im Schrank? Unter dem Bett? Zwischen den Wintersachen?* Und als wir ein Eichhörnchen über das Dach hüpfen hören, bleibt ihr Blick an der Decke hängen. *Vielleicht ist es auf dem Dachboden?*

»Du solltest in der Werkstatt nachschauen. Wenn es irgendwo ist, dann dort.«

Sie schüttelt den Kopf und lässt sich von der Matratze gleiten, wobei sie sich hastig umdreht und das Bett glatt streicht. »Ich hab keine Zeit. Machst du es?«

»Ich?«

»Ach so, du hast was Besseres zu tun? Vielleicht einen Job, zu dem du losmusst?«

Äh, was zur Hölle? Denke ich, sage es aber nicht, und dann wird mir klar, warum sie nicht in die Werkstatt gegangen ist und dort nach der Kassette meines Vaters gesucht hat:

Wenn sie dort nicht ist, bedeutet es, dass er wirklich weg ist. Dass er weg ist und nicht wieder zurückkommt.

»Ja, ich mache es. Meinetwegen.« Mir ist es egal, wenn die Kassette nicht dort ist. Ich hoffe sogar, dass sie nicht dort ist. Das wäre der letzte Nagel im Sarg der Hoffnung, an die sie sich klammert. Es würde die Fackel ausblasen, die sie trägt. Es würde ... Oh Gott, Kaffee.

»Es ist erst einen Tag her, Matty.«

»Klar. Ein Tag. Mit Carol, Mom. Er ist mit Carol abgehauen. Du hast diesen Brief bekommen und ...« Mit wütenden Bewegungen macht sie das Bett, schiebt Kissen unter Laken und streicht grimmig die Falten auf ihrer Seite des Bettes glatt. Offensichtlich ist sie nicht in der Stimmung, sich auf Logik einzulassen. »Egal.«

Ich torkle die hintere Treppe hinunter und mache mechanisch Kaffee: Wasser, Filter, Maxwell House. Während ich darauf warte, dass der Kaffee durchläuft, will ich Brian schreiben, aber mein Handy ist nicht dort, wo ich es hingelegt habe. Ich reibe mir die Augen, schaue mich in der Küche um, denke, dass es vielleicht unter einen Werbeflyer für Textilreinigung oder unter einen alten Einkaufszettel gerutscht ist, aber es ist nirgendwo.

»Mom! Mom!«, rufe ich die hintere Treppe hinauf. »Hast du mein Handy irgendwo hingelegt?«

»Dein was?«

»Mein Handy! Hast du es gesehen, als du heute Morgen runtergekommen bist?«

»Dein Handy? Nein.«

»Bist du ...«

»Ich muss mich anziehen, Schatz.« Eine Sekunde später höre ich in ihrem Bad das Wasser laufen.

Ich weiß, dass ich es letzte Nacht auf den Küchenblock gelegt habe, nachdem ich mich von Priya verabschiedet hatte.

Priya. Ich denke an sie, und meine Erinnerung ist ... verschwommen. Aber sie *war* echt, oder?

Ich renne zum Nebeneingang, den ich unverschlossen gelassen hatte, und mein Herz klopft laut in meiner

Brust. Am Tag sieht das Feld noch verlassener und noch leerer aus.

Leer. Es ist ... leer. Priya ist weg.

Wie mein Handy. Hat sie es genommen? Oder nur ausgeliehen, um ihren Freund anzurufen, dass er sie abholt?

Warum »ihren Freund«, Matty? Könnte ja einfach ein Freund gewesen sein.

Es war nicht das beste Handy und auch nicht das neueste »i«-Irgendwas, aber es hat mir gehört, und ich hatte einen ziemlich guten Datentarif.

In der Küche erfüllt der Duft von frischem Kaffee die Luft, und ich atme ein bisschen Koffeindröhnung ein.

Na ja, vermutlich hatte sie nicht gelogen, als sie sagte, dass sie kein Telefon hätte.

»Und jetzt hat sie eins«, sage ich zur Kaffeemaschine. »Gern geschehen, Priya.«

In diesem Augenblick kratzt Ginger an der Tür, und mir fällt ein, dass ich noch nicht mit ihr draußen war. Mist. Ich gebe ihr zuerst ihr Frühstück. »Erinnerst du dich an das verrückte Mädchen von gestern Nacht, Ginger? Ja?«, frage ich sie, während ich sie reinlasse und nach dem Trockenfutter greife. »Erinnerst du dich an dieses wunderschöne, aber verrückte Mädchen?«

»Was für ein wunderschönes, verrücktes Mädchen?«, höre ich meine Mutter fragen, die gerade in die Küche stürmt. Sie ist inzwischen komplett angezogen und hat ihre Haare mit Gel zu einer ordentlichen Stachelfrisur gestylt, sodass sie sehr viel professioneller aussieht als vor einigen Minuten. Eilig sammelt sie ihre Sachen für den

Tag zusammen. Dann schnippt sie ein paarmal mit den Fingern und zeigt auf das oberste Regalbrett. »Holst du mir bitte den Thermobecher runter?«

Sogar mit ihren orthopädischen Schuhen ist meine Mutter im Vergleich zu mir und meinem Vater winzig. Als es mit Dad noch gut lief, hänselten mein Vater und ich sie, weil sie so klein ist, und spielten Neckball mit ihrem Handy oder warfen sie zwischen uns hin und her, als wäre sie eine Puppe. Ginger bellte dann immer und sprang an uns hoch. Aber in der Regel liefen die Dinge nicht so gut.

»Willst du den Silbernen?« Ich hole ihn von dem Regal über dem Herd.

»Was für ein wunderschönes verrücktes Mädchen?«, fragt sie noch einmal.

»Aber ja, der Silberne passt perfekt zu deinen grauen Haaren«, sage ich.

»Ich hab keine grauen Haare. Was für ein Mädchen, Matty?«

Geschickt ersetze ich die Kaffeekanne durch den Becher, sodass der Kaffee direkt hineintropfen kann. *Ganz schön gewitzt.* »Niemand. Ich hab mit dem Hund gesprochen.«

»Du schleichst dich aber nicht nachts raus und triffst dich mit einem Mädchen, oder?«

»Nein. Mom. Keine Mädchen, kein Hinausschleichen. Nimm ... nimm einfach deinen Kaffee, okay?«

Ich reiche ihr den Becher, ohne sie anzuschauen. »Wo ist dein Handy?«, frage ich. Ich wühle in ihrer Segeltuchtasche und finde nicht nur ihr Handy, sondern auch das von meinem Dad. Warum zum Teufel hat sie dieses Ding nicht längst geschrottet?

Egal. Ich wähle meine Nummer und hoffe, dass Priya abnimmt, auch wenn sie inzwischen eine Million Kilometer entfernt ist.

Damit Mom keine blöden Fragen stellt, wenn ich übe, was ich sagen werde, wenn Priya abnimmt, gehe ich mit dem Handy nach draußen.

Du hast mein Handy genommen, du Spacko! Oder vielleicht: *Kann ich bitte, bitte mein Handy zurückhaben?* Oder ...

Hast du Lust, dich mal zu treffen?

Nein, nein, nein. *Verdammt noch mal,* nein. Ich höre auf, so schwanzgesteuert zu sein, und nehme die erste Alternative.

Meine Handflächen werden feucht, als das Telefon einmal klingelt, dann zweimal und ein drittes Mal. Am anderen Ende sollte auf den Bildschirm »Lorna« erscheinen, denn ich will nicht, dass auf meinem Handy jemals das Wort »Mom« zu sehen ist.

An meinem Ohr höre ich meine eigene Stimme: *»Hier ist Matty. Schreibt mir. Ich höre die Scheiß-Voicemail nicht ab.«*

Warum ist sie nicht rangegangen? Ich wiederhole den Anruf. Eine Minute später höre ich wieder meine eigene Nachricht und zucke zusammen. Mist, ich habe eine supernervige Stimme.

Aus dem Augenwinkel sehe ich meine Mutter an der Küchentür. Sie hat die Hände in die Hüften gestemmt und beobachtet mich, während ich in Richtung Bach und Trauerweiden marschiere.

Mein Handy, wo immer es auch sein mag, klingelt ein zweites und ein drittes Mal.

»Nimm ab, Priya!«

Ich stehe in der Mitte des komplett leeren Feldes. Keine Priya, kein Notizbuch, keine schwarze Tasche, nicht einmal ein Abdruck auf dem trockenen Boden, wo sie und ich gesessen und zu den Sternen hinaufgeschaut haben. Vielleicht ist sie gar nie hier gewesen.

Aber mein Handy ist immer noch weg.

Als ich die Ansage auf meinem Anrufbeantworter zum dritten Mal höre, hinterlasse ich eine Nachricht. »Hey, Priya, ich bin's, Matty. Du hast mein Handy. Könntest du es bitte zurückbringen? Oder es mir schicken oder so? Danke.«

Ich habe das ungute Gefühl, dass ich dieses Handy nie wiedersehe. Ein Auto hupt. Mom fährt mit ihrem Honda rückwärts aus der Einfahrt hinaus. Als ich näher komme, streckt sie eine Hand aus dem Fenster: »Kann ich das wiederhaben?«

Widerstrebend gebe ich ihr ihr Handy zurück.

»Hast du deins verloren?«

»So ähnlich.«

Sie zuckt mit den Achseln. »In deiner Haut will ich jetzt nicht stecken.« Sie ist einfach sauer, weil sie Dads Kassette nicht gefunden hat. Aber was kann ich dafür? Ist schließlich nicht *meine* Schuld. »Was machst du heute?«

»*Nicht* telefonieren und *nicht* schreiben.«

»Ha-ha, Witzbold. Es gibt so was wie ein Festnetz.«

Ich ziehe eine Grimasse. »Wenn du hundert Jahre alt bist.«

Sie zeigt mir den ausgestreckten Mittelfinger, und ich mache es ihr nach. Wir legen unsere Fingerknöchel aneinander, als wären wir eine weltliche Version der Wonder Twins. »Los. Putz das Haus.«

»Los. Heile die Kranken.« Gingers Schwanz streift an der Rückseite meiner Beine vorbei, und ich frage mich, wie sie nach draußen gekommen ist. Wahrscheinlich hat Mom sie rausgelassen. »Was machen wir heute, Mädel? Putzen? Nö, eher nicht.«

Im Sommer putzt man nicht oder jagt seinem blöden Vater hinterher. Im Sommer geht man an den See oder fährt Motorrad, und vielleicht raucht man noch ein bisschen Gras, um diese beiden Aktivitäten noch vergnüglicher zu gestalten.

Aber ich muss dauernd an das irreale Mädchen denken, das ganz real mein Handy gestohlen hat.

11:13

Als Brian und Emily und ich klein waren, hielten wir den unterirdischen Gang, der unseren Keller mit der Werkstatt meines Vaters verbindet, für die tollste Sache der Welt. Wenn es regnete oder schneite, konnten wir tatsächlich unter der Erde vom Haus zur Werkstatt gehen. An sehr kalten Tagen heizte Dad mit einem Kanonenofen und erlaubte uns, bei ihm zu bleiben, wenn wir die Asche aufkehrten und Feuerholz hereintrugen.

Wenn er nicht da war, durfte ich die Werkstatt nicht betreten, was ich aber natürlich gemacht habe. Wie sollte ich sonst etwas über Mädchen und Sex lernen? Dad löschte nie die Chronik in seinem Computer, sodass ich all die Pornos gucken konnte, die er sich reingezogen hatte.

Und ich lernte etwas über das Universum. Dad und ich hatten jeweils unsere eigenen Teleskope, sodass wir nebeneinanderstehend die Sterne beobachten konnten. An der Wand seiner Werkstatt hingen Himmelskarten und Tabellen, wunderbare Fotos vom Hubble-Teleskop und ein Poster, das Ray Bradbury signiert hatte. Die Werkstatt war ein Miniobservatorium, eine merkwürdige Kombination von Hollywood und der NASA. Trotz seines wissenschaftlichen Interesses am Himmel und an Außerirdischen verhielt mein Vater sich wie ein von einer fixen Idee besessener Fantast. Es genügte nicht, dass *er* glaubte, auf dem Feld neben seinem Haus sei ein Raumschiff gelandet – alle andern sollten es auch glauben.

Und ich glaubte es. Lange Zeit glaubte ich es.

Durch den Geheimgang den Keller zu verlassen, gibt mir das Gefühl, wieder neun Jahre alt zu sein und mich kichernd zusammen mit Brian und Em unter die Erde zu schleichen. Inzwischen bin ich ungefähr sechzig Zentimeter größer und muss den Kopf einziehen, damit ich nicht an die Decke stoße. Es ist dunkel hier, aber ich kenne jeden Schritt, jeden Zentimeter des Weges. Als ich die Mitte zwischen der Werkstatt und dem Haus erreicht habe, bleibe ich stehen, lege die Hände an die steinerne Decke und drücke nach oben. Früher haben wir so getan, als würden wir die ganze Erde hoch über unsere Köpfe stemmen. Wir waren die Superhelden der Unterwelt.

Mit den vielen Tonnen Erde über sich hätte man in dem Tunnel Platzangst bekommen können, aber ich fühlte mich dort immer sicher und geborgen, obwohl das vielleicht auch daran lag, dass meine besten Freunde bei mir waren.

Die Werkstatt selbst ist nur ein kleiner Schuppen mit einem Betonboden und Steinwänden, der zum Teil in einen aufgeschütteten Erdhügel im Garten hineingebaut ist. Von außen sieht es ein bisschen aus wie das Haus eines Hobbits, aber ich bezweifle sehr, dass Tolkien eine architektonische Inspiration für meinen Großvater gewesen sein könnte. Viel wahrscheinlicher war, dass die Werkstatt durch diese Bauweise einfach gut isoliert war – im Sommer war es dort kühl und im Winter warm.

Als ich die Werkstatt betrete, fange ich unwillkürlich an zu zittern. Es ist kalt hier, ja, aber es ist auch, als würde man in die Vergangenheit reisen. So viel erinnert mich an meine Kindheit: die Poster, die Karten, die Tabellen, der Ofen. Aber etwas fehlt.

Das Teleskop. Es steht nur eins da, meins.

Dad hat seins wahrscheinlich mitgenommen.

Je mehr ich nicht mehr an seinen ganzen Scheiß glaubte, desto mehr wünschte ich mir, dass er ein ganz normaler Vater wäre, auf den ich mich verlassen konnte … und mein Teleskop dort allein neben dem Ofen stehen zu sehen, hat etwas wirklich Trauriges.

Es sieht … einsam aus.

In diesem Augenblick rutscht mir etwas in meinen Magen, und ich spüre, wie meine Muskeln es fest umschließen, es drücken, es zerbrechen. Ich muss froh sein, dass er weg ist. Ich muss glauben, dass es für Mom besser ist. Für uns beide. Für alle.

Ein Poster an der Wand, eines der wenigen, die er dagelassen hat, erregt meine Aufmerksamkeit. Es ist eine Karte möglicherweise bewohnbarer Planeten in der sogenannten habitablen Zone. Ein Exoplanet muss *genau* am richtigen Ort sein, damit dort Leben, so wie *wir* es kennen, entstehen kann. Ein Zwergplanet wie Pluto zum Beispiel ist zu weit weg von unserer Sonne, um Leben zu begünstigen. Er ist ein eisiger Fels mit einer Oberflächentemperatur von minus 233° Celsius. Noch andere Planetoiden, wie unser Mond, sind an die Gezeitenkräfte gebunden, sodass eine Hemisphäre immer dem Objekt zugewandt ist, mit dem es gravitationsmäßig verbunden ist. Für unseren Mond bedeutet das, dass eine Hälfte von ihm die Erde niemals sieht. Das ist die dunkle Seite des Mondes.

Uuuuuund ... warum weiß ich das alles noch?

Warum hat es sich in meinem Gehirn festgesetzt?

Ich will es dort nicht mehr haben, genauso wenig wie ich Telefonnummern von Freunden in meinem Handy haben möchte, die weggezogen sind. Am liebsten würde ich mir einen USB-Stick ins Ohr stecken und all das unnütze Wissen auslesen. Vielleicht hätte ich dann Platz für englische Literatur.

Ich starre auf die Karte, auf der Gliese 581c und Kepler-69c ausgestrichen sind. Beide galten früher als möglicherweise bewohnbar, inzwischen aber nicht mehr. Zumindest nicht nach Ansicht desjenigen, der diese Karte gezeichnet hat.

Ich fahre mit dem Finger über das Poster und berühre nacheinander jeden Exoplaneten. Jeder ist danach klassifiziert, wie ähnlich er der Erde ist und wie weit weg er von uns ist. Einige Exoplaneten, die von Wissenschaftlern für höchstwahrscheinlich bewohnbar gehalten werden, sind viele Hundert Milliarden Kilometer entfernt. Die Mannschaften auf der *Enterprise* hätten mutig verdammt weit weg reisen müssen, um irgendetwas oder irgendjemanden zu finden, der uns auch nur entfernt ähnlich ist.

Natürlich nur, wenn *sie* nicht zu *uns* kommen.

Und genau das glaubten mein Vater und all seine verrückten Freunde.

Online ist DJ Jones ein unbedeutender kleiner Spinner in einem Internet voller Spinner – Legionen von Ufo-Jägern und selbsternannten Entführungsopfern von Aliens, mit denen DJ täglich chattete oder schrieb. Wie er glauben sie, dass wir in diesem Universum nicht alleine sind.

Als ich klein war, liebte ich es, etwas über die Sterne und die Milchstraße zu lernen. Ich liebte es zuzuschauen, wie Captain Kirk und Picard und Janeway auf der *Enterprise* von einem Quadranten zum nächsten zischten, und ich las sehr gern in den *Mars-Chroniken.*

Das war Wissenschaft. Es war real. Und was Fiction war, das war *Science*-Fiction.

Aber irgendwann ging Dad einen Schritt weiter.

Wenn Mom und ich nicht schauten, beteiligte er sich online an Verschwörungstheorien. Er stachelte seine Fans an, und sie folgten ihm von Twitter zu seinem Blog. Er war der Junge, der in der Nähe eines Raumschifflandeplatzes geboren war. Er war etwas Besonderes. Er war von Aliens gesegnet.

Es hatte den Anschein, als wäre er auf einmal egozentrisch und egoistisch geworden. Er dachte nicht mehr an mich oder an Mom oder an Onkel Jack. Und was ist das für ein Mensch, der sich lieber online mit Fremden über irgendeinen Mist unterhält, als zu arbeiten und eine Familie zu ernähren? Was ist das für ein Mensch, der mit der Ehefrau seines Bruders durchbrennt?

Das ist ein Mensch, ohne den man besser dran ist (#ichglaubdaran).

Und tschüss!

Aber noch etwas fühlt sich komisch an in dieser Werkstatt. Etwas, das ich nicht genau ausmachen kann. Irgendetwas ist nicht da, wo es sein sollte. Vielleicht mein Teleskop? Es sieht sauber aus, die Staubschichten von dem Dreibein und dem Rohr sind abgewischt. Wahrscheinlich hat mein Dad das gemacht in der Hoffnung, dass ich eines Tages zurückkommen würde.

Ich sehe mich noch ein bisschen um und gebe dann auf. Ich bin mir nicht sicher, was mich hier stört. Nach einem letzten Blick in die Werkstatt knipse ich das Licht aus.

Keine Kassette.

Ich habe hier nichts mehr zu tun.

Das war's.

14:25

Um die Mittagszeit ist der See voller Kinder und Mütter, aber wenn wir warten, bis sie alle zum Mittagsschlaf nach Hause gehen, haben wir den See für uns. Zum großen Bedauern meines Kumpels Brian arbeitet Miranda, die heiße Rettungsschwimmerin, heute nicht.

»Warum? Alter!«, jammert er, als wir unsere Handtücher auf dem Sand ausbreiten. »Ich war total darauf eingestellt, heute zu ertrinken.«

»Du bist ein Idiot. Was, wenn sie nicht schaut, und du ertrinkst wirklich?«, fragt seine Schwester. »Oder ihr Partner rettet dich stattdessen?«

Ich spitze die Lippen und mache Kussgeräusche in Richtung Brian. »Klar, du könntest eine Mund-zu-Mund-Beatmung von Eric Miller bekommen.«

»Das wäre gar nicht so übel«, sagt Emily nicht gerade im Flüsterton. Heute trägt sie nicht ihre alte Tauchteam-Uniform, einen dunkelblauen Einteiler, sondern einen Bikini mit pinkfarbenen und roten Blumen, der sich scharf gegen das weiße Handtuch abhebt. Sie löst ihre Haare, sodass sie sich über ihren Rücken ausbreiten. Es sieht aus wie gemalt.

»Wie bitte, Em? Du *magst* Eric? Ich meine, so richtig?«, zieht Brian sie auf.

Ich vermeide es, ihr ins Gesicht zu sehen. Ich will nicht wissen, ob sie Eric Miller *mag*.

Zu meinem Glück setzt sie eine Sonnenbrille auf und sperrt uns beide aus. »Verpiss dich und ersauf, Kröte.«

»Autsch!«, sage ich.

»Ach, wir werden ihr fehlen, wenn sie auf dem College ist.« Brian setzt ein irres Grinsen auf. Er hat auf dem Weg zum See einen halben Joint geraucht. »Alter, erzähl mir von dem Mädchen. Wie heißt sie?«

Ich zögere. »Priya.«

»Warum hast du sie nicht mitgebracht?«

»Sie ist heimgefahren, deshalb.«

»Hast du ihre Nummer?«

Ich muss sofort an mein Handy denken, das wahrscheinlich in diesem Augenblick in ihrer Tasche liegt. Mensch, dieses Ding hatte eine brandneue Hülle. »Ja, sozusagen.«

»Dann schreib ihr.«

»Ist nicht so einfach.«

»Warum, hat sie einen Freund?«

Ich schüttle den Kopf und lache. »Das wäre einfach.«

»Was ist es dann?«

»Sie ist …«

Ich weiß nicht, wo sie ist und ob sie jemals wieder zurückkommt, und ich weiß nicht einmal, warum ich immer noch an sie denke.

Ich starre hinunter auf meine Füße. Noch trage ich Turnschuhe und Socken. Der Sand ist glühend heiß und lässt mich schwitzen. Ich streife meine Nikes und die Sportsocken ab, bevor ich mein T-Shirt ausziehe. »Ich bin so heiß wie deine Mutter, Alter. Ich muss ins Wasser.«

Ich mache einen flachen Hechtsprung in den See und tauche ein paar Meter weiter wieder auf, um Luft zu holen. Ein Stück vom Ufer entfernt dümpeln zwei hölzerne Plattformen, beide sind leer. Ich schwimme zu der, die am weitesten weg ist, und ziehe mich hoch. Mit meinen seitlich herabbaumelnden Füßen bin ich eine sichere Beute für die Ungeheuer, die unter der Wasseroberfläche lauern.

Das Wasser des Sees ist kühl, die Sonne angenehm warm, aber der Wind reißt es heraus: Er bläst die Feuchtigkeit auf meiner Haut weg wie Giftstoffe, die mein Körper freisetzt und in die Atmosphäre entlässt. Der Duft von Sonnenmilch und klebrig süßem, geschmolzenem Wassereis weht vom Ufer zu mir her. Das sind die Düfte des Sommers, die einen heißen Tag in diesem Ort ausmachen.

Als ich die Hand flach auf die hölzerne Plattform lege, muss ich an die vergangene Nacht denken, daran, wie ich neben Priya liege und in den Himmel schaue. Vielleicht hätte ich nicht gehen sollen. Vielleicht hätte ich mit ihr zusammen warten sollen, bis sie abgeholt wird. Vielleicht hätte ich sie fragen sollen, woher sie kommt und wohin sie *wirklich* will.

Wenigstens hätte ich dann noch mein Handy.

Ein paar Minuten später schaukelt die Plattform hin und her, weil ein Schwimmer sich hochzieht.

Beziehungsweise Schwimmerin. Emily. Natürlich. »Was geht?«

»Nada mucho.«

»Du triffst dich also mitten in der Nacht mit einem fremden Mädchen.«

Ich stütze mich auf die Ellbogen und sehe sie an. Ihre Haare kleben vom Schwimmen nass an ihrem Kopf. Von ihren Schläfen und Wangen und Lippen tropft Wasser.

Das letzte Mal war ich vor einer Woche allein mit Em, als wir nach einer Abschlussparty rumgemacht haben.

Danach sagte sie die ganze Zeit nur: »Matty, wir dürfen das nicht wieder tun. Ich geh aufs College und will keinen Freund.« Und ich sagte, »keine Sorge, keine Freundin für mich, danke«, und es war in Ordnung.

Außer ... dass es nicht in Ordnung war.

Es war nicht ... genug. Für mich war es nicht genug. Ich habe sie geküsst, weil ich Gefühle für sie hatte. Ich dachte, sie würde genauso fühlen. Was mich betraf. Was uns betraf. Ich dachte damals, es *könnte* ein *uns* geben. Ich meine, wir kennen uns schon ewig. Aber als ich mich mit ihr verabreden wollte, persönlich, nicht am Telefon und nicht in einer Nachricht, sagte sie nur »Verpiss dich, Jones«.

Vielleicht nicht genau mit diesen Worten, aber es fühlte sich so an.

Ich hatte das Gefühl, als hätte sie gesagt: *Hau ab, leck mich, warum stirbst du nicht und lässt mich in Ruhe.*

Und jetzt.

Jetzt ist sie da.

Und sie trägt einen Bikini, und sie hat dieses Gesicht,

das ich geküsst habe, und diesen Körper, um den ich meine Arme geschlungen habe, und ich …

»Wer ist sie?«

Ich blinzelte. »Hä? Priya?«

»Ist das ihr Name? … Merkwürdig.« Em sitzt mit angezogenen Knien auf der anderen Seite der Plattform, das eine Bein über das andere gekreuzt wie zu Hause auf der Couch. Sie fühlt sich im Wasser wohl, am Wasser und über dem Wasser. Schwimmen ist für sie so natürlich wie sich zudröhnen für ihren Bruder.

»Na ja, ja, das hat sie gesagt.«

»Du glaubst ihr nicht?«

Fast lache ich schnaubend. »Äh, ja, na ja, sie war … irgendwie verrückt.«

Emily legt den Kopf in den Nacken und schaut mich an: »Wie verrückt?«

Ich wedle mit der Hand. »Egal. Sie war einfach … sie war hübsch, und ich glaube, sie war schlau.«

»Du magst schlaue Mädchen.«

Für den Bruchteil einer Sekunde begegnet sich unser Blick, aber dann schaut sie weg. *Das war merkwürdig.*

»Sie hatte weiße Haare.«

»Mädchen können weiße Haare haben.«

»Ja, in einem Comic.«

»Dann ist sie Storm? Du kennst die Reihe, oder?«

Ich lache. »Sie war *nicht* Storm. Ich bin sicher, dass sie eine Perücke trug.«

»Ein Mädchen mit einer Perücke. Okay.«

»Egal, Em. Sie war einfach …«

»Scharf, sie war scharf, was?«

»Können wir über was anderes reden?«

»Warum? Findest du sie nicht scharf?«

»Doch, aber ...«

»Wir sind Freunde, Matty. Ich will, dass du das weißt.«

War das mein Herz, das gerade wie eine Gefängnistür ins Schloss gekracht ist? »Genau. *Freunde.*«

Emily kämmt sich mit den Fingern die Haare. Wasser tropft von ihren Spitzen herab wie in der Sonne schmelzende Eiszapfen. »Reden wir *irgendwann* mal darüber?«

»Worüber? Dass wir *voll die guten Freunde* sind?«

»Matty ... Du hast mich gefragt, ob ich mit dir zusammen sein will.«

»Nachdem wir rumgemacht hatten. Ja, hab ich. Und du ...«

Hast mir das Herz gebrochen.

»... hast Nein gesagt.«

»Aber doch nicht, weil ich dich nicht mag.«

»Ja, du hast es erwähnt.« Ist es kindisch von mir, dass ich mir die Finger in die Ohren stecken und laut *la la la* singen will, um dieses qualvolle Gespräch zu übertönen? Warte, ich weiß, was ich mache. Ich werde einfach auf den See hinausblicken und den Wasserskifahrern und Kajakern zuschauen. *Entzückend.*

»Ich fand's total schön mit dir an diesem Abend.«

Ich höre ein *Aber* kommen. Direkt gegen mich, und ich wappne mich gegen das Trommelfeuer von Gründen, warum sie meine Seele tötet.

»Matty, kannst du mich einfach mal ansehen?«

Ich tue es, und merkwürdigerweise verflüchtigt sich

jedes Bedürfnis, meine Lippen auf ihre zu pressen, in dieser schwülen Luft.

»Ich mag dich sehr. Und ich glaube, dass du ein richtig cooler Typ bist. Aber ich gehe in wenigen Monaten aufs College. Es gibt einfach keine Zukunft, verstehst du? Ich kann nicht deine Freundin sein.«

»Wer hat gesagt ...«, fauche ich.

»Du willst eine Freundin. Und das ist super, aber ich ... ich weiß nicht. Ich will das im Augenblick einfach nicht.«

Mein Kopf fängt an zu glühen, als wäre er zu lange in der Sonne gewesen. Wahrscheinlich war es auch so. Wir brutzeln schon seit hundert Jahren hier draußen auf der Plattform in der Hitze. Ich will nicht mehr mit Emily darüber reden. Ich will nie wieder hören, dass sie diesen Mist sagt. Es musste nicht gesagt werden. Ich wusste es schon.

»Gut. Okay. Na ja, danke für diese, äh, Klarstellung.« Ich verdrehe die Augen, was sie praktisch immer wütend macht.

Der böse Teil von mir lächelt, als ich sehe, dass sie als Antwort die Zähne zusammenbeißt. »Du bist so kindisch, Matty. Meine Güte. Werd erwachsen.«

»Erwachsen?« Ich schöpfe ein bisschen Wasser aus dem See und spritze es ihr ins Gesicht. Sie zuckt nicht einmal zusammen. »Ist das erwachsen?«

Sie lässt sich nicht ködern, und mein eingesperrtes Herz zittert. Vielleicht bin ich kindisch. Na und? »Wir sind Freunde, Em. Ich hab's kapiert. Wir sind nur Freunde.«

Was mich mit alldem versöhnt? Sie und Brian werden ab morgen eine Woche weg sein.

Am Ufer schwenkt Brian die Arme über dem Kopf, um unsere Aufmerksamkeit zu erregen. Wahrscheinlich ist ihm ohne uns langweilig. »Ich geh zurück, okay?«

»Ja, klar.«

Meine Antwort scheint sie zu verwirren, als ob sie vielleicht nicht wirklich einen Keil in mein Herz treiben wollte. Aber vielleicht ist das nur Wunschdenken. Ich werfe ihr von der Seite einen Blick zu und mache ihr ein Angebot, von dem ich weiß, dass sie es nicht ablehnen kann. »Willst du um die Wette schwimmen?«

Em richtet sich auf und hebt die Augenbrauen. »Gegen dich?«

»Jap.« Ich strample mit den Beinen im Wasser, sodass es heftig spritzt. »Angst, dass ich gewinne?«

»Oh mein Gott, nein. Ich will dich nur nicht vor Brian bloßstellen.«

»Quatsch. Natürlich würdest du mich liebend gerne vor Brian bloßstellen.«

Langsam verzieht sich ihr Gesicht zu einem Lächeln. »Ja, durchaus.«

Ich beuge mich nach vorn. Emily lässt sich alle Zeit der Welt. Ich spüre die Hitze ihres Körpers neben meinem, als sie sich nach vorn beugt, um einen Startsprung ins Wasser zu machen. Ich muss mein Herz vor ihr verschließen. Ich muss das tun, sonst werde ich jeden Tag, den wir zusammen sind, ein bisschen mehr sterben. Also stoße ich Em zur Seite und springe mit einem Vorsprung ins Wasser.

»He. Bescheißen gilt nicht!«

Ein paar Minuten später hieve ich meinen Hintern aus dem Wasser – nur um festzustellen, dass Emily bereits, das Gesicht der Sonne zugewandt, auf ihrem Handtuch liegt.

Brian klatscht langsam in die Hände: »Glückwunsch, Alter, du bist Zweiter geworden.«

20:56

Irgendwie ist es toll, kein Handy zu haben. Mom kann mich nicht kontaktieren. Niemand kann mir schreiben. Ich muss nicht auf einen leeren Bildschirm starren und keine Anrufe von Dad sehen. Und der Gedanke an Priya, die es in der Hand hat, die es benutzt, die mit einem langen, zarten Finger über den Bildschirm streicht, während sie Angry Birds spielt – das einzige Spiel, das ich auf meinem Handy habe –, dieser Gedanke macht mich irgendwie wütend, aber irgendwie auch nicht.

Nachdem Em und Brian sich für eine Woche verabschiedet haben, setzen sie mich vor unserem Haus ab. In der Garage, auf dem Platz meines Vaters steht ein Auto. Einen Augenblick lang erstarre ich, aber dann sehe ich, dass es meinem Onkel Jack gehört. Ein brandneuer Mustang, wie es sich für einen Ford-Händler gehört. Er und Mom sitzen drinnen am Küchentisch und haben beide ein Glas Wein vor sich stehen. Ein paar Minuten lang beobachte ich sie von draußen und frage mich, worüber sie reden und wie viel von der Flasche sie schon getrunken haben.

Obwohl Jack zehn Jahre jünger ist als mein Vater, sieht

er aus, als wäre er der ältere Bruder. Vielleicht weil er einen realen Job hat, in der realen Welt, mit realer Verantwortung. Und vielleicht weil er eine Krawatte trägt und ein trauriges Lächeln. Mein Dad hatte immer Jeans und ein T-Shirt und Turnschuhe an. Er sah aus wie ein alternder, aber unbekümmerter Skater.

Jack hat sich auf dem Stuhl am Tisch zurückgelehnt und seine langen Beine vor sich ausgestreckt. Seine Krawatte ist weg, und sein Hemd steht am Hals offen, sodass man sein Unterhemd sieht. Ja, er ist ein Typ, der Unterhemden trägt. Und er rasiert sich am Wochenende und trägt im Sommer einen Bürstenschnitt. Wie mein Dad sieht er nicht schlecht aus, aber seine Falten lassen ihn müde wirken.

Und jetzt, wo seine Frau mit seinem Bruder abgehauen ist ...

Ginger bellt und erschreckt mich und meine Mom und meinen Onkel. Sie winken mich herein, aber ich bin nicht sicher, ob ich dazu bereit bin. Dort drinnen herrscht wahrscheinlich dicke Luft. Ich zeige auf Ginger und rufe mit lauter Stimme durch das Fenster: »Muss noch mit ihr spazieren gehen.«

Es ist ihnen egal. Natürlich. Sie trinken ja Wein.

Als ich im Garten neben dem Haus bin, fühle ich ein Ziehen im Bauch. Ich muss auf dem Feld nachsehen. Ich weiß, dass sie weg ist, aber ...

Sie ist da.

Un. Möglich.

Mein Magen schlägt Salto wie ein gewendeter Pfannkuchen, und mein Herz klopft. Ich stürme zum Bach und springe mit einem großen Satz hinüber wie ein verdammter Superman. Und als ich den kleinen Hügel hinaufschnaufe, sage ich mir selbst dauernd *nur wegen meinem Handy*. Es geht nur um das *Handy,* nicht um Priya.

Genau wie beim letzten Mal, als ich sie sah, sitzt sie auf dem Boden, das Gesicht dem Mond zugewandt, als würde sie in seinem Schein baden, um eine Mondbräune zu bekommen. Ihre Augen finden mich, aber sie bleibt bewegungslos und ruhig sitzen. »Ich kenne dich, nicht wahr?«

»Ähm, ja. Wir haben uns gestern Nacht kennengelernt.« Ich zeige auf den Boden. »Genau hier.«

Sie lächelt gleichmütig. »Ich habe das gespürt.«

»Du, äh, hast mein Handy ausgeliehen?« Ich fühle mich unbehaglich und viel zu groß, wie ich so vor ihr stehe, deshalb gehe ich neben ihr in die Hocke. Sie sieht genauso aus wie letzte Nacht: dasselbe Top, derselbe Tutu-Rock, dasselbe Nasenpiercing. An ihrem Hals hängt eine silberne Kette, die im Mondlicht funkelt. Der Anhänger besteht aus tropfenförmigen, schwarz-weißen Perlen, die zur Farbe ihrer Haare passen. Wäre es sehr merkwürdig, wenn ich den Anhänger berühren würde? Ihn von ihrem Hals hochhöbe und zwischen meinen Fingern rollte? Um die glatte Oberfläche des Edelsteins an meiner Haut zu spüren?

Ja. Das wäre merkwürdig. Hände. Weg.

»Mein Handy«, sage ich noch einmal, fest und nachdrücklich. »Du hast es genommen, und ich hätte es gerne zurück.«

»Dein ...«

»Handy, mein Handy.«

Ihre Stirn runzelt sich, winzig kleine Grate erscheinen auf ihrer Stirn. »Nein.« Sie verlängert die eine Silbe zu dreien. Nei-hei-hein.

Ich schaue hinüber zu ihrer schwarzen Tasche, die sie festhält, als wäre sie ein Teil von ihr. Als ich danach greifen will, drückt sie sie noch fester an sich. Ich lasse meine Knie auf den Boden sinken und beuge mich über sie, nur wenige Zentimeter von ihrer Brust und ihrem Bauch entfernt. »Priya, ich muss mein Handy zurückhaben. Ich habe es dir nur *geliehen.*«

Sie setzt sich auf, und ihr Gesicht ist so dicht an meinem, dass ich den blumigen Duft ihres Shampoos riechen kann. Ihre Lippen sehen aus wie blassrosa Kissen, und ich bemerke zum ersten Mal, dass ihr Gesicht nur aus großen Augen und einem vollen Mund besteht, Kurven, die nicht zu ihrer dünnen Gestalt passen.

»Ich habe den Gebrauch deines Handys nicht gefordert«, sagt sie sehr formell mit leiser Stimme. »Auch wenn ich dein Angebot schätze.« Sie greift in ihre Tasche und zieht mit dem Gehabe der Assistentin eines Zauberkünstlers mein Handy heraus. Als ich es von ihr entgegennehme, berühren sich unsere Finger und entfachen einen elektrischen Funkenregen, den ich bis hinunter in die Zehen spüre.

Nein, nein, das liegt an dem Handy. Oder das trockene Gras hat sich elektrostatisch aufgeladen. Das ist nichts Romantisches oder Magisches oder ... Verrücktes.

Ich schüttle es ab. »Also, wenn du niemanden angerufen hast, wie bist du dann nach Hause gekommen?«

Sie runzelt die Stirn, als wäre ich blöd. »Ich bin nicht zu Hause.«

»Jetzt nicht. Aber du warst.« Ich lehne mich zurück, um einen gewissen Abstand zwischen uns zu bringen. »Heute Morgen warst du weg. Weil du nach Hause gegangen bist, richtig?«

Wieder schüttelt sie den Kopf.

»Hat dein Freund dich abgeholt?«

»Freund?« Sie dreht das Wort in ihrem Mund herum.

Ich spüre, wie meine Wangen warm werden. Habe ich sie das gerade wirklich gefragt? »Oder deine Freundin. Oder einfach ein Freund. Oder ... was immer.« Ich räuspere mich und fange noch einmal an. »Du warst heute irgendwo. Wo?«

Sie zeigt auf unser Haus.

»Nein, nein. Ich meine, wo warst du den ganzen Tag, wenn du nicht hier warst oder zu Hause?«

Ihr Finger schwebt in der Luft und ist immer noch auf unser Haus gerichtet.

»Moment mal, du warst bei uns im Haus? Aber wie ...« Ich habe die Tür für sie offen gelassen, damit sie die Toilette und mein Telefon benutzen konnte, aber ... »Moment«, sage ich noch einmal, weil ich nicht ganz fassen kann, was sie andeutet. »Du warst bei mir zu Hause? *Den ganzen Tag?* Aber ... ich war doch da!«

»Ich habe alle Zimmer gesehen. Es gab sehr viele Zimmer, viele Orte, um Daten zu sammeln, und dann ...« Sie wackelt mit dem Finger in der Luft und zieht eine Linie von einem Punkt zu einem anderen. »... da.«

»Die Werkstatt? Du warst in der Werkstatt meines Vaters?«

Sie nickt. »Ja. Viel kühler.«

Ich starre sie an, und dann – ich kann mir nicht helfen – schmeiß ich mich weg vor Lachen. Die Vorstellung, dass sie bei mir zu Hause war, während ich auch dort war und keine Ahnung hatte, haut mich um.

»Du bist so hinterhältig!«

»Hinterhältig?«

»Ja, heimtückisch. Wie eine Ninja oder so.« Ich schüttle den Kopf. »Zum Glück hat meine Mom dich nicht gesehen. Sie hätte vielleicht die Polizei gerufen.«

»Ich würde deine Mutter gerne kennenlernen.«

Mein Gehirn schießt ein Bild von Mom und Jack am Esstisch, wie sie Wein trinken und über ihre Nullnummern von Ehepartnern jammern. »Unter normalen Umständen, ja, aber jetzt? Vielleicht ein anderes Mal.«

Priyas Lächeln ist kurz und wehmütig. »Es wird kein anderes Mal geben. Ich fahre nach Hause. Heute Nacht.«

»Das hast du gestern schon gesagt.«

»Ja. Meine Berechnungen waren nicht korrekt.«

»Ähm ... okay. Aber ... Wo genau ist dein Zuhause?«

Sie hebt ihren langen Arm zum Himmel. Ich spüre, wie ein Lachen in meiner Brust hochblubbert. Das kann sie nicht ernst meinen.

»Du kommst aus dem ... aus dem Weltraum?«

»Von einem Planeten in der Nähe von Gliese 581c. Das ist zwanzig Lichtjahre von der Erde entfernt.«

Ding-Dong-Ding-Dong. Vorsicht: Verrückten-Alarm! Das ist keine Übung.

»Nur zwanzig, was? Gut, okay, hallo, Frau Nachbarin.« Wenn sie meinen Sarkasmus versteht, reagiert sie nicht, was mir ein schlechtes Gewissen macht. Ich möchte sie nicht verspotten, aber bei diesen Fanatikern, mit denen mein Vater dauernd Kontakt hatte, fällt es mir schon sehr schwer, sie nicht zu verspotten. Aliens? Raumschiffe? Besondere magnetische Energie? Bitte! Das ist doch total lächerlich.

»Gliese 581c hast du gesagt?«

»In der Nähe von Gliese 581c.«

»Ach so. *In der Nähe.* Das ist natürlich was ganz anderes. Hat der Ort auch einen Namen, den ich aussprechen kann, oder ist das nur eine Reihe von Zahlen und Buchstaben?«

Sie wendet mir ihr Gesicht zu, und ich sehe in ihren Augen, dass sie den abfälligen Ton in meiner Bemerkung verstanden hat. Mein Gesicht läuft vor Scham rot an.

»Es ist in Ordnung, dass du mir nicht glaubst.«

»Ist irgendwie ungewöhnlich, das zu sagen.«

»Ich glaube, dein Vater würde mir glauben.«

Ich verschlucke mich fast an meiner eigenen Spucke. »Wie bitte?«

»Dein Vater ... Er ist auch verrückt.«

Oh nein. Sie gehört bestimmt einer der Internet-Verschwörungsgruppen meines Vaters an. »Woher kennst du meinen Vater?«

»Ich kenne ihn nicht.«

»Woher weißt du dann ...?«

»Du hast gedacht, dass er verrückt ist. Wie ich«, fügt sie hinzu.

»Das stimmt nicht. Nicht wirklich.« Eigentlich glaube ich nicht, dass mein Vater verrückt ist, nur dass er die Verrückten unterstützt. Dass er sie ermuntert, an Verschwörungstheorien zu glauben, wie zum Beispiel daran, dass die Regierung insgeheim im militärischen Sperrgebiet der Area 51 Aliens Unterschlupf gewährt. Aber das verschweige ich Priya, denn mein Bauchgefühl sagt mir, dass sie eine dieser Verrückten ist.

Andererseits, wenn sie tatsächlich dazugehört, weiß sie vielleicht, wo er ist. »Priya, weißt du ...«

»Wenn du es nicht weißt, dann weiß ich es auch nicht.«

»Hä?« Ich habe meinen Satz eigentlich nicht beendet. Oder?

Priya lässt sich auf den Rücken fallen und rollt sich auf die Seite, dann zieht sie die Beine an, sodass Ginger, die neben ihr liegt, ihren großen Kopf in die Wölbung zwischen Priyas Rippen und Hüften kuscheln kann. Zwei neugierige braune Augenpaare schauen mich an.

»Auf meinem Heimatplaneten spüren wir, was andere denken. Nicht konkrete einzelne Gedanken«, sagt sie, sorgfältig, fast behutsam ihre Worte wählend. »Aber auf eurem Planeten ist es anders. Es ist weniger ein Spüren als ein Hören.«

»Du kannst meine Gedanken hören.« Ich verdrehe die Augen. »Du bist ein Alien aus einem anderen Sonnensystem, und du kannst Gedanken lesen.«

Sie lächelt verschlagen im Mondlicht. »Woher weißt du, dass Gliese 581c in einem anderen Sonnensystem liegt?«

Ich seufze. Bei solchen Leuten muss man vorsichtig

sein. »Mein Vater ist auf Astronomie abgefahren. Er könnte mir ein paar Dinge beigebracht haben.« *Mehr als ein paar.*

»Wie viel mehr?«

Ich schaue sie an, und sie lächelt wieder. »Viel mehr. Aber das spielt keine Rolle. Tut mir leid, aber ich glaube nicht, dass du eine Außerirdische bist.«

»Warum? Glaubst du nicht, dass es auf anderen Planeten Leben gibt?«

Ich hebe mein Kinn und schaue hinauf in den Himmel, wo ich den Nordstern ausmache. »Weißt du, ich sollte einen Joint rauchen, wenn wir diese Diskussion führen.«

»Einen Joint?«

Vielleicht kommt sie tatsächlich von einem anderen Stern. »Egal.«

Ich liege flach auf dem Rücken, und wir schauen beide hinauf zu den Sternen. Mein Dad und ich haben das früher gemacht, als ich klein war. Er hat sich mit mir zusammen hinausgeschlichen, während Mom schlief, und wir zählten zusammen die Sterne, bis die Sonne aufging. Ich glaube nicht, dass mein Vater gerne tagsüber wach war. Da gibt es zu viel Druck, zu viele Aufgaben. Nachts konnten wir über das weite Universum nachdenken, diskutieren und träumen. Wir waren Captain Kirk und Mr. Spock, rasten durch die Galaxie und hatten den Auftrag, neue Welten und neue Arten zu entdecken. Wir waren Galileo und Kopernikus und staunten über die Planeten. Wir waren Carl Sagan und Stephen Hawking und prophezeiten, dass es Leben auf diesen Planeten gäbe.

Ich fühlte mich damals meinem Vater so verbunden, war stolz, sein Sohn zu sein, und begeistert davon, seine Leidenschaft zu teilen. Aber ... irgendetwas hat sich verändert, irgendetwas ist verloren gegangen. Die Magie der Sterne hat sich verflüchtigt wie Staub.

Ich stemme mich zum Sitzen hoch und beuge mich über Priyas Gesicht. »Wer bist du?«

»Ich bin Priya.«

»Woher kommst du?«

»Von einem Planeten in der Nähe von Gliese 581c, zwanzig Lichtjahre ...«

»Woher kommst du wirklich?«

»Ich hab's dir gerade gesagt ...«

»Das ist Mist, und du weißt es.«

Sie rollt den Kopf hin und her. »Nein, Matthew, es ist ...«

»Wie bist du hierhergekommen ...?«

»Meine Leute wurden hier zurückgelassen, damit sie Daten erheben.«

»Nein, mit welchem *Verkehrsmittel* bist du gekommen?«

»Mit einem Raumschiff, durch ein Wurmloch.«

»Wenn du eine außerirdische Lebensform bist, warum siehst du dann aus wie ein Mensch?«

»Unser Planet ist diesem hier sehr ähnlich.«

»Und ihr sprecht unsere Sprache?«

»Ich spreche, was immer du sprichst.«

Ich öffne den Mund, um eine weitere Frage zu stellen, aber sie setzt sich auf und hält mich davon ab, indem sie so dicht an mein Gesicht kommt, dass sich unsere Nasen fast berühren. »Matthew, mein Planet ist der Erde sehr ähnlich, aber viel kleiner. Seine Gravitationskraft ist geringer, deshalb sind wir kleiner als Menschen und leichter. Wir kommunizieren auf verschiedenen Wegen durch ein gemeinsames Energiefeld. Unser Planet verändert sich schnell. Er ist sehr rasch abgekühlt, und wir mussten uns anpassen und gemeinsam herausfinden, wie wir ihn retten. Aus diesem Grund haben wir unsere Technologie weiter vorangetrieben als ihr. Deshalb können wir durch das Universum reisen und ihr nicht. Noch nicht.«

Sie schlingt die Arme um die Knie und bettet ihren Kopf darauf, denn sie ist erschöpft und müde davon, sich gegen mich zu behaupten. »Beantwortet das all die Fragen in deinem Kopf?«

Beweis es mir, denke ich. *Nimm mich mit.*

»Du kannst nicht mit mir mitkommen.«

Ich mache ein finsteres Gesicht und schaue weg. Sie kann unmöglich meine Gedanken lesen, das war offenbar ein Zufallstreffer, aber was auch immer hier geschieht, mir wäre es lieber, wenn sie damit aufhören würde. »Warum bist du hier?«

»Wie ich dir gesagt habe. Datenerhebung.«

Ich deute mit dem Kopf auf ihre schwarze Tasche. »Sind deine Daten da drin?«

»Oh nein. Sie würden unmöglich alle hineinpassen.« Dann tippt sie mit dem Zeigefinger gegen ihre Schläfe. »Die Daten sind hier gespeichert.«

Oh mein Gott. Lachend schüttle ich den Kopf. Sie runzelt die Stirn. »Ich lach dich nicht aus. Rede ... rede einfach weiter.«

»Das funktioniert wie euer Cloud-Computing. Alles, was ich hier beobachtet habe, wird in unsere Welt zu Hause eingebunden. Wenn es uns nützt, wird es Teil unserer Kultur, unseres gemeinsamen Wissens.«

»Dann bestehlt ihr uns?«

Sie starrt mich eine Weile an, als würde sie meine Lippen und meinen Mund begutachten. Oder mein Gehirn? »Nicht stehlen. Leihen.«

Ich muss unwillkürlich lächeln. »Priya, du bist vielleicht nicht aus Pennsylvania. Verdammt, vielleicht nicht einmal aus Amerika. Du könntest ... Keine Ahnung ...« Ich zucke mit den Achseln.

»Ich könnte was sein?«

»Inderin? Pakistanerin? In diesem Kaff kommt man nicht gerade mit sehr vielen verschiedenen Menschen in Berührung. Nimm zum Beispiel meinen besten Freund. Brian. Sein Nachname ist Aoki. Meine Mom hat erzählt, dass seine Familie für großen Aufruhr gesorgt hat, als sie hier eingezogen sind. Unsere Nachbarschaft ist nicht gerade kosmopolitisch.«

Priya schaut mich einen Augenblick genau an. »Du redest. Zu viel.«

Ich muss unwillkürlich lachen. Dann lasse ich meine Augen von Priyas weißem Haar und ihren hohen Wangenknochen über die Wölbung ihrer Lippen bis zu ihrem Kinn wandern. Ihr Mund öffnet sich, und sie lächelt hinterhältig. In ihrem Blick liegt etwas Verschlagenes. Ihr Blick trifft meinen, und sie blinzelt ganz langsam, dabei bewegen sich ihre Wimpern wie durch flüssigen Treibsand und verschlingen mich. Mein Puls beschleunigt sich, wenn sie mich so ansieht. »Was ich sagen will, ist, ich glaube ... Du bist nicht hier aus der Gegend.«

»Danke.«

Auf einmal fliegt ihre Hand an ihre Schläfe. Als hätte sie einen Schlag erhalten. Sie blinzelt ein paarmal schnell und runzelt die Stirn.

»Alles okay mit dir?«

»Ich ... habe ... Schmerzen ...« Sie drückt ihre Handfläche gegen die Stirn und spreizt dabei die Finger. »Es ist ... es ist.« Ihre Augen bewegen sich rasch hin und her, als würde sie das Wort suchen.

»Kopfschmerzen? Hast du Kopfschmerzen?«

Sie nickt. »Ja, ja, genau.«

»Vielleicht hast du Medikamente in deiner Tasche?«

»Nein. Es ist uns verboten, Medikamente bei uns zu tragen.« Sie presst ihre andere Hand flach an ihren Kopf und hält ihn wie in einem Schraubstock. Es sieht aus, als hätte sie fürchterliche Schmerzen.

Ich schaue über die Schulter zum Haus. »Komm rein. Wir haben Aspirin. Und Tylenol.« Damit strecke ich Priya meine Hand hin, aber sie schaut sie nur fragend an, und in ihren Augen ist Verwirrung erkennbar. Als ich ihre Hand nehme und sie hochziehe, bricht sie fast zusammen. Ich fange sie auf und halte sie ruhig auf den Beinen. Ihre Lippen berühren kurz meinen Hals, und ihre weißen Haare kitzeln mich am Mund, bevor ich sie richtig hinstellen kann.

Sie hält sich an meinen Schultern fest, um im Gleichgewicht zu bleiben, aber ich sehe, dass sie schwach ist. Ihre Lippen zittern, und ihre Augen verdrehen sich unkontrolliert. Soll ich sie ins Haus tragen? Werden Mom und Jack ausflippen?

»Meine Mutter ist Krankenschwester«, sage ich zu ihr. »Sie kann dir helfen.«

Trotz ihrer Schmerzen gelingt es Priya, den Kopf zu schütteln. »Nein«, sagt sie schroff. »Das wäre nicht klug.«

»Aber sie kennt sich aus mit ...«

»Nein!«

»Okay, okay. Aber du brauchst was gegen deine Kopfschmerzen. Kannst du ...« Ich seufze. Ich kann es nicht fassen, dass ich das sage. »Kannst du eines *unserer* Medikamente nehmen?«

Die Bewegung ihres Kopfes drückt eine Art Zustimmung aus, was mir vollkommen reicht.

»Super. Ich bin in fünf Minuten wieder da.« Ginger will mir folgen, aber ich drehe mich um und befehle ihr zu bleiben, bevor ich den Hügel hinunterstürme.

Die Küche ist leer: Jack ist weg, und ich höre meine Mom oben hin und her gehen. Mein Blick streift die Weinflasche auf der Wertstofftonne. Wow, das ging schnell.

In dem winzigen Bad im Erdgeschoss bewahrt Krankenschwester Mom Medikamente in Hülle und Fülle auf, allerdings nichts Verschreibungspflichtiges. Nur die üblichen rezeptfreien Medikamente: Tylenol, Advil, Aspirin, Aleve, ein paar leichte Schlafmittel und Benadryl. Alle in riesigen weißen Gläsern ohne Kindersicherung. Ich nehme fünf Tabletten von jeder Sorte und schnappe mir auf dem Weg durch die Küche noch eine Dose Cola.

Mit einer Hand an der Tür bleibe ich stehen. Priya

sagte, sie würde heute Abend zurückgehen. Natürlich nicht zu ihrem »Heimatplaneten«, sondern zu ihrem wirklichen Zuhause, wo immer es sein mag. Aber was, wenn sie falsch liegt? Wie schon zuvor?

Oder was, wenn sie nicht mehr alle Tassen im Schrank hat und niemand sie abholt, auch wenn sie denkt, dass jemand käme? Sie kann nicht wieder alleine draußen auf dem Feld bleiben.

Ich könnte Ginger bei ihr lassen, aber dieser Hund ist nicht Lassie. Sie rennt eher weg, wenn's Schwierigkeiten gibt, als dass sie jemanden rettet. Und was, wenn es regnet, bevor Priya abgeholt wird?

Im Flurschrank suche ich nach meinem alten Zelt. Brian und ich hatten es an einem Wochenende benutzt, als wir Wölflinge bei den Pfadfindern waren. Ehrlich gesagt interessierten wir uns nicht besonders für die Pfadfinder-Aktivitäten, aber wir wollten unbedingt campen. Dachten wir zumindest. Nach einem erbärmlich kalten Wochenende in den Wäldern beschlossen wir, dass wir lieber drinnen ein Fort bauten, wo wir fernsehen und den Kühlschrank plündern konnten.

Ich stoße Schachteln voller Gerümpel beiseite und finde endlich das Nylonzelt mit dem zusammenklappbaren Aluminiumrahmen. Es ist klein, aber besser als nichts.

Als ich zurück auf das Feld komme, sitzt Priya aufrecht da, die Beine von sich weggestreckt und ihr Notizbuch auf dem Schoß. Ich versuche einen Blick auf die Seite zu erhaschen, die sie gerade liest, aber ihre Hand verdeckt den größten Teil der Schrift.

Sie schaut mit einem fragenden Lächeln auf, als ob ich sie mit meiner Rückkehr überrascht hätte.

»Voilà.« Ich öffne eine Hand und zeige ihr die Tabletten in allen Farben des Regenbogens: orangefarbenes Aspirin, pinkfarbenes Benadryl, braunes Advil, rot-weiß-blaues Tylenol, blaues Aleve.

»Hübsch«, sagt sie. »Was ist das?«

»Medikamente. Gegen deine Kopfschmerzen.«

Und jetzt werden ihre Augen ein bisschen größer, als würde es ihr siedend heiß wieder einfallen. »Ach ja.«

»Was willst du? Aspirin oder Advil?«

Sie starrt gedankenverloren auf die Medikamente und greift sich dann wieder an ihren Kopf. »Dieser Schmerz wird nicht verschwinden. Nicht damit.«

»Bist du sicher? Meine Mom hat Migräne, verstehst du, so stark, dass sie sich übergeben muss, aber sie nimmt einfach ein paar von diesen Dingern und fühlt sich viel besser.«

Sie hat beide Hände seitlich an ihren Kopf gelegt. »Danke, Matthew.«

»Willst du es nicht einmal versuchen? Ich für meinen Teil bin ein Tylenol -Typ.«

Sie betrachtet die Pillen, dann mich und dann wieder die Pillen. »Welche ist das Tylenol?«

Ich nehme zwei der länglich geformten Tabletten und lege sie ihr in die Hand. Dann öffne ich die Cola für sie. Das Zischen ist laut in der Stille des leeren Feldes, und wir erschrecken beide. »Tylenol, Zucker und Koffein. Damit kannst du nichts falsch machen.«

Sie zögert, bevor sie die Medikamente schluckt, und

trinkt vorsichtig aus der Dose, als ob sie auf keinen Fall mit ihren Lippen das Metall berühren wollte.

Dann baue ich das Zelt für sie auf. Zuerst stecke ich das Gestänge aus Leichtmetall zusammen und schiebe es durch die Enden der Zeltplane aus Nylon. Wenn man bedenkt, dass ich das erst einmal im Leben gemacht habe, gelingt mir das ziemlich schnell. Priya schaut fasziniert zu.

»Voilà«, sage ich zum zweiten Mal und bin mir nicht sicher, seit wann ich so intellektuell bin, dass ich regelmäßig französische Wörter verwende.

»Und das ist ...?«

»Ein Zelt. Für dich.«

Priya fährt mit den Händen an den glatten Kanten entlang und späht ins Innere hinein. »Es ist bezaubernd. Danke. Das ist ein ...?«

»Zelt. Ein Zelt.«

Sie schlägt eine Seite in ihrem Notizbuch auf und kritzelt mit ihrem Stift etwas auf das Papier.

»Du schläfst im Innern«, sage ich zu ihr und demonstriere es. Allerdings passe ich nicht richtig hinein: Entweder schaut mein Kopf heraus oder meine Füße. »Na ja, du bist klein. Du kannst dich zusammenrollen.« Ich krabble wieder hinaus und halte den Eingang für sie auf. Aber sie rührt sich nicht.

»Okay, gut. Bitte schön. Jetzt hast du einen Ort zum Schlafen, und ich brauche mir keine Sorgen mehr zu machen. Okay? Okay.« Ich stehe auf und klopfe mir das Gras von der Hose. »Komm, Ginger.«

Ich winke Priya zu, während Ginger und ich uns auf

den Weg den Hügel hinunter machen. »Gute Reise nach Hause, wo immer du lebst.«

»Mein Planet liegt in der Nähe von Gliese 581c«, erwidert sie.

»Jap. In der Nähe von Gliese 581c. Viel Glück damit.« Ich schüttle den Kopf. Dieses Mädchen spinnt. Sie ist hübsch, ja. Ganz nett anscheinend und schlau, aber ...

Keine Außerirdische. Und deshalb total verrückt.

Drinnen gehe ich durch das Haus und mache dabei die Lichter aus. Ich sollte erleichtert sein, dass wir es hinter uns haben, Priya und ich. Wenn sie abgeholt wird, wenn sie nicht abgeholt wird. Spielt keine Rolle. Ich habe mein Handy wieder zurück und Ende.

Dann renne ich zum Nebeneingang und versichere mich, dass er offen ist. Für alle Fälle.

2:27

Ich ziehe einen Stuhl ans Fenster des Gästezimmers. Nur von diesem Raum und vom Zimmer meiner Mutter aus sieht man das Weltraum-Feld. Von hier aus kann ich durch mein altes G. I. Joe-Fernglas Priya beobachten.

Ich dachte, die Sache wäre erledigt – ich meine, ich weiß, dass die Sache erledigt ist –, aber ich konnte nicht schlafen, solange sie allein dort draußen war. Ich warf mich im Bett von einer Seite auf die andere und … na ja, jetzt bin ich hier.

Ein Auge auf sie haben. Mehr mache ich nicht. Ich stalke sie nicht. Ich spioniere ihr auch nicht nach. Ich stelle sicher, dass ihr nichts passiert. Sie ist ein Mädchen, ganz allein auf einem Feld. Eine gewissenlose Person, jemand, der nicht unbedingt ihr Bestes will, könnte die Situation ausnutzen. Oder, was wahrscheinlicher ist, sie wird von einer Million Moskitos gestochen oder verstaucht sich im Dunkeln den Knöchel. Auch dafür bin ich da.

Mit dem Fernglas komme ich mir ein bisschen blöd vor. Es ist ein Kinderfernglas von Brians sechstem Geburtstag, als er total auf Actionfiguren stand. Wir spielten damals immer Suche und Rettung am Bach, und manchmal rettete G.I Joe Emilys Barbie-Puppe, während er auf seinem Surfbrett surfte.

Ihr wusstet nicht, dass Joe surfen konnte? Oh, Joe kann viel. Hübsche blonde Puppen mit großen Brüsten und High Heels retten ist allerdings seine Spezialität, und er verbrachte viele Nachmittage damit, Barbie aus tiefem Wasser oder Astlöchern zu befreien.

Das Fernglas bedeckt kaum meine Augen, aber wenn ich es entsprechend halte und die Augen zusammenkneife, kann ich Priya auf dem Feld erkennen. Sie sitzt da, die Beine vor sich ausgestreckt, die Hände im Schoß, das Kinn zum Himmel gereckt. Die Art und Weise, wie sie dasitzt, hat etwas Unbeholfenes, Fohlenhaftes. Normalerweise habe ich mit Mädchen wie Emily zu tun, die ihre Beine am Knie oder an den Knöcheln überkreuzen oder die Knie mit den Armen umschlingen und sich an die Brust ziehen. Nicht einmal meine Mom kann still sitzen. Sie schlägt ständig die Beine übereinander oder rückt die Füße näher zusammen oder zieht die Fersen unter den Po.

Aber Priya sitzt bewegungslos da. Mir fällt auf, dass ich bisher nicht gesehen habe, wie sie geht. Ich habe gesehen, wie sie steht oder sitzt oder sich auf den Boden legt, aber ich frage mich, wie sie aussieht, wenn sie geht. Stolziert sie wie ein Supermodel? Oder geht sie auf Zehenspitzen wie eine Tänzerin? Rennt sie, läuft sie, oder sprintet sie? Schwingt sie die Arme neben dem Körper her, oder drückt sie sie fest an ihre Taille?

Ich betrachte Priya und stelle mir vor, wie sie sich bewegt. Stelle mir vor, wie sie die Arme zu mir ausstreckt, sie um meinen Hals und meinen Rücken legt und mich dicht zu sich heranzieht. Ihre Beine an meine Beine gepresst, ihre Lippen auf meiner Wange, ihr Atem in meinem Ohr.

Sie nennt mich Matthew, und ich lache und kitzle sie, bis sie Matty zu mir sagt. Und ...

Sie ist nicht dein persönlicher Pornokanal. Ich hole Luft und schaue weg, um meinen angeheizten Hormonen eine Chance zu geben, an etwas anderes zu denken und sich zu beruhigen, Herrgott noch mal.

Ob Brian wohl versucht hat, mich zu erreichen? Ich nehme mein Handy mit zum Fenster. Das WLAN ist im ganzen Haus ziemlich schlecht, aber hier kommt wenigstens ein bisschen Signal an. Ich tippe auf den Bildschirm und sehe ungefähr ein Dutzend Nachrichten, halte mich aber nicht damit auf, sie zu lesen.

Hey, tippe ich.

Was geht, Alter?

Ähm ... Ich tippe die Wahrheit: *Das Mädel ist wieder da*

Jaaa, Mann!

Sie ist

Ich will »verrückt« schreiben, halte aber inne. Ich versuche es mit »alien«, aber halte wieder inne.

Was???

Sie geht heute Abend nach Hause

Und kaum habe ich das geschrieben, schmerzen meine Rippen, als hätte mir jemand einen heftigen Schlag versetzt. Ja, sie geht nach Hause, wo immer das ist, und ich werde sie nie wiedersehen.

Aber ich möchte es. Ich möchte es unbedingt.

Wie heißt sie noch mal?, schreibt Brian zurück.

»Priya«, sage ich laut. »Priya, Priya.« Es fühlt sich merkwürdig an auf meiner Zunge. Ich kann mir vorstellen, wie Brian sich über sie lustig macht: »Was ist sie, ein Auto? Guter Spritverbrauch, ha, ha.«

Bevor ich antworten kann, kommt eine andere Nachricht: *Vergiss die Katze nicht*

Oh Mist, richtig. Ich habe den Aokis versprochen, dass ich den Briefkasten leere und so, solange sie weg sind. Sie haben auch eine Katze. Emilys Katze. Super etepetete. Die einzige Katze, die ich kenne, die kein Dosenfutter frisst. Ihr Fressen muss jeden Tag frisch zubereitet werden, deshalb braucht sie einen Babysitter, wenn die Familie wegfährt.

Welche Katze?

Alter!! Em bringt dich um

Brian hat ja keine Ahnung, dass Em mich schon umgebracht hat. Wir haben unser kurzes Rummachen beim Abschlussfest geheim gehalten. Nur wir beide wissen davon. Wir waren uns nicht sicher, was Brian machen würde, wenn er davon erführe.

Ach so, ja, Katze, verstanden

Mach dich locker

Wir blödeln noch ein bisschen herum, bis Brian von seiner Mutter gerufen wird und ich wieder alleine bin.

Ich greife nach meinem Laptop und tippe Priyas Namen in das Suchfeld bei Google, einfach um zu schauen, was an Treffern kommt.

Nicht viel, wie sich herausstellt. Es ist der Titel von ein paar Filmen, ein bekannter Sitcom-Charakter heißt so und ein indisches Restaurant, das achtzig Kilometer weit entfernt ist. Aber hier in der Gegend? Nichts. Selbst bei Google News finde ich ihren Namen nirgends.

Das ist ein gutes Zeichen, oder? Es bedeutet, dass alles in Ordnung ist. Sie ist nicht aus einer Psychiatrie ausgebüxt, und sie ist auch kein Killer auf der Flucht.

Nur dass ich ihren ganzen Namen ja gar nicht kenne. Oder weiß, ob Priya wirklich ihr Name ist. Eigentlich weiß ich gar nichts über sie.

Stöhnend nehme ich das Fernglas wieder hoch. Sie lehnt jetzt am Zelt. Ihr Gesicht ist zum Himmel gerichtet. Ich muss lächeln. Wenigstens ist es für etwas gut.

Wartet sie wirklich darauf, dass sie von der anderen Seite des Universums abgeholt wird? Sie selbst jedenfalls glaubt es.

Ich wende mich wieder Google zu. Diesmal erforsche ich den Himmel. Vielleicht ist ein Komet auf dem Weg und soll bald unsere Atmosphäre passieren, oder ein Sternschnuppenschwarm ist angekündigt. Die Follower des Blogs von meinem Vater, die an Aliens glauben und an interstellare Weltraumverschwörungen, stehen auch auf Astronomie. Ereignisse wie ein vorbeifliegender Komet oder der Sternschnuppenschwarm der Perseiden erzeugen in ihnen die verrückte Vorstellung, dass jemand oder etwas kommt, um sie abzuholen.

Aber auf der Website der NASA werden für die nähere Zukunft keine Ereignisse am Himmel angekündigt, nichts, was nach *Die Aliens kommen!* schreit. Natürlich stünde dieser Satz niemals auf einer offiziellen Website. Wenn überhaupt, stünde er …

… trau ich mich? Ich kenne die Adresse auswendig, obwohl ich wünschte, es wäre anders.

www.reallifewithufos.com

Dads Website für Durchgeknallte. Hat jeder schon gesehen. Oder zumindest eine ähnliche. Vielleicht auch tausend ähnliche: schwarzer Hintergrund, winzige gelbe und weiße Schrift, viele, viele Ausrufezeichen. Jede Überschrift ist eine RIESENMELDUNG!!!! Jeder Follower hat die Worte *Ufo* oder *Verschwörung* in seiner oder ihrer Twitter-ID. Unter jedem Foto einer fliegenden Untertasse oder einem graugesichtigen, verpixelten ET steht »Nicht maßstabgetreu« oder »Künstlerische Wiedergabe«, um sicherzustellen, dass allen klar ist: Das ist nicht real, könnte es aber todsicher sein, und *wir alle wissen* es.

Auf einer Seite ist eine Liste von Links zu DJs Lieblingswebsites: seriöse Seiten wie die der NASA und ESA und der verschiedenen Observatorien im ganzen Land, aber auch verrückte wie »Wir glauben daran«, »Ich wurde entführt«, »Wir sind nicht allein« und so weiter. Auf der anderen Seite ist sein Twitter Feed – ein konstanter Strom von Posts und Kommentaren seiner Follower.

Sein Blog »Ein Stern ist geboren« ist genau in der Mitte der Seite. Er hat dreihundertvier Abonnenten, von denen die meisten sehr gerne mit GIFs oder einer Reihe von Emojis kommunizieren.

Yeah.

Ich hatte nie etwas gegen das Interesse meines Vaters an Aliens oder Astronomie. Es war, was wir zusammen machten, und gehörte zum Erbe unserer Familie. Dad sagte mir immer, die Sterne seien unser Schicksal – wir seien aus der Asche von Sternen geschaffen, wie Carl Sagans berühmter Ausspruch lautete, nur dass das auf uns noch mehr zutraf als auf alle anderen. Wir erforschten den Himmel mit unseren Teleskopen und kartierten die Planeten in der Galaxie. Wenn ein neuer Exoplanet entdeckt wurde, eine weitere potenzielle Erde, klatschten wir uns ab. DJ und Junior, Vater und Sohn.

Auch der Blog gehörte uns lange Zeit zusammen. Dort gab es Bilder von *uns.* Bilder von *mir.* Von unserem Haus, unserem Hund, unserem Feld. Unseren Teleskopen. Und es war gut, und es machte Spaß, und es gehörte uns.

Aber als ich in der neunten Klasse war, verwandelte sich unser Verhältnis plötzlich in etwas anderes. Ich kann mich erinnern, dass ich damals viel mit Brian und Em zusammen gemacht habe: Bri und ich waren neu in der Highschool und mussten viel mehr lernen. Und Mom trieb mich dauernd an (»Sieh den Tatsachen ins Auge, Matty, du brauchst ein Stipendium, wenn du aufs College willst.«). Also kümmerte ich mich nicht mehr viel um Dad und den Blog.

Wie ich wusste, wollte er schon immer mehr Menschen in unseren kleinen Ort locken und aus dem Feld eine Touristenattraktion machen, aber was jetzt kam, war anders. Es spielte sich viel mehr *da draußen* ab. Dad nahm Kontakt mit den Spinnern von der Aluhut-Gesellschaft auf. Sie hatten die Folge einer Reality-TV-Show wiederentdeckt, die 1990 hier bei uns gedreht worden war, und drängten jetzt auf mehr Material.

Und zu meinem allergrößten Erstaunen machte Dad mit. Er gab ihnen alles – und noch mehr. »DJ und Junior«

verfolgte er nicht weiter, sondern verbrachte immer mehr Zeit mit den Online-Spinnern.

Der Blog wurde nicht aktualisiert, seit er weg ist. Sein letzter Eintrag – über die Möglichkeit von Leben auf dem eisigen Pluto (#ichglaubdaran) – gibt keinen Aufschluss darüber, wohin er ging oder mit wem.

Den Kommentaren, die seine Follower auf Twitter hinterlassen, entnehme ich allerdings, dass sie es durchaus wissen wollen:

@braintruts: *DJ!!! Haben sie dich entführt??*

@fmulder: *Du sagst nichts. Wo bist du???*

@therealdana: *Alter, biste in der Stadt? Muss dich sehen!!!*

Und so geht es weiter, Namen, Daten, Orte, Menschen, die sich sorgen, dass er entführt wurde, Menschen, die feiern, dass er entführt wurde. Jeder glaubt daran. Jeder. Einzelne.

Ich nicht. Ich glaube überhaupt nicht daran. Ich glaube vielmehr, dass er Menschen, die wahrscheinlich am Rande ihrer geistigen Gesundheit standen, ermutigte, einen gigantischen Satz von der Klippe zu machen. Er schrieb dummen Unsinn über Aliens und Leben auf anderen Planeten und wie es sein muss, mit Warp-Geschwindigkeit zwischen den Sternen hindurchzureisen. Die Hälfte des Technikzeugs war echt, die andere Hälfte war vom Science-Fiction-Kanal geklaut. Ich wette, dass er nicht einmal mehr weiß, was woher stammt. Noch schlimmer jedoch ist, dass es ihm egal ist.

»Was spielt es für eine Rolle, Junior?«, sagte er dann achselzuckend. »Es macht sie glücklich. Ihr Leben ist langweilig, und sie suchen Zerstreuung.«

»Mit Verschwörungstheorien?«

»Das ist harmlos. Sie sind harmlos. Es ist nur zum Jux.«

Ich denke an Priya draußen auf dem Feld. Ist das für sie nur Jux? Ist es harmlos?

Ich schließe die Website, schalte meinen Computer aus und werfe einen letzten Blick durch das Fernglas auf sie. Sie schläft. Ein rascher Blick auf die Digitalanzeige der Uhr auf dem Nachttisch macht mich ein bisschen ruhiger. Ich muss nur noch ein paar Stunden wachsam sein und auf sie aufpassen, bis es hell wird.

Oder bis sie nach Hause abgeholt wird.

TAG DREI

8:32

Der Morgen kommt mit einem Knall. Es ist buchstäblich ein gewaltiger Krach, der mich aufschreckt.

»Mom? Alles in Ordnung?«

Ein weiteres dumpfes Scheppern von Metall auf Stein und ein lautes »Scheiße!« schneidet mir das Wort ab.

Wahrscheinlich ist ihr etwas auf den Küchenboden gefallen. Für den Bruchteil einer Sekunde vergesse ich, warum ich in einem Sessel im Gästezimmer schlafe, aber dann erinnert mich das Fernglas mit dem G. I. Joe-Logo wieder daran. Ich spähe durch das Fenster und sehe, dass Priya wach ist. Sie steht mit dem Rücken zum Haus, die Arme hängen seitlich herab.

Ihr Anblick bringt mein Blut in Wallung. Ich strecke mich kurz und schüttle die steifen Muskeln in meinen Beinen und meinem Nacken aus und stürme nach unten.

Mom wollte Kaffee machen – aber jetzt ist der ganze Boden mit Kaffeepulver übersät. Sieht so aus, als hätte sie sich nach der Dose auf dem obersten Regal gestreckt, dabei den Toaster umgeworfen und die Dose fallen lassen.

»Scheiße«, sagt sie, als ich barfuß hereinkomme.

»Und auch dir ein fröhliches Scheiße.«

»Umpf! Ich bin nicht in der Stimmung für so einen Mist.« Sie presst zwei Finger an die Nasenwurzel und verzieht das Gesicht. »Ich brauche Kaffee. Viel Kaffee. Mach welchen, bitte.« Sie streckt mir die halb leere Dose hin und ignoriert das Pulver auf dem Boden. »Und pass auf, dass Ginger das nicht frisst. Ihr wird schlecht davon.«

Ich salutiere. »Aye, aye, Käpt'n.«

»Nicht heute, Matty. Nicht heute.«

Ich widerstehe dem Drang, eine bissige Bemerkung zu ihrem Kater zu machen, weil sie mir wahrscheinlich eine scheuern würde, sondern kümmere mich um den Kaffee, um den Hund und komplimentiere meine Mom aus der Tür hinaus – mitsamt ihrem riesigen Thermobecher und dem Versprechen, dass ich, ja, die Küche sauber mache und ja, bei den Aokis vorbeischaue, und nein, dass es mir nichts ausmacht, wenn Jack nach der Arbeit zum Abendessen vorbeikommt.

Ich kann nur an Priya denken. Ich bin entschlossen, die Wahrheit herauszufinden und sie nach Hause zu bringen.

Beim Hinausgehen schnappe ich mir noch ein paar Cola-Dosen und Toast zum Frühstück, und als ich auf dem Feld ankomme, steht Priya immer noch an demselben Fleck, an dem sie stand, als ich aufwachte. In einer Hand hält sie ihr Notizbuch.

»Hey«, begrüße ich sie, als sie sich umdreht. Sie sieht mich seltsam an, als ob sie mich irgendwie nicht einordnen könnte. »Alles in Ordnung?«

Sie nickt langsam und gleichmäßig, und ihre Augen huschen von meinem Kopf zu meinen Füßen. Als sie Ginger den Hügel herauftrotten sieht, strahlt ihr Gesicht. Sie beugt sich zu ihr hinunter und bekommt eine warme Liebkosung von meinem Hund.

Jetzt im Tageslicht raubt mir ihr Anblick fast den Atem. Die Strahlen der Sonne dringen in ihre Haut ein, als ob sie jedes einzelne Molekül absorbieren würde, sodass sie zu ihrem blassblauen T-Shirt einen scharfen Kontrast bildet. Ihre Haare schimmern wie ein Spiegel, in einem noch helleren Weiß als nachts, und das Schwarz darunter sieht aus wie eine Schicht flüssige Tinte. Alles an ihr ist eine Steigerung dessen, was es bei Nacht war. Noch leuchtender. Noch klarer.

»Gut geschlafen? Wie hat dir das Zelt gefallen?«

»Das Zelt, ja. Ich brauche nicht zu schlafen.«

»Äh, aber, du hast geschlafen. Ich hab dich gesehen.«

»Du hast mich beobachtet?«

»Ähm ... Nicht richtig beobachtet, nur ...« Ich stolpere im Geist durch all die unangemessenen Dinge, die ich wahrscheinlich andeutete: Stalker, Verfolger ... wie drücke ich aus: *Ich wollte nur, dass dir nichts passiert?*

»Auch wenn es nicht nötig war, vielen Dank.«

»Du bist immer noch hier«, sage ich. »Ich meine, ich dachte, du wolltest wirklich vergangene Nacht gehen.«

Priyas Lippen verziehen sich, und sie schüttelt den Kopf. »Das ist mir ein Rätsel. Ich habe die Flugbahnen mehrfach neu berechnet.«

Ich holte tief Luft. »Ist dir schon mal der Gedanke gekommen, dass du vielleicht gar kein Alien bist?«

»Ich bin kein Alien, wie du ganz richtig sagst. Ich komme von einem anderen Planeten.«

Obwohl ich es eigentlich gar nicht möchte, grinse ich. »Na ja, hier würden wir dich als Alien bezeichnen.«

»Wenn du das Bedürfnis hast, mich zu definieren, dann bin ich das.«

Ich öffne zwei Cola-Dosen und gebe ihr eine. »Toast?«

Statt wütend zu werden und sich aufzuregen, wie es mein Dad getan hätte, wenn ich ihn auf entsprechende »Fakten« über Aliens angesprochen hätte, schaut sie mich einfach an. »Warum kannst du das, was ich sage, nicht einfach als Wahrheit akzeptieren, Matthew?«

»Matty.«

»Matthew.«

»Matty – warum beweist du es mir nicht einfach?«

»Was beweisen?«

Meine Güte, sie ist ganz schön nervig. »Beweisen, dass du ein Alien bist. Beweisen, dass du von Gliese 581c kommst.«

»Aus der Nähe von Gliese 581c.«

»Nah, fern. Egal.« Ich beiße in den buttrigen Toast, und Krümel verteilen sich über mein T-Shirt. »Beweis es mir.«

Als sie lächelt, zieht sich mein Magen zusammen. *Hör auf damit!*, will ich rufen. *Hör auf, mir jedes Mal einen Mini-Herzanfall zu verpassen, wenn du mir in die Augen schaust.*

»Wie kann ich das beweisen?«

»Hast du grünes Blut? Oder zwei Herzen?«

Sie schaut zur Sonne hinauf. »Nein. Nein.«

»Dann bist du wahrscheinlich kein Alien.«

»Matthew ...«

»Matty.«

»Glaubst du nur an Dinge, die bewiesen werden können? Gibt es nichts, was nicht bewiesen werden kann, und du glaubst trotzdem daran?«

»Wenn du mit mir über Glauben sprechen möchtest – das ist Religion, und das ist etwas ganz anderes als Wissenschaft und Tatsachen.«

»Wirklich? Kannst du die Schwerkraft beweisen?«

Ich ziehe einen Schuh aus, halte ihn über meinen Kopf und lasse ihn dann los. Er landet mit einem leisen Plumps auf dem Boden. »Schwerkraft. Weiter.«

»Aber wie beweist du, dass gerade die Schwerkraft der Grund dafür war, dass dein Schuh zu Boden gefallen ist?«

»Oh, wow, bist du eine von denen, die glauben, dass die Schwerkraft nur eine Theorie ist? Ich habe von euch gehört, aber ich habe noch nie jemanden von euch kennengelernt.«

Wie wir alle aus der Grundschule wissen, nennen Wissenschaftler praktisch alles eine Theorie, weil die Wissenschaft nie etwas beweist. Sie kann es nicht. Nichts ist absolut. Aber für den Durchschnittsmenschen bedeutet »Theorie«, dass es sich um eine Laune handelt, eine Fantasie, einen vorübergehenden Einfall.

»Die Schwerkraft lässt sich nicht beweisen, wie sich nichts in der Wissenschaft absolut beweisen lässt«, sagt Priya mit einem schelmischen Lächeln.

»Hast du wieder in meinen Gedanken gelesen?«

Sie zuckt mit den Achseln. »Du bist leicht zu durchschauen. Die Gedanken springen einfach aus deinem

Kopf« – und sie berührt mit der Fingerspitze zuerst meine Schläfe und dann ihre – »in meinen.«

Weiß sie auch, wie heiß ich sie finde? Merkt sie es?

»Ich bin eben praktisch veranlagt, okay?«, sage ich ihr und lasse meine Stimme schroff klingen. »Ich muss etwas sehen, wenn ich es glauben soll.«

Ein Lächeln und ein leises Lachen zerstreuen meine Sorge. Ihre Augen schimmern in der Sonne, voller Mitleid für mich und voller Enttäuschung, dass ich nicht glaube, was sie glaubt. Ich habe diesen Ausdruck früher schon einmal gesehen.

Ich lasse mich nicht von ihr auf die falsche Fährte locken, auch wenn ihr Lachen noch so entzückend und ihr Lächeln noch so ansteckend ist. »Du bist immer noch hier«, sage ich zum tausendsten Mal. »Niemand hat dich letzte Nacht abgeholt.«

»Das ist traurig, aber wahr.«

Ich schaue mich demonstrativ auf dem leeren Feld um. »Auch heute Morgen ist niemand gekommen.«

»Es ist heller Tag«, sagt sie mit einem listigen Lächeln.

»Abholung nur nachts, was? Es ist schwierig, ein Schiff nachts zu manövrieren.«

»Auch schwieriger, eins zu sehen. Aber nächtliche Landungen sind nicht so störend.«

Ich zeige auf meine Brust. »Für wen? Für mich?«

Wenn meine Fragen sie nerven, zeigt sie es nicht. »Für Menschen. Wenn wir tagsüber landen würden, gäbe es viel mehr Probleme.«

»Oh ja, nächtliche Landungen ... Da merkt niemand was. Also *überhaupt nicht.* Ich glaube, alle unsere Observatorien sind nachts geschlossen. Zu schwierig, was zu sehen in der Dunkelheit.« Sie reagiert nicht auf meinen Sarkasmus. »Also, wenn du wirklich ein Alien bist, wo ist dann dein Mutterschiff? Hat es Verspätung? Steckt es im Weltraumverkehr fest? Wie hat man sich das überhaupt vorzustellen, als Schweif eines Kometen? Als Meteorschauer?«

»Es ist *mein* Fehler.«

»Wie meinst du das, dein Fehler?«

»Meine Berechnungen waren nicht genau«, sagt sie. »Ich dachte, letzte Nacht wäre korrekt, aber vielleicht ist es heute Nacht.«

»Vielleicht wirst du gar nie abgeholt.«

»Doch, das steht fest. Ich werde nach Hause fahren.«

Wir schweigen beide einen Moment. In der Ferne höre ich den Verkehr, eine Hupe, einen Lastwagen auf der einzigen Hauptstraße unseres kleinen Ortes. Schließlich bricht Priya das Schweigen. »Gut. Ich werde es dir beweisen.«

Ich ziehe die Schultern hoch und lasse sie wieder fallen. »Bin ganz Ohr.«

Sie zieht ihr Notizbuch heraus und blättert durch ein paar Seiten mit einer außerordentlich sauberen Handschrift, die fast wie getippt aussieht. Am Ende des Notizbuchs sehe ich Seiten mit Diagrammen und Karten, die so ähnlich sind wie Dads Sternkarten. »Mit dieser Berechnung planen wir die Route, die das Schiff von unserem Planeten aus nimmt, durch das Wurmloch und in euer Sonnensystem.« Sie tippt mit ihrem Finger auf einen komplexen Algorithmus, in dem, kein Witz, das Symbol für Unendlichkeit vorkommt.

Ich schüttle den Kopf. »Priya, ich könnte nicht sagen, ob das stimmt oder nicht. Ich bin kein Astrophysiker.«

»Ich auch nicht.« Sie hält meinem Blick stand und zieht mich mit jedem Blinzeln ihrer tief liegenden Augen dichter an sich. Wir sind allein hier draußen, und ich spüre das Gewicht des Universums um uns herum. »Ich bin nur eine Datensammlerin.«

Ich will lachen und mich darüber lustig machen, aber sie ist todernst. Meine Worte bleiben mir im Hals stecken, und ich schlucke sie mit einem Nicken hinunter. »Datensammlerin. Okay.«

»Mein Planet, mein Volk, wir haben … haben …« Ihre schmale Stirn wird zu einem Fragezeichen. »Durst? Ja, Durst nach Wissen. Es gibt so viel, was wir nicht wissen.« Ihr Blick sucht wieder meinen. »Ihr habt das auch. Ihr möchtet etwas wissen. Über das Leben. Über euer Universum.«

Über euch.

Ich erlaube mir ein Achselzucken. Irgendwie hat sie recht. Zumindest früher hat es gestimmt, früher, als mein Vater an echte Wissenschaft glaubte statt an Täuschung und Bullshit.

»Ich würde dir gern etwas zeigen.« Sie zeigt zur Werkstatt meines Vaters. »Ich brauche etwas von dort.«

»Äh, okay.«

Ginger bleibt uns dicht auf den Fersen, während wir in Richtung Keller gehen. Mit jedem Schritt, den wir machen, sinkt die Lufttemperatur.

Ich führe Priya durch den unterirdischen Tunnel. Wie immer bleibe ich auf halbem Weg stehen und mache, was ich einfach machen muss. Ich tue so, als würde ich eine Tonne Erde über meinem Kopf in die Höhe stemmen, täusche höchste Anstrengung vor und lasse meine mickrigen Muskeln spielen.

»Ta-da!«

Priya lacht höflich.

»Oh, du glaubst wohl, du könntest es besser?«

Sie grinst – ein bisschen arrogant, wenn du mich fragst – und legt dann ihre Hände auf den Boden.

»Jap, ganz toll«, sage ich mit einem gewissen höhnischen Unterton und klatsche ein paarmal langsam in die Hände, aber sie beachtet mich gar nicht, sondern wirft die Beine in die Luft, sodass ihre Füße die Decke des Tunnels berühren.

»Boah, super!«, sage ich. »Steht man bei euch, wo immer das sein mag, so da?«

Ihre bloßen Beine beugen und strecken sich, sodass es aussieht, als würde sie an der Decke gehen, was irgendwie süß ist und mir ein Lächeln entlockt. Aber als sie anfängt, sich zu bewegen, wischen ihre Haare über den Lehmboden, ihr Rock klappt nach unten und enthüllt einen sehr kleinen, pinkfarbenen Slip.

Du meine Güte!

Ich drehe den Kopf weg, kann aber trotzdem nicht verhindern, dass ich sehe, wie ihr T-Shirt zu ihren Schultern hinunter und über ihren BH rutscht. Der ebenfalls pinkfarben ist.

Alles Blut verlässt mein Gesicht, mein Gehirn und alle anderen wichtigen Organe und fließt direkt zwischen meine Beine. Ich könnte nicht rot werden, selbst wenn ich es wollte. Hier oben ist nichts mehr da, um rot zu werden.

In diesem Augenblick höre ich Priya kichern, und das reißt mich aus meiner Konzentration auf ihren halb nackten Körper.

Beruhige dich, Matty. Sie ist einfach nur ein Mädchen.

Und ich habe keine Ahnung, wie lange sie sich noch auf diesen spindeldürren Armen halten kann.

»Hilfe?«, sagt sie mit schwacher Stimme.

Genau. Nicht sehr lang. Ich greife nach ihren Waden und halte sie fest. »Hab dich.« Ihre Haut fühlt sich weich und geschmeidig an in meinen Händen. Meine Finger kneten ihre feinen Muskeln ohne jede Anstrengung. Ihre Beine beugen sich, sie zieht den Kopf ein und rollt sich auf dem Boden ab, sodass sie am Ende mit vor der Brust angezogenen Knien und den Händen auf ihren Schienbeinen dasitzt. Sie grinst zu mir herauf. »Ta-da!«

Ich ziehe sie in den Stand hoch. »Können dort, wo du herkommst, alle so gut turnen?«, necke ich sie.

Priya schubst mich spielerisch. »Nein. Und wir gehen auch nicht auf unseren Händen.« Sie steuert auf die Werkstatt zu und stützt sich beim Gehen mit einer Hand an der Tunnelwand ab. »Wir sind wie ihr.«

Ich denke an ihre pinkfarbene Unterwäsche und den BH und denke: *Oh, nein, du nicht.*

Als wir die Werkstatt erreichen, geht Priya zuerst hinein und stellt sich direkt vor die Werkbank. Ihre Finger fahren über eine der Sternenkarten an der Wand hinter der Werkbank, und sie murmelt ein paar Worte.

»Was hast du gesagt?«

»Gliese 581c ist ausgestrichen? Warum?«

»Unbewohnbar.«

Kopfschüttelnd lacht sie in sich hinein. »Denkst du.«

»Ist er denn bewohnbar?«

Sie verdreht die Augen. »Die Bewohner von Gliese 581c sind ganz bestimmt dieser Auffassung.«

»Was?«

»Obwohl sie es natürlich nie so benennen würden.«

»Natürlich.«

Sie legt den Kopf auf die Seite und beugt sich dichter zu mir. Die Luft zwischen uns erhitzt sich. »Machst du dich lustig über mich, Matthew?« Und mit einem schiefen Lächeln fügt sie hinzu: »Schon wieder?«

Heilige Scheiße. Flirtet sie mit mir?

»Ich, äh, ich ...« Ich bin sehr schlecht darin, zu bemerken, wenn jemand mit mir flirtet. Emily hat mir eine Million Mal gesagt, dass ich begriffsstutzig bin. Sie hat recht. Das bin ich. Was soll ich also tun?

Ich zwinge mich dazu, ein finsteres Gesicht zu machen. »Warum in aller Welt sollte ich mich lustig machen über dich, Priya?« Ich blinzle übertrieben. »Siehst du, was ich gemacht habe? Ich habe ›Welt‹ gesagt, weil wir über andere Planeten reden.«

Sie blinzelt einmal, sehr langsam und wohlüberlegt. »Du bist *nicht* so schlau, wie du denkst.«

Ich seufze. »Ich glaube nicht, dass ich überhaupt schlau bin.«

Priya wendet sich wieder der Wand zu und findet eine weitere Karte, die die Umlaufbahnen des Gliese 581c-Planetensystems zeigt. Mit dem Finger tippt sie auf das glänzende Poster. »Mein Planet ist nicht auf dieser Sternenkarte. Er ist so klein, dass man ihn nicht sieht.«

Ich schnaube. »Das bezweifle ich. Die NASA hat einige ernst zu nehmende Teleskope. Und das Observatorium in Philly? Dort gibt es richtig gute Refraktoren.« Ich ziehe mir einen Hocker heran und setze mich. »Irgendwo muss irgendjemand deinen Planeten gesehen haben.«

Moment. Habe ich gerade eben ... »deinen Planeten« gesagt? Ich wedle mit der Hand durch die Luft, als könnte ich meine Worte ausradieren. Weil ich es todsicher nicht so gemeint habe.

»Was hast du eigentlich hier unten gesucht?«

»Dein Teleskop.« Priya eilt zu ihm hin und umarmt es fast.

»Ich, ähm ... Ich habe es ganz schön lang nicht benutzt. Bin nicht sicher, ob es funktioniert.«

»Wenn ich ein Teleskop hätte, würde ich es jede Nacht benutzen.«

Ich zucke mit den Achseln. »Ist nicht mehr wirklich mein Ding. Sterne, Planeten ... Wen juckt das?«

»Ich versteh das nicht«, sagt sie kopfschüttelnd. »Du hast ein Teleskop. Du hast Sternenkarten. Du lebst direkt neben diesem Feld, in dem so viel interstellare Energie steckt.« Sie deutet zu dem kleinen Sprossenfenster, das zu den Trauerweiden zeigt. »Und trotzdem behauptest du, du würdest dich für nichts davon interessieren.« Sie verschränkt die Arme vor ihrer Taille. »Ich glaube dir nicht.«

Sie schaut mich so intensiv an, dass es eigentlich zum Lachen sein sollte. So ähnlich, wie wenn ein kleines Kind versucht, dich in einem Anstarr-Wettbewerb zu schlagen. Große, hervorquellende Augen, das Kinn nach vorn gereckt, der spitz laufende Kiefer und das Kinn mit den Grübchen fest und entschlossen.

Ich winde mich unter ihrem Blick und schaue weg. »Ich habe keine Zeit für diesen Mist. Ich muss zur Schule und habe meine Freunde und …«

Was, Matty? Und was machst du noch? Gras rauchen und Geländemotorrad fahren? Mehr mach ich nicht. Ich treibe keinen Sport, ich spiele kein Instrument, und ich singe auch nicht oder schreibe. Weder Schach-Club noch Theater-AG oder Model-UN.

Und eine richtige Freundin hatte ich auch noch nie. Wenn man das Rummachen mit Emily nicht mitzählt. Und ich zähle es nicht mit. Warum sollte ich? Sie zählt es bombensicher auch nicht mit.

»Aber das Teleskop …«

»Gehört meinem Vater.«

»Nicht dir?«

»Nicht mir.«

»Ich dachte, es sei deines.«

»Du irrst dich.« Ich versuche, fest zu klingen, aber meine Stimme zittert.

Priya zwingt mich dazu, ihr in die Augen zu sehen. »Wenn es dich nicht interessiert, dann hast du wohl nichts dagegen, wenn ich es benutze.«

»Willst du nach deiner Mitfahrgelegenheit Ausschau halten?«

»Ich will dir mein Zuhause zeigen«, sagt sie nüchtern. »Ich habe Heimweh.«

»Oh. Ja. Okay. Mach, was immer du willst.«

»Danke.«

Bis Sonnenuntergang sind es noch viele Stunden. Es ist viel zu hell, um überhaupt irgendwelche Sterne zu sehen, gar nicht zu reden von einem Planeten in einem anderen Sonnensystem. Ich schaue zu, wie Priya auf die Sternenkarte starrt. Ihr Heimweh zeigt sich in ihrem ganzen Körper: Ihre Schultern sinken nach vorn, ihre Hände zucken in ihrem Schoß, und in ihren Augen schwimmen Tränen.

Ich habe keine Ahnung, wie es sich anfühlt, Sehnsucht nach zu Hause zu haben, denn ich habe meinen Heimatstaat noch nie verlassen. Nur einmal war ich in Disney World. Wir fuhren in dem Sommer dorthin, als ich sieben war. Eigentlich erinnere ich nicht viel, nur dass es den ganzen Tag geregnet hat, und das bedeutete, dass wir ein Dutzend Mal mit der Achterbahn Space Mountain fahren durften. Sonst war meine Welt, mein Planet, meine kleine Ecke von Pennsylvania.

Meine Güte, wie langweilig.

Das Handy in meiner Po-Tasche summt. Eine Nachricht von Brian.

Alter, wie geht's der Katze?

Mist. Ems Katze.

Rasch schreibe ich zurück: *welcher Katze haha*

»Priya, ich muss kurz weg. Ein paar Sachen erledigen. Kommst du klar hier?«

Sie blinzelt. »Ich komme schon seit Tagen klar. Warum sollte sich das ändern?«

Jetzt lache ich wirklich. »Guter Punkt.«

Aber als sie wieder blinzelt, wirken ihre Augenlider

schwer. Sie sieht auf einmal erschöpft aus. »Magst du dich hinlegen? Du kannst hochgehen, wenn du willst.«

»Nein, nein. Es ist gut hier.« Sie streckt eine Hand nach dem Fußboden aus und stützt sich ab, während sie sich auf den Beton sinken lässt. »Ich bleibe hier. Bei den Sternen.« Ihre Finger fahren an den Beinen des Teleskop-Stativs hinauf.

»Okay, klar, ähm, ich lasse Ginger hier bei dir und die Tür offen. Wenn du hinaufgehen möchtest, was zu trinken holen oder ...«

»Ich komme klar, Matthew. Geh und versorg diese Katze.«

Mein Magen flattert. Woher weiß sie ...?

Mein Handy. Sie hat bestimmt die Nachricht von Brian gesehen.

Sie. Ist. Keine. Außerirdische.

Noch immer weiß ich nicht, woher sie ist oder warum sie hier ist. Ich werfe einen letzten langen Blick auf sie, wie sie dort auf dem Boden sitzt, die Beine vor sich ausgestreckt und den Kopf unbequem an die Wand gelehnt.

Irgendjemand vermisst dieses Mädchen. Aber wer? Und wo sind sie?

14:14

Ich kenne mich in dem dreistöckigen Haus der Aokis aus, als wäre es mein eigenes. Auf der vorderen Veranda gibt es zwei breite Dielen, die brechen, wenn du auf beide zugleich trittst. Den Baum vor Brians Zimmer im zweiten Stock kann man super hochklettern. Den Baum vor Emilys Zimmer überhaupt nicht.

Ich weiß, wo Brian sein Gras und seine Süßigkeiten lagert, und ich weiß, wo Emily ihr Tagebuch versteckt. Nein, ich habe nie in ihren privaten Aufzeichnungen gelesen, aber ich habe ein oder zwei von Brians Kit Kats gegessen, wenn er nicht aufgepasst hat.

Ich weiß, mit welchem Trick man die Tür zum Dachboden öffnet und wie man im Winter die Heizung hochdreht. Ich habe während des Frühlingshochwassers Sandsäcke vor die Kellertür gestapelt und im Winter Eiszapfen von der Regenrinne abgebrochen.

Und am wichtigsten? Ich weiß, wie man die Xbox anschließt. Und genau das tue ich, nachdem ich die Post reingeholt und Emilys Katze gefüttert habe. Ich brauche zwanzig Minuten, bis ich das frische Gemüse und das Hühnchen geschnitten und dann auch noch im Mixer zerkleinert habe. Dann fülle ich das Fressen in ihre spezielle Keramikschüssel. Blöde Katze.

Boos Katzenklo in der Waschküche muss geleert werden, aber ich warte, bis ich gelüftet habe. Ein einziger Tag mit geschlossenen Türen und Fenstern hat ausgereicht, um die Luft mit dem strengen Geruch von Katzenurin zu durchdringen. Sobald ich mich dem Katzenklo auch nur ein paar Meter nähere, bekomme ich Brechreiz.

Zuletzt war ich vor vier Tagen in diesem Haus, allerdings zusammen mit Brian. Irgendwie ist es gruselig und beunruhigend, im Haus einer anderen Familie zu sein, wenn niemand da ist. Auch wenn man vielleicht bestimmte Dinge über sie weiß, merkt man, dass man manchmal andere Menschen gar nicht wirklich kennt.

Wie meinen Vater.

Oder Emily.

Wer hätte gedacht, dass Emily mein Herz mit Füßen treten würde, nachdem wir rumgemacht haben? War der bloße Gedanke daran, mit mir zusammen zu sein, so schrecklich? Bin ich eklig? Benutze ich zu wenig Deo? Ich war ein Jahr lang in Emily verknallt. Zugegeben, sie hatte keine Ahnung, aber hätte sie für ihre Antwort nicht ein paar Sekunden länger brauchen können? Musste sie so schnell Nein sagen?

Ich weiß, dass sie ihren Spaß mit mir hatte – also, *ich weiß es* –, aber es war nicht genug. Ich war nicht genug.

In der Küche finde ich eine Nachricht von Mrs. Aoki:

Hi, Matty! Danke, dass du nach dem Haus und nach Boo schaust. Mr. Aokis Insulin kommt mit FedEx und muss möglichst SOFORT in den Kühlschrank! (Nimm dir, was immer du magst – nur nicht das Insulin – haha!)

Ha

Bitte schließ die Türen und Fenster! Sei umarmt! Grüße!

Ich werfe einen Blick in den Kühlschrank, aber die Aokis haben ganze Arbeit geleistet und die meisten verderblichen Lebensmittel vor ihrer Reise zur Großmutter verbraucht. Normalerweise haben sie massenweise Essen in ihrer Küche – genug für die vier Familienmitglieder und außerdem noch viel zusätzlich, falls Freunde vorbeikommen oder sie eine Party feiern, was im Sommer oft vorkommt. Mr. und Mrs. Aoki waren schon immer »die Nachbarn, bei denen was los ist«. Das geht bis in die Zeit zurück, als sie herzogen und die Menschen hier ihnen gegenüber skeptisch waren.

Skeptisch oder ängstlich?

Aber die Partys waren echte Eisbrecher, und das lag vor allem an meinem Dad. Er hatte ihnen vorgeschlagen, irgendwas zu machen, damit die Leute sie kennenlernen.

»Ihr seid neu hier, das ist alles«, sagte mein Vater zu Brians Vater. »Ihr müsst ihnen nur zeigen, dass ihr gar nicht anders seid als sie. Wir sind alle gleich.«

Und sie folgten seinem Rat. Sie gaben ein großes Fest. Meine Mom und mein Dad gingen natürlich hin, und auf einmal wurden sie von der ganzen Nachbarschaft herzlich aufgenommen. Es war das erste einer langen Reihe von Sommerfesten bei den Aokis.

Mein Dad hatte recht. Er besaß einen altmodischen Charme und ein ernsthaftes Interesse daran, anderen zu helfen, und er wusste, wie man die Leute rumkriegte. Ich denke, das weiß er immer noch. Meine Mom würde wahrscheinlich zustimmen, obwohl es uns vielleicht nicht so gut gefällt, *wen* er derzeit um den Finger wickelt.

Nachdem ich mich vergewissert habe, dass Boo, die Katze, nicht irgendwo in der Nähe ist, reiße ich die hintere Tür auf und lasse frische Luft in die Küche. Im Garten stehen Terrassenmöbel und ein altes Trampolin. Ich kann mich nicht erinnern, wann wir zuletzt darauf herumgehüpft sind, aber eine Weile war es die Attraktion bei den Sommerfesten der Aokis.

Verdammt, ihre Grillpartys, zu denen alle Familien irgendwas zu essen mitbrachten, waren immer die besten. Und auf der Party zum 4. Juli im letzten Sommer habe ich mich in Em verliebt.

Nach all diesen Jahren, in denen sie nur eine Freundin war, Brians zumeist sehr ernste ältere Schwester, sah ich sie auf einmal in einem anderen Licht – im Licht der Glühwürmchen und des Feiertagsfeuerwerks.

Als Mom und Dad und ich an diesem Nachmittag mit unseren Maiskolben und dem Hühnerfleisch ankamen, rannte Em, nachdem sie ihre Flipflops abgestreift hatte, in einem gelben Sommerkleid mit passendem gelbem Haarband zusammen mit den kleinen Kindern, auf die sie aufpasste, durch den Rasensprenkler. Die Kinder liebten sie.

Das galt offenbar auch für einen älteren Schüler namens Jared Lloyd, der Baseball spielte und auch bei dem Fest war. Er war ein echter Kerl, mit rauchiger Stimme und super sportlich, und ich war nur ein Freund, der nicht einmal den Führerschein hatte. Jared sprang mit ihr herum, überschwänglich und fröhlich, und sie hielten sich mit den kleinen Kindern an den Händen und waren beide so glücklich.

Ich wollte dieses Glück.

Ich wollte diese Freude, diese Liebe.

Ich wollte Em. Ich wollte sie ein ganzes Jahr lang, und als sich endlich am Abend des Abschlussballs die Gelegenheit bot, ergriff ich sie und konnte sie nicht mehr loslassen. Für sie war es vielleicht nur einer von 365 Abenden, aber für mich war es alles. Es war der *einzige* Abend.

Vom Garten her weht eine kühle Brise. Der Himmel hat sich zugezogen und kündigt Regen an. Meine Gedanken fliegen zu Priya, die, wie ich hoffe, zusammen mit Ginger in der Werkstatt schläft. Ich muss noch auf den Typ von FedEx warten, aber es sollte trotzdem reichen, Priya aus dem Haus zu schaffen, bevor Mom heimkommt.

Ich schnappe mir eine Limo und ein paar Chips und mache es mir auf der Couch gemütlich, um Xbox zu spielen, solange ich warte. Der Wind rüttelt an den Fenstern, und auf einmal taucht Boo auf, Emilys seidenweiche Smoking-Katze. Sie springt elegant vom Boden auf den Couchtisch und dann zu mir. Nachdem sie voller Verachtung kurz an meinen Chips geschnüffelt hat, windet sie ihren Schwanz um meinen Arm, während ich gerade ein paar böse Jungs auf dem Bildschirm niedermähe.

18:10

Bis FedEx endlich kam, war ich in Call of Duty fünfzehn Mal gestorben. Der Bote hielt mich bestimmt für einen Geisteskranken, weil ich mir einfach das Paket schnappte und ihm die Tür vor der Nase zuschlug.

Ich fasse es nicht, wie spät es ist, aber ich bin mir ziemlich sicher, dass ich ...

Mist.

Jacks Mustang steht in der Garage auf Dads altem Platz.

Mist.

Mom und Jack sitzen in der Küche auf denselben Plätzen am Tisch wie gestern Abend, sie haben sogar eine neue Flasche Wein. Ich drücke mir die Daumen, dass sie schon viel getrunken haben und meine Ankunft gar nicht bemerken ...

»Hey, Kleiner!«, ruft Jack mir zu.

Mist.

Mom macht ein mürrisches Gesicht, aber Jack ist ganz gelglänzender Igelschnitt und pfirsichweiche Haut.

»Oh, hallo, Jack. Heißer Schlitten.«

»Danke. Ein Cabrio.« Er knipst sein Autohändler-Lächeln an, aber da es sich nur an mich richten kann, erlischt es gleich wieder.

Uuuund das war's. Wie schnell komme ich hier weg, damit ich in der Werkstatt nach Priya schauen kann? »Ähm, was gibt's heute eigentlich zum Abendessen?«

Moms Augen weiten sich, als sie bemerkt, dass auf dem Tisch nur Alkohol steht. »Tut mir leid, Matty. Das Abendessen hat ... Ich hab einfach nicht daran gedacht.«

»Ja, ich denke auch total selten an Essen.«

»Bestell was, ja? Ich bin nicht in der Stimmung zu kochen.«

»Gut, alles klar, ist Pizza okay?«

Mom zuckt mit den Achseln. Und Onkel Jack auch. Beide sind vollkommen verloren in ihrem gemeinsamen Leid.

Zorn durchflutet mich wie eine rote, heiße Woge. *Was für Loser!* Ich möchte schreien und sie an den Schultern rütteln, um sie aufzuwecken. Mit dieser Flasche Wein sollten sie feiern, dass Carol und Dad weg sind. Sehen sie das denn nicht? Sie sind nicht *tot*. Sie sind einfach nur *nicht hier*. Und uns allen geht es deshalb viel besser!

Aber ich sage nichts davon laut. »Einmal Peperoni, einmal Pilze?«

Als sie nicht antworten, füge ich hinzu: »Als Beilage ein paar Kakerlaken? Und zwei Portionen frittierte Schlangenhoden?«

»Was immer du willst, mir ist es egal.« Meine Mutter gießt sich noch einen Schluck Wein nach und wirft einen Seitenblick auf Jack. Offenbar haben sie sich noch mehr zu sagen, aber ich bin da. Ich habe eine *Erschütterung der Macht* ausgelöst.

Gut. Egal. Ich bestelle die Pizzen und mache mich auf den Weg in den Keller – bis die Stimme meiner Mutter mich stoppt.

»Hey, Matty?«

»Ja?« *Ich habe in der Werkstatt deines Vaters ein Mädchen gefunden …*

»Wo ist der Hund?«

»Oh, äh, draußen.« Mit angehaltenem Atem verharre ich regungslos.

»Ach so … okay.«

Das war schon alles? Keine Ahnung, warum ich mir Sorgen gemacht habe. Ich renne in den Keller und durch den Tunnel in die Werkstatt.

Leer. Keine Priya. Keine Ginger. Und kein Teleskop. Oben im Gästezimmer suche ich mit meinem Billig-Fernglas das Feld ab und sehe, dass Hund und Mädchen es sich gemütlich gemacht haben.

Okay, jetzt kann ich ausatmen.

Und auf die Pizza warten.

18:45

»... Hollywood vielleicht«, höre ich meinen Onkel sagen, als ich aus meinem Zimmer hinunterstürme, um mir Pizza zu nehmen. Ich habe mit dem Runterrennen natürlich gewartet, bis sie bezahlt hatten.

»Nicht Roswell?« Die Stimme meiner Mutter trieft vor Sarkasmus. »Oder Cheyenne Mountain?«

»Ich kann mir Carol dort absolut nicht vorstellen«, sagt Jack verwundert. »Wann hat sie sich jemals für diesen Alien-Mist interessiert? Hab ich was verpasst?«

Meine Güte, das ist doch idiotisch. *Kümmert euch einfach nicht darum. Kümmert. Euch. Nicht. Um. Sie.*

»Eigentlich will ich nicht zur Polizei gehen«, sagt Jack. »Oder sollte ich doch? Müssen wir warten, bis drei Tage vergangen sind, oder so?«

Hör auf zu reden, als würde das eine Rolle spielen. Es spielt keine Rolle.

Zum Glück hält der Duft der frischen Pizza mich davon ab, die beiden mit meinen Ansichten zu dem Thema zu bombardieren. Zwei Pizzakartons stehen direkt vor mir mitten auf dem Tisch – ungeöffnet, wie ich es vorhergesehen hatte.

»Äh, hey? Seid ihr fertig mit der Pizza?«, frage ich Mom und Jack. Ich zeige auf den Tisch, und die beiden schauen mich an, als hätten sie das Wort Pizza noch nie zuvor gehört, und dann zu den Schachteln auf dem Tisch, als hätten sie keine Ahnung, wie die dorthin gekommen sind. Obwohl sie sie eben bezahlt haben.

Jack runzelt die Stirn. »Ich bin fertig. Und du, Lorna?«

Meine Mutter bewegt ruckartig den Kopf. »Nimm so viel, wie du willst, Liebes.«

Liebes? Okay, vielleicht sollte sie mal den Wein abstellen und Luft holen.

Ich schnappe mir beide Pizza-Kartons und hole noch zwei Dosen Cola aus dem Kühlschrank.

Aber bevor ich verschwinden kann, werde ich wieder aufgehalten, diesmal von meinem Onkel.

Ich seufze und versuche nicht einmal, meine Verzweiflung zu verbergen. »Du hast es dir anders überlegt«, sage ich. »Du willst die Pizza doch.«

Das Autohändler-Lächeln lodert kurz auf, erlischt aber im Nu wieder. »Hast du, äh, hast du die Kassette deines Vaters gefunden? War sie in der Werkstatt?«

Ich lasse meine Stimme hart klingen, damit beide hören, dass ich es ernst meine: »Nein, da ist alles weg. Seine Werkstatt ist komplett leer.«

»Du bist sicher, dass du nicht ...«

»Da ist nichts mehr.« Ich verschwinde nach draußen, bevor sie weitere dumme Fragen stellen können. Sie machen sich beide schrecklich viele Gedanken über die Farm-Papiere und merken gar nicht, dass sie meinem Dad rein gar nichts bedeuten. Dass die Kassette fehlt, spielt keine Rolle. Wahrscheinlich hat er sie mitgenommen, ohne zu wissen, was drin ist. Was tatsächlich beweist, dass er wirklich weg ist, ist das fehlende Teleskop. Das ist der Grund, warum man weiß, dass er nicht zurückkommt. Kapieren sie das nicht?

Oben auf dem Feld passt Ginger auf Priya auf, die mit den Füßen im Zelt, ihr Notizbuch auf dem Schoß, auf dem Boden liegt. Das Teleskop steht auf dem Stativ und ist zum Himmel gerichtet, der sich dunkel zugezogen hat. Die Luft ist feucht und schwül und regenschwer. Priya wird heute Nacht keine Sterne sehen.

Wie um meine Gedanken zu unterstreichen, grollt in der Ferne der Donner.

»Ähm, hey ...«

Auf Priyas Gesicht erscheint ein Lächeln. »Ich hab das Teleskop mitgenommen«, sagt sie. »Du hast hoffentlich nichts dagegen.«

Ich werfe einen kritischen Blick auf die grüne Luftblase auf dem Stativ. »Scheint absolut gerade zu stehen. Gute Arbeit beim Aufstellen.«

»Danke.«

»Aber dir ist schon klar, dass es bald regnen wird? In ungefähr ...« Ich lecke an meinem Zeigefinger und halte ihn hoch in den Wind. »Zehn, nein, fünf Sekunden.«

Priya ahmt mich nach, und es sieht aus, als würde sie höflich nach einem Kellner rufen. »Ich verstehe nicht. Kontrolliert dein Finger das Wetter?«

»Ha, ha, nein. So hat das mein Großvater immer gemacht. Wettervorhersage alter Schule.«

Sie nickt. »Ach so, verstehe.« Sie nimmt ihren Stift, um sich etwas zu notieren, und hält dann inne.

»Ist wohl nicht wichtig genug für die Sammlung, was?«

Sie schüttelt den Kopf. »Ich glaube nicht, dass wir das nutzen können, nein.«

Es donnert wieder, lauter und näher, und Ginger streicht mir um die Beine. Sie ist eigentlich ein Draußen-Hund, nur wenn es regnet oder schneit, verwandelt sie sich in einen riesigen Schoßhund.

»Im Ernst. Es wird regnen. In zwei Sekunden.« Ich schnappe das Teleskop und drücke es Priya in die Arme, dann schiebe ich sie in das Zelt und folge mit der Pizza. Ginger stürmt natürlich auch herein und bringt sich zwischen Priya, mir und der Pizza in Stellung. Es ist ein ziemliches Gedränge, und ich streife dauernd mit dem Kopf an dem Aluminiumstab entlang, der das ganze Zelt zusammenhält, aber wen kümmert das? Ich habe sechzehn Stück köstliche Pizza aus dem besten Laden des Ortes.

Oh Mann, der Duft von geschmolzenem Mozzarella und Knoblauch und Zwiebeln ist überwältigend. Ich kann es kaum erwarten. Ich ziehe ein dick mit zerlaufenem Käse bedecktes Dreieck heraus und klappe es über ein zweites, sodass ein Pizza-Sandwich entsteht. Dann falte ich es in der Mitte und schiebe ein Ende in meinen Mund. Fett tropft aus den übereinandergelegten Ecken, und ich beuge mich über den Karton, um es auf die weiße Pappe tropfen zu lassen. Ginger jault, also gebe ich ihr ein bisschen Rand mit Pizzasauce ab.

»Heilige Scheiße, das ist *so* gut«, sage ich immer noch kauend. Ich hatte keine Ahnung, wie hungrig ich war.

Priya starrt mich lange an – fast, als würde sie sich nicht erinnern, was Pizza ist. Oder Hunger oder *ich*.

Ich halte ihr die Pizzaschachtel hin. »Auf dieser hier ist Käse und Peperoni. Und auf der anderen Pilze. Ah, und hier ist was zu trinken.«

Ich klappe die Schachtel auf und schaue ungläubig zu, wie sie genau das tut, was ich getan habe: Sie nimmt ein Stück, klappt es über ein anderes, faltet es zusammen und stopft es sich dann in den Mund.

Okay, das ist wirklich der Hammer. Ich glaube, ich habe noch nie gesehen, dass ein Mädchen das tut, nicht einmal Emily.

»Wie schaffst du es, dass das Fett nicht überall heruntertropft?«, frage ich erstaunt. »Ich glaube, mein Hund hat erwartet, dass er was zum Auflecken hat.«

Priya schluckt den riesigen Bissen hinunter und schmatzt wie ein totaler Pizza-Fan. Dann spült sie mit einem großen Schluck Cola nach – achtet aber auch jetzt sorgfältig darauf, die Dose nicht mit ihrem Mund zu berühren.

»Schmeckt's dir?«

»Das habe ich noch nie gegessen.«

»Noch nie?« Ich kann nicht glauben, dass jemand in unserem Alter *noch nie* Pizza gegessen hat. Vielleicht noch nie *gute* Pizza, aber gar keine?

»Nein, noch nie«, sagt sie und beantwortet meine nicht gestellte Frage. Ich begreife es immer noch nicht, aber irgendwie gewöhne ich mich langsam daran. Wir essen unsere Pizzastücke auf, dann sagt Priya: »Ich hätte gern noch eines, bitte.«

»Ja? Okay, ich nehm auch noch eins.«

Wieder legt sie zwei Ecken zu einem Sandwich zusammen, und ich mache dasselbe. Um die Pizza zu verschlingen, brauchen wir kaum länger, als zu sagen »noch ein Stück, bitte«. Und so verschwindet im Handumdrehen eine ganze Pizza mit acht Stücken.

Noch mehr Schmatzen, mehr Cola, und als sie fertig ist, entdecke ich einen winzigen Spritzer Sauce auf ihrer Wange. Zwei rote Streifen wie verschmierter Lippenstift. Es sieht so bezaubernd aus, dass ich am liebsten ein Foto machen würde. Wäre das komisch?

Aber bevor ich irgendwas tun kann, springt Ginger auf und schleckt die Sauce von Priyas Gesicht. Sie fällt rückwärts gegen die Zeltwand, und ihre Ellbogen graben sich in den Boden.

»Ginger! Was zum Teufel machst du da?« Ich ziehe den Hund von Priya weg und drohe ihr mit dem Finger. »Böser Hund. Keine Pizza für dich.«

Zu spät fällt mir ein, wie feinfühlig Priya ist. Sie nimmt meine Hand in ihre und zieht sie von Ginger weg. »Bitte schimpf nicht mit ihr. Ihr darf nicht die Nahrung entzogen werden, weil sie sich schlecht benommen hat.«

Ich lache. »Okay, okay. Warum fütterst du sie nicht?« Ich greife nach der Schachtel mit der Peperoni-Pizza. »Sie liebt Käse und hasst Pilze.«

Priya nimmt mit zwei Fingern ein zähflüssiges Stück Käse von der Pizza und hält es Ginger hin, die es auf der Stelle verschlingt. »Oh! Sie ist sehr hungrig!«

»Sie ist immer hungrig. Sie würde beide Pizzen fressen, rülpsen und dann noch mal zwei verschlingen.«

Priyas Lachen klingt wie ein Windspiel. Sie nimmt ein ganzes Stück Pizza aus der Schachtel und füttert Bissen um Bissen damit meinen Hund. Mampf, mampf, mampf. Fetter, dummer, süßer Hund.

Ich sollte ihr sagen, dass sie aufhören soll – mein Hund soll nicht Diabetes bekommen –, aber Priyas Freude, ihr Vergnügen an dieser simplen Sache begeistert mich. Alles an Priya ist so ... Ich möchte einfach ... Wenn ich nur ...

Halt. Die. Klappe. Matty. Hör auf, über sie nachzudenken. Sie glaubt, dass sie kein Mensch ist.

Und dass ich mir das in Erinnerung rufe, holt mich wieder runter – ein bisschen wenigstens. Ich strecke meinen Kopf aus dem Zelteingang hinaus und spüre das Nahen des Sturms. Die kühle Brise verlangsamt mein Herzrasen von einer Million Kilometer pro Stunde auf hundert, und auch mein Blut kocht nicht mehr wild, sondern simmert leise vor sich hin.

Ein Regentropfen fällt auf meine Wange. Dann noch einer und noch einer, bis es in Strömen gießt. Ich schließe den Zelteingang, und trotz der Hitze läuft mir ein wohliger Schauer durch den Körper. Gemütlich in meinem Zelt mit meinem Hund und etwas zu essen, zufrieden und sicher, als ob der dünne Nylonstoff um mich herum eine gepanzerte Barrikade gegen Eindringlinge wäre, und nicht nur eine wasserdichte Hülle, komme ich mir vor wie ein kleines Kind.

Schwer zu sagen, wie lang das Gewitter dauern wird. Allerdings zieht es schnell weiter: Der Donner kracht doppelt so oft wie der Blitz den Himmel erhellt, und Ginger will auf Priyas Schoß flüchten. Ich widerstehe dem Drang, sie wegzuziehen. Sie sehen so glücklich aus zusammen.

»Hast du das als Kind auch gemacht?«, frage ich sie. »Während eines Gewitters draußen gezeltet?«

Sie denkt einen Augenblick lang nach, während sich ihre langen Finger in Gingers Fell graben. »Nein, das haben wir nicht gemacht. Aber es gefällt mir«, fügt sie mit dem Anflug eines Lächelns hinzu.

»Auch wenn es bedeutet, dass du heute Nacht nicht nach Hause kannst?«

Ihre braunen Augen schauen mich mitleidig an. »Das bedeutet es nicht, Matthew. Der Regen wird mein – wie hast du es genannt? Mutterschiff? – nicht abschrecken.«

»Aber …« Ich komme mir dumm vor. Und ich bin traurig. Und ja, enttäuscht. Aber vor allem dumm. Regen hindert Flugzeuge nicht am Fliegen. Warum sollte er ein Raumschiff hindern?

Raumschiff? Habe ich gerade …?

»… leider ist kein Kontakt möglich.«

Ich hab etwas verpasst. »Wie bitte? Was hast du gesagt?«

»Unabhängig vom Wetter, das Raumschiff ist unterwegs, aber leider ist kein Kontakt möglich.« Priya kratzt ein getrocknetes Stück Käse ab, das an der Schachtel klebt, und füttert mit der Hälfte davon den Hund. Die andere Hälfte hält sie zwischen ihren Fingern. »Ich werde in der Zwischenzeit einfach weiter Daten sammeln.«

Ich sehe, dass Ginger das andere Stück Käse beäugt. Käse gehört zu den absoluten Lieblingsspeisen meines Hundes. Der bloße Geruch macht sie ganz hysterisch.

Ginger beobachtet Priyas Hände, die in der Luft herumwedeln, während sie spricht, den Blick fest auf die Beute gerichtet.

»... Gegenstände, die meiner Ansicht nach für mein Volk nützlich sein werden ...«

»Ähm, Priya?«

»... Flora und Fauna des Gebiets sind ungewöhnlich ...«

»Priya? Vielleicht solltest du ...«

Und dann passiert es. Ginger springt nach Priyas Hand und schnappt sich den Käse aus ihren Fingern. Erschrocken versucht Priya auszuweichen, aber da sie in diesem winzigen Zelt nirgends hinkann, fällt sie zur Seite und landet direkt auf meinem Schenkel. Ich fange sie auf, bevor sich ihr knochiger Ellbogen in meine Rippen bohrt.

»Oh!« Unsere Blicke treffen sich, und sie lächelt, das Kinn auf der Brust. Ich sehe, wie sich ihre Wangen röten, und frage mich, ob das bei mir auch so ist. Hier drin ist es sehr warm.

»Tut mir leid«, sage ich zu ihr. »Ich habe versucht, dich zu warnen.«

Sie weicht zurück und richtet sich auf, bleibt dabei allerdings näher bei mir als beim Hund. Als sie den Kopf schüttelt, streifen ihre weißen Haare meine Nase.

Ich möchte mit dem Finger ihre Wangen nachzeichnen, den Flaum ihrer Haut spüren und die zarte Wölbung ihrer Wangenknochen. Wenn ich nicht schon vorhin rot geworden bin, dann ganz bestimmt jetzt.

Na ja, das Zelt ist wirklich klein.

»Es ist meine Schuld«, sagt sie. »Der Hund war einfach nur ein Hund.«

»Dieser Hund ist mehr als ein Hund. Er ist eher zwei Hunde.«

Priya kichert. »Das ergibt keinen Sinn. Wie kann ein Hund zwei Hunde sein?«

»Na ja, normalerweise ist sie ein lieber guter Hund, aber dann sieht sie Käse, und …« Ich stürze mich auf Priyas Hand, packe ihre Finger, als wäre ich Ginger, die auf ihnen herumkaut, was bei Priya einen Lachanfall auslöst.

»Sie ist böse, weißt du? Guter Hund, böser Hund. Zwei Hunde in einem.«

Priya löst ihre Finger behutsam aus meinem Griff, lässt ihre Hand aber ein bisschen verweilen.

Wenigstens fühlt es sich für mich so an.

»Nein, es gibt kein gut oder böse. Nicht in einem Hund. Nicht in einer Person.«

»Nein?«

»Was für dich gut ist, mag für eine andere Person böse sein.« Sie streichelt Gingers Kopf, und mein süßer, dummer Hund versucht in der Hoffnung auf mehr Fressen ihre Hand zu lecken. »Dieser Hund will Käse, das ist gut für ihn. Aber wenn er mich in den Finger beißt, ist es schlecht für mich. Wer hat recht?«

»Du.«

Priyas Lächeln ist sanft und leise. Einen Augenblick lang hören wir nur den Regen, der auf das Zelt fällt. Er hat ein bisschen nachgelassen, aber nicht aufgehört. Heute Nacht werden wir keine Sterne beobachten. Ich ziehe mein Handy heraus und schalte die Taschenlampe an. Es ist fast zu viel Licht für dieses kleine Zelt, zu bedrohlich. Ich schiebe das Handy neben die Pizzakartons, sodass der Lichtstrahl stattdessen von dem Nylonstoff reflektiert wird.

»Matthew, wenn ich weggehe, dann wird das für mich gut sein, ja?«

Sag es nicht.

»Aber es wird ...«

»Ginger! Komm her, Mädel. Magst du noch ein bisschen Käse?« Ich weiß, was Priya sagen möchte, und ehrlich gesagt, muss es nicht laut ausgesprochen werden. Vielleicht macht es mir etwas aus, wenn sie geht, und vielleicht aber auch nicht.

Wir werden es einfach sehen, wenn es so weit ist.

Ich füttere den Hund mit einem großen Stück Mozzarella und versuche nicht nachzudenken.

Priya ist wieder still, und ich frage mich, was *sie* wohl denkt. Kann ich auch *ihre* Gedanken lesen, wenn ich sie nur intensiv genug anschaue?

Unten im Haus reden Mom und Jack wahrscheinlich immer noch und schimpfen über ihre Versager von Ehegatten. Da habe ich doch lieber Regen und den Gestank eines nassen Hundes. »Also, Priya, hör mal ...«

Sie legt die Hand an ihr Ohr. »Ja, Matthew. Ich habe mein Gehör nicht abgeschaltet.«

»Ähm ... willst du ...« *Magst du was mit mir unternehmen?* Die Erinnerung an Emilys nachdrückliches »Nein« hat sich in mein Gehirn eingebrannt, und der Gedanke, dass Priya mich auch zurückweisen könnte, ist erschreckend.

Aber dennoch ... Wenn ich es nicht versuche und sie geht ... werde ich mich für immer fragen, ob diese wunderschöne Verrückte vielleicht Ja gesagt hätte.

»Willst du morgen vielleicht mit mir zusammen ein paar Daten sammeln? Falls du noch hier bist, meine ich.«

Priyas Miene hellt sich auf. Es ist, als würde ich auf einmal ihre Sprache sprechen. »Ja, wenn ich hier bin, würde ich das gerne tun. Sofern du mir versprichst, dass ich wieder pünktlich zurück bin und auf meine Rückreise warten kann.«

»Auf jeden Fall.« Ich spüre, wie mich eine Woge der Erleichterung durchflutet, gefolgt von heftiger Übelkeit. Was jetzt?

»Was für Daten werden wir sammeln?«

»Oh, ähm, keine Ahnung.« Ich hatte nicht sehr weit vorausgedacht. Was mache ich, was es wert wäre, »gesammelt« zu werden? Mit dem Motorrad durchs Gelände düsen? Gras rauchen? Ich werde mir etwas einfallen lassen.

»Du wirst dir etwas einfallen lassen«, sagt sie mit einem Grinsen.

Ich strecke den Kopf aus dem Zelt hinaus und spüre den Regen auf meinem Gesicht. Es gewittert nicht mehr, aber es regnet immer noch recht gleichmäßig. »Ist es in Ordnung für dich hier draußen? Du kannst die Nacht heute auch im Haus verbringen. Ich kann dich reinschmuggeln.«

»Aber wenn ich abgeholt werde …«

»Ach ja, richtig. Okay, gut, du hast den Rest der Pizza, falls du wieder Hunger bekommst, und gut, ich schätze mal, ich seh dich dann morgen früh.« *Hoffentlich.*

»Matthew, könntest du …?« Sie reibt sich die Schläfe. »Die Tabletten, die du mir gegeben hast. Hast du noch welche?«

»Ja, klar.« Ich stecke einen Finger in meine Jeanstasche und ziehe die losen Tabletten heraus.

Siehst du, Mom? Ausnahmsweise ist es gut, dass ich meine Klamotten nicht in die Wäsche gegeben habe.

Ich lasse alle Tabletten in Priyas Hand kullern und schließe ihre Finger um sie herum. »Wenn du mehr brauchst, komm einfach runter zum Haus.«

Ginger und ich gehen nach Hause. Mom sitzt allein am Küchentisch.

»Wo warst du?«

»Du hast bemerkt, dass ich weg war?«

»Nicht du. Ich rede mit dem Hund.« Das Lächeln meiner Mom ist müde. »Wo ist die Pizza?«

»Oh, ich, ähm ...«

»Du hast alles allein aufgegessen?« Sie schaut an mir vorbei in Richtung Feld. Kann sie Priya von hier aus sehen? Ich folge ihrem Blick, aber es ist unmöglich, jenseits der Weiden irgendwas zu erkennen.

Ich kraule dem Hund den Kopf. »Ich und Ginger. Wir waren hungrig.«

Meine Mutter steht wacklig auf und schwankt wie einer der Weidenzweige. Ihre Augen sind halb geschlossen. Sie ist angetrunken – nicht total besoffen, aber ich würde nicht mit ihr Auto fahren wollen.

Ich folge ihr die Treppe hinauf, bereit, sie aufzufangen, falls sie stolpert, und als wir im ersten Stock in verschiedene Richtungen abbiegen, dreht sie sich zu mir um: »Matty, die Liebe ...« Sie blinzelt langsam und bewegt den Mund, um die Worte zu formen. »Liebe ist ... Scheiße, sie ist kompliziert. Du denkst, es wird leicht werden, wenn du verliebt bist. Du denkst, ein Kuss dauert ewig, und du bist das Zentrum der Welt.« Sie zeigt mit einem schlaffen Zeigefinger auf ihre Brust. »Ich … dein Dad … wir …«

Ich seufze und versuche, nicht die Augen zu verdrehen. »Ich versteh schon, du liebst ihn.«

Meine Mutter hebt ihr Kinn an. Ihre Nase ist rot, und ihre Wangen sind blass unter ihren Sommersprossen.

»Nein«, sagt sie barsch. Und noch einmal: »Nein.«

Ihr Blick findet mich und nagelt mich fest. Ich spüre, wie sich mein Atem unter meinen Rippen in den Lungen festsetzt.

»Ich hasse ihn. Ich hasse ihn.« Und ihre Augen füllen sich mit Tränen.

2:47

Warum regnet es eigentlich immer noch? Ich nehme mein Fernglas und entdecke Priya im Zelt. Ohne den Mond und die Sterne ist es unglaublich dunkel dort draußen. Ich hätte ihr eine Taschenlampe geben oder mein Handy überlassen sollen. Fürchtet sie sich?

Bestimmt geht es ihr gut. Sie ist schon seit drei Nächten da draußen, oder? Und bis jetzt ist nichts passiert, oder?

Nur. Regen.

Sie könnte … keine Ahnung. Sich auflösen?

Egal, ich mag es einfach nicht, dass sie ganz allein da draußen ist.

Aus einer Kommode im Gästezimmer hole ich eine Decke, nehme eine Taschenlampe vom Nachttisch und schleiche auf Zehenspitzen die hintere Treppe hinunter. »Los, Ginger, komm.« Leise locke ich den verschlafenen Labrador, der die Behaglichkeit im Haus genießt. Es wird ihr nicht gefallen, draußen zu sein. Pech gehabt. Vielleicht kann ich sie mit der restlichen Pizza locken, die noch bei Priya im Zelt ist.

Wir flitzen durch die Regentropfen hindurch, und ich rolle vorsichtig den Zelteingang auf.

Priya schläft, das Teleskop im Arm, tief und fest. Ich muss mühsam schlucken, um ein Lachen zu unterdrücken. Verdammt, wie süß. Ganz vorsichtig, damit ich sie nicht wecke, stopfe ich die Decke um ihren Körper und über ihre Beine und Hüften. Die Taschenlampe lege ich direkt neben ihre Hand. Ginger dazu zu bewegen, ins Zelt zu kommen, ist nicht so einfach. Zu guter Letzt wedle ich mit ein bisschen Käse vor ihrer Nase herum. Sie zögert, aber kommt dann herein, denn, na ja, Käse eben.

Sobald sie im Zelt ist, gebe ich ihr den Käse. »Platz, Mädel.« Sie lässt sich auf den Boden fallen. »Und bleiben.« Es gefällt ihr nicht, aber sie ist ein braver Hund und hat ihre Welpenprüfungen vor vielen Jahren bestanden. Sie weiß, was von ihr verlangt wird, und bleibt liegen.

Ich schließe den Zelteingang und renne zurück zum Haus. Dort angekommen, hole ich tief Luft.

Aber was, wenn das Raumschiff kommt und Ginger auch mitnimmt?

Können Hunde im Weltraum überleben?

Nicht zu fassen, dass ich das gerade gedacht habe.

TAG VIER

10:01

Priya sitzt schon vor dem Zelt, als ich den Hügel hinaufrenne. Sie legt den Kopf schräg, und ein Sonnenstrahl fängt sich in ihrem Diamantstecker. Die Sonne scheint, und die Luft ist klar. Und ich bin wieder außer Atem, aber diesmal nicht, weil ich gerannt bin.

Es liegt an ihr. An der Erleichterung. An ...

Gut. Alles ist gut. »Hallo. Hast du immer noch Lust, was zu unternehmen? Daten zu sammeln?«

Priyas Lächeln wird breiter. »Ja! Mein ... Wie heißt das Wort? Mentor?«

»Du hast einen Mentor?«

»Nicht Mentor. Jemand ... gegenüber dem du verantwortlich bist? Für den du ...« Sie ist auf einmal ungeduldig und frustriert und schüttelt den Kopf.

»Für den du arbeitest?«

»Arbeiten? Nein. Nein«, wiederholt sie nachdrücklich. »Das meine ich nicht.«

»Na ja, vielleicht fällt es dir ein.« Offensichtlich unzufrieden mit meiner Antwort, ringt sie die Hände. Sie ist sauer, dass sie nicht das richtige Wort gefunden hat, um ihren ...

»Lehrer?«

»Ja! Lehrer. Wir alle sind Lehrer auf meinem Planeten. Wir lehren einander die neuen Dinge, die wir gelernt haben. Ich bin ein Lehrer.« Sie ist wieder froh. *Uff!*

»Gut. Vielleicht kannst du mich ein paar Sachen lehren.« Kam das gerade pervers rüber? Ehrlich, so habe ich es nicht gemeint. Nicht ganz.

»Gut, dann lass uns aufbrechen. Du musst viele Daten sammeln.« Wir gehen zusammen mit Ginger Seite an Seite den Hügel hinunter. Ich bin kaum anderthalb Meter von Priya entfernt, als ihre Knie einknicken und sie zu Boden fällt. Dabei versucht sie nicht einmal, sich abzufangen. Ihre Arme hängen einfach an ihrem Körper herunter, als sie ins Gras fällt. Ich eile zu ihr, um ihr aufzuhelfen. Voller Erstaunen über die Unzulänglichkeit ihres Körpers schaut sie mich blinzelnd an. »Alles in Ordnung?«, frage ich.

Ihre Überraschung verwandelt sich in Gereiztheit. »Ja.«

»Vielleicht brauchst du einfach was zum Frühstück.« Ich umfasse ihre Ellbogen mit meinen Händen, um sie zu stabilisieren.

»Die Schwerkraft.« Sie faucht fast, als sie das Wort ausspricht. »Die Schwerkraft auf deinem Planeten ist viel größer als bei uns. Ich hab's dir schon einmal gesagt«, fügt sie verärgert hinzu. »Mein Planet ist viel kleiner und viel weniger dicht. Die Gravitationskraft ist geringer. Mich bewegen, gehen, alles ist hier viel schwieriger für mich.«

»Okay, ich will nur nicht, dass du noch einmal stürzt.

Das ist nichts Schlechtes, verstehst du, nicht wollen, dass du dir wehtust.«

Sie legt eine Hand an ihren Hinterkopf. »Meine Kopfschmerzen ... sind wieder da.«

»Brauchst du mehr Tylenol?«

Sie schüttelt den Kopf und zuckt zusammen. »Ist schon okay.«

»Vielleicht sollten wir lieber hierbleiben ...«

»Nein, nein, ich will wegfahren«, sagt sie und greift mit beiden Händen nach meinem Arm. Die Wärme ihrer Berührung strahlt bis in meine Kopfhaut aus und erhöht meine Körpertemperatur. Ich vergesse augenblicklich, dass sie mich gerade erst angeblafft hat. Und dann nimmt sie meine Hand und drückt sie. Ich schaue ihre Hand an, die so klein ist in meiner, und dann sie. Sie lächelt schüchtern. »Willst Du mir helfen? Damit ich nicht falle.«

Ich finde meine Stimme wieder. »Ja, okay, klar.« Ganz vorsichtig führe ich sie den flachen Abhang hinunter, teile die Zweige der Trauerweide, als würden wir durch einen Wasserfall hindurchgehen, und trage sie auf die andere Seite des Bachs. Sie wiegt ungefähr so viel wie meine Mom.

Ich führe sie zur Garage, und da fällt mir ein, dass ich mein Geländemotorrad nehmen muss, wenn wir irgendwohin fahren wollen. Und das sieht ziemlich verdreckt aus.

Aber dieses Mädchen wohnt und schläft ja schon seit Tagen auf einer Wiese und pinkelt dort höchstwahrscheinlich auch. Ich reiche ihr meinen Helm. »Den musst du aufsetzen.« Meine Mom würde mich umbringen, wenn ich sie ohne Helm mitnehmen würde.

»Deiner Mom würde es nicht gefallen, wenn ich ihn nicht aufsetze«, sagt sie.

Warum zum Teufel macht sie das?

Ich zeige ihr, wie sie ihn festzurren muss, und bedeute ihr mit der Hand, dass sie hinter mir aufsteigen soll. »Du musst, ähm, mich, ähm hier ...« Ich lege mir die Hände auf die Taille wie ein Idiot. Mensch, man könnte meinen, ich wäre noch nie mit einem Mädchen zusammen gewesen. Ich meine, im Ernst, ich muss aufhören, mich zu verhalten, als wäre sie ein ... ein ...

Alien?

Sie ist einfach ein Mädchen. Nur ein hübsches, tollpatschiges Mädchen, das zufällig denkt, der Grund für seine Unbeholfenheit sei die Schwerkraft der Erde.

Okay.

Ich spüre, wie sich ihre Arme um meine Taille legen und wie sich ihre Brust an meinen Rücken presst. Nur zwei dünne Schichten Baumwolle trennen unsere nackten Körper.

Ein Schauer läuft mir den Rücken hinauf. Oh mein Gott, ich komme mir vor, als wäre ich fünf. Im Ernst, in Priyas Gegenwart bin ich fünf Jahre alt. Als ich mich nach ihr umdrehe, berühren sich unsere Nasen. Sie kichert in mein Ohr hinein und schmiegt ihr Kinn an meinen Nacken.

»Halt dich fest.« Ich lasse den Motor aufheulen und düse aus der Einfahrt hinaus.

Man kann wahrscheinlich sämtliche Sehenswürdigkeiten in unserem Kaff an einem halben Tag besichtigen. Weniger. In drei Stunden, höchstens. Die Nummer eins auf der inoffiziellen Touristenliste hat sie schon gesehen: das Weltraum-Feld. Was bleibt dann noch übrig?

Nachdem ich unsere Straße hinter mir gelassen habe, muss ich über zwei Kilometer weit an Farmen vorbeifahren, bis ich in das sogenannte Zentrum komme. Die Straße verläuft in Form eines großen S, und ich spüre, wie Priya auf dem Sitz hinter mir hin und her rutscht. Ihre Hände greifen nach mir, und sie bemüht sich, mich fester zu umklammern. Ein Beben geht durch meinen Körper.

Ich fahre nicht absichtlich Schlangenlinien. Ehrenwort!

Als wir zur Hauptstraße gelangen, muss ich wie immer abbremsen. Wir haben ein paar wachsame Bullen, die nichts Besseres zu tun haben, als Leute dranzukriegen, die die Geschwindigkeitsbegrenzung um einen Kilometer pro Stunde übertreten oder bei Rot über die einzige Ampel des Ortes vor der Bibliothek fahren. Außerdem ist dieses Motorrad nicht für die Straße zugelassen, sondern nur fürs Gelände.

Egal.

Oh, die Bibliothek. Das ist schon was. Während ich im Leerlauf vor der Ampel warte, zeige ich mit der Hand auf ein Backsteingebäude mit Schieferdach. »Das ist die Bibliothek«, sage ich mit lauter Stimme zu Priya, damit sie mich hören kann.

»Und das ist das Feuerwehrhaus.« Ich deute auf die andere Seite der Straße, wo ein paar freiwillige Feuerwehrleute einen Lastwagen schrubben. Seifenblasen steigen auf, werden vom Wind auseinandergetrieben und platzen wie Ballons, in die man eine Nadel gepikt hat. Wir haben auch einen Notarztwagen, aber der ist offenbar draußen im Einsatz. Vielleicht hat jemand einen Herzinfarkt gehabt oder so. Hat zu viel gehacktes Schweinefleisch zu seinen Spiegeleiern gegessen.

Die Ampel schaltet auf Gelb um, und wir gelangen zum Zentrum: zu Dairy Queen, Dunkin'Donuts und der Pizzeria.

Und dann ... war's das auch schon.

Ha. Nein, im Ernst. Wir sind durch. Sonst gibt es nur noch eine Junior-Senior-Highschool und daneben eine Grundschule. Die Schulen haben sogar einen gemeinsamen Parkplatz, und es ist mehr als nur ein bisschen peinlich, wenn ein Pulk von Kindern dich dabei erwischt, wie du in deinem Auto rauchst. Sie zeigen dann mit dem Finger auf dich und kreischen: »Ich sag's deiner Mom!«

Auf der Suche nach etwas Coolem fahre ich noch zehn Minuten die Seitenstraßen der etwas hübscheren Viertel hinauf und hinunter. Ich überlege, ob wir meine Mom besuchen sollen, aber das Krankenhaus, wo sie arbeitet, ist zwei Ortschaften weit entfernt. Dann denke ich an meinen Onkel Jack, in dessen Verkaufsraum ein paar Hightech-Autos stehen, aber auch er ist zwei Ortschaften weit entfernt, in der anderen Richtung.

Wir haben kein Schwimmbad, kein Kino, keinen Starbucks. Sogar der See liegt außerhalb der Ortsgrenze.

Auf einmal wird mir klar, dass ich Priya nichts zeigen kann. Unser Kaff ist einfach nur stinklangweilig. Es gibt absolut nichts hier.

Kein Wunder, dass Em auf die Universität von Pennsylvania gehen wird.

Kein Wunder, dass mein Dad abgehauen ist.

Ich brause zum zweiten Mal an dem Dairy Queen und Dunkin'Donuts vorbei und hoffe, dass spontan etwas Cooles passieren wird. Vielleicht kommt es zu einer Schlägerei, oder ein Betrunkener bekleckert sich mit heißem Kaffee. Aber es passiert nichts. Ich halte im Schatten einer großblättrigen Eiche an und stelle das Motorrad auf den Seitenständer. Priya bleibt sitzen, während ihre Arme mich weiterhin umfassen.

»Ich glaube, da gibt es nicht viel zu sehen.«

Ich schaue über die Schulter nach hinten: Priyas Augen leuchten. »Ich hab schon so viel gesehen!«

»Du musst das nicht sagen. Ich meine, das ist wirklich nett gemeint, aber ...«

»Nett?« Sie legt den Kopf zur Seite, als wollte sie das Wort für sich selbst definieren. »Nein. Ich versuche nicht, nett zu sein.«

»Ich bitte dich. Eine Schule in einem Backsteingebäude ist nicht unbedingt etwas, was du dir notieren musst«, sage ich und deute mit dem Kinn auf ihre Tasche mit dem Notizbuch.

Als würde sie mir antworten, schließt sie die Augen, bewegt ihren Kopf ruckartig und wispert Worte in einer Sprache, die ich nicht verstehe.

Schließlich öffnet sie die Augen und hält meinem Blick stand. »Ich habe den Wind in einer völlig neuen Art und Weise auf meinem Gesicht gespürt. Ich habe Vögel singen gehört und frische Seife gerochen. Ich habe die wunderschönen Häuser von Menschen gesehen, denen ich nie begegnet bin. Ich bin viele Kilometer auf diesem …« Sie schaut hinunter auf ihren Schoß.

»Geländemotorrad?«, schlage ich vor.

Sie nickt. »Geländemotorrad gefahren. Das habe ich nie zuvor getan.« Sie setzt den Helm ab und schüttelt ihre schwarz-weißen Haare. Dann reckt sie das Kinn zum Himmel hinauf. »Und jetzt genieße ich den kühlen Schatten dieses Baums und die sanfte Brise. All das ist mehr, als ich vorher gekannt habe.« Langsam senkt sie den Blick, um mich anzuschauen. »Dein Leben ist voller Wunder, Matthew.«

»Echt? Es fühlt sich allerdings überhaupt nicht so an.«

Priya gleitet von dem Motorrad hinunter, geht zu dem Baum und streicht mit der Hand über die Rinde. »Dieser Baum erzählt uns so viel.«

»Das. Ist. Ein. Baum«, sage ich langsam. »Er kann nicht sprechen.«

Priya grinst und legt ihre Wange an den Stamm.

»Nur weil er deine Sprache nicht sprechen kann, denkst du, er könne dir nichts erzählen? Hör ihm zu.«

Ich verdrehe die Augen und lege eine Hand ans Ohr. »Nö. Ich höre kein Wort.«

Sie greift nach meiner Hand und zieht mich zu dem Baum. Ich lasse mich in ihre Richtung fallen, sodass unsere Gesichter nur wenige Zentimeter voneinander entfernt sind. Sie legt ihr Ohr an die Rinde und drängt mich, dasselbe zu tun.

Ich komme mir vor wie ein Idiot. Zum Glück ist es für

die meisten Leute zu früh, um bei Dairy Queen einen Eisbecher zu kaufen.

Priya schließt wieder die Augen, als würde sie wirklich dem Baum lauschen. Ich nicht, denn es ist blöd. Außerdem muss es nicht sein, dass mich jemand dabei beobachtet, wie ich buchstäblich einen Baum umarme.

»Was machst du ...«

Priya legt eine Hand auf meinen Mund, um mich zum Schweigen zu bringen. Ich schmecke Schmutz auf meinen Lippen, wo ihre Finger meinen Mund berühren, und rieche etwas Süßes und etwas Salziges. Die Pizza, fällt mir ein. Es sind die Pizzen, die wir letzte Nacht verschlungen haben.

»Willst du wissen, was ich höre?«, sagt sie. »Ich höre das Rascheln der Blätter, wenn der Wind hineinfährt. Ich höre das Knacken der Zweige. Ich höre die Stille, in der dieser Baum lebt.«

Die Stille? Wie kannst du Stille hören? Ich möchte lachen, aber sie ist so ernst. »Du hörst nichts, das ist es, was du meinst.«

Sie tätschelt die eine Seite meines Kopfes. Ihre Augen sind immer noch geschlossen. »Hör einfach mal etwas anderem zu als deiner eigenen Stimme.«

»Autsch. Okay.« Ich schließe die Augen und presse mein Ohr an die Rinde. Die knubbeligen Grate sind weicher, als sie aussehen, und die Kanten kitzeln meine Haut. Aber ich höre nichts ...

Moment. Ich höre ... wie der Wind über die Rinde streicht, als wäre sie ein Musikinstrument. Ich höre ... das

Rascheln eines Eichhörnchens, das den Stamm hinaufklettert. Ich höre ...

.... wie Priya leise ausatmet.

Als ich die Augen aufschlage, öffnet sie ihre auch wieder. Ein plötzlicher Windstoß weht ihr die weißen Haare ins Gesicht, sodass sie an ihren Wimpern und der Rinde des Baumes und meinen Lippen hängen bleiben. Ich schmecke Kokosnuss. Ich bezweifle, dass Aliens Kokosnussshampoo benutzen.

Sie löst den Kopf vom Stamm und pflückt behutsam Haarsträhnen von ihren Wimpern und der Rinde und meinen Lippen. Sie lacht, und mir ist auf einmal bewusst, dass ich mit einem Mädchen, das in seine Haare hineinkichert, unter einem Baum vor dem Dairy Queen stehe. Ich nehme ihre Hand und führe sie zurück zum Motorrad.

Während sie sich den Helm aufsetzt, schaut sie wehmütig zurück zu dem Baum, als würde sie sich von einem alten Freund verabschieden, den sie nie wiedersehen wird. Dann treffen sich unsere Blicke, und ich sehe, wie ihre Traurigkeit in freudiges Funkeln umschlägt: »Magst du mich zum nächsten Abenteuer bringen?«

»Im Ernst? Das war nur ein blöder Baum«, sage ich kopfschüttelnd. »Und er steht nicht einmal in einem Wald oder an sonst einem coolen Ort. Sondern einfach nur vor einem DQ.«

»Aber das waren Daten, über die ich vorher nicht verfügte«, sagt sie. Sie tippt sich mit dem Finger gegen den Helm. »Sie gehen zusammen mit mir zurück auf meinen Planeten, und dort werden alle davon profitieren.« Ihr

Lächeln ist so aufrichtig, so voller Freude, so ansteckend, dass auch ich lächle. Ich will eigentlich nicht, aber verdammt, ich tue es.

»Komm, Weltraum-Girl. Steig auf das verdammte Motorrad.« Als sie meine Taille umfasst, spüre ich, wie sich mein Magen zusammenzieht. Und als sich ihre Brust an meinen Rücken presst und ihre Lippen an meinen Nacken, kann ich kaum noch atmen.

15:52

Nachdem ich ihr den Rest unseres Ortes gezeigt habe, auch den Park, wo Brian, Em und ich früher geschaukelt haben, fahre ich zurück nach Hause. Als ich in die Einfahrt einbiege, kommt Ginger bellend und Schwanz wedelnd zur Garage gelaufen. Sie scheint sich mehr darüber zu freuen, Priya wiederzusehen, als mich.

Ich merke, dass ich einen Bärenhunger habe, und sobald wir in der Küche sind, biete ich Priya ein Sandwich an. »Erdnussbutter und Marmelade?«

Es ist verdammt heiß hier drin. Mom hat die Fenster nicht geöffnet, sodass sich die Schwüle wie ein Nebel direkt in der Küche festgesetzt hat. Ich stoße die Tür auf, damit die Luft in Bewegung gerät, aber es ist einfach wahnsinnig heiß.

Über die Schulter sehe ich, dass Priya die Nase rümpft, als ich das Glas mit der Erdnussbutter aufschraube. Es ist die Sorte mit Erdnussstücken, die Mom besonders gern isst. »Ich glaube nicht, dass ich das mag«, sagt Priya.

»Nein? Und was ist damit?« Ich öffne die Marmelade. Weintraube.

Sie riecht daran und lächelt. »Ich glaube, das mag ich lieber.«

»Klar. Besteht nur aus Zucker.« Ich nehme einen Laib Weizenbrot vom Regal und hole Teller und Gläser. Ginger freut sich schrecklich, dass wir einen Gast im Haus haben, und hopst von mir zu Priya, vom Tisch zur Tür und wieder zurück zum Kühlschrank, immer in der Hoffnung auf eine Streicheleinheit oder einen zusätzlichen Leckerbissen. Ich schaue in den Kühlschrank und suche Limonade. Dann drehe ich den Kopf und frage: »Priya, willst du was zu ...«

»Oh!«, sagt sie und kippt nach einer Seite weg. Ihr linker Arm und ihr linkes Bein werden schlaff wie ein Ballon, aus dem die Luft entweicht. Wie schon zuvor versucht sie nicht einmal, sich mit den Armen abzufangen, sondern fällt direkt auf den Steinfußboden. Ginger und ich stürzen zu ihr und fangen sie auf, bevor ihr Kopf auf dem Boden aufschlägt.

»Priya!« Ihr Kopf wackelt auf ihrem Hals, und ihre Brust hebt und senkt sich rasch, während sie versucht, zu Atem zu kommen. Ich halte sie auf dem Boden im Arm, weil ich mich nicht traue, sie zu bewegen. Ihre Augenlider zucken, und ihre Gliedmaßen werden ganz starr vor Angst, aber als ihre weit aufgerissenen Augen meinen Blick finden, entspannt sie sich. »Du brauchst Hilfe«, sage ich zu ihr. »Professionelle medizinische Hilfe.«

»Nein!«

»Priya, ich muss ...«

»Bitte nicht. Bitte.«

»Aber…«

»Nein. Nein. Es ist … Es ist nur die Schwerkraft«, murmelt sie. »Sehr ärgerlich. Sehr schwierig.«

Blödsinn, möchte ich sagen, aber stattdessen lache ich. Ich kann nicht anders, weil ich so erleichtert bin, dass sie sich nicht wehgetan hat. Sie ist so eigensinnig, aber wenigstens hat sie sich nicht verletzt. Zumindest nicht, soweit ich sehe. »Vielleicht musst du einfach irgendwohin, wo es nicht so heiß ist.«

»Wenn du die Hitze nicht aushältst, verlass die Küche«, sagt sie, ohne eine Miene zu verziehen.

»Wo hast du das gehört?« Ich helfe ihr auf, und an mich gelehnt, versucht sie, ob ihre Füße ihr Gewicht tragen. Dann führe ich sie zu einem Stuhl an dem Holztisch. Gingers Schwanz wischt gegen ihre Beine, dann legt sie ihren gewaltigen Kopf auf Priyas Schoß.

»Ich habe eine Menge Daten gesammelt, Matthew«, sagt sie. »Einige werden sehr nützlich sein. Aber nicht alle.«

Ich schmiere eine dicke Schicht dunkelviolette Marmelade auf eine Scheibe Brot, füge eine Schicht ungesalzene Butter auf die andere Scheibe und klappe die beiden Scheiben zusammen, damit sich die Aromen verbinden. So ein Sandwich hat auch mein Vater immer gerne gegessen. Auch er wollte keine Erdnussbutter, weil er gegen Nüsse allergisch ist. Ich schneide das Sandwich in zwei Dreiecke, die ich auf einem Teller anrichte.

»Was hast du sonst noch an Daten gesammelt?«, frage ich sie, als ich den Teller vor sie hinstelle und zurückgehe, um mein Sandwich zuzubereiten. Extra viel Erdnussbutter. Extra viel Marmelade. Vielleicht sogar einen Doppeldecker mit einer zusätzlichen Scheibe Brot.

»Ich sammle alles, was ich sehe«, sagt sie einfach.

»Alles?«

»Alles.« Als ich ihr in die Augen schaue, könnte ich schwören, dass sie mir listig zublinzelt. Sie beißt in ihr Sandwich und kaut nachdenklich.

»Was denkst du gerade?«

»Es ist nicht so schmackhaft wie die Pizza.«

»Nie im Leben. Pizza ist das beste Essen auf dem Planeten.«

»Vielleicht auf *deinem* Planeten«, sagt sie. Oh ja, das war ein hinterhältiger Hinweis in meine Richtung.

»Und auf deinem? Was ist bei euch das beste Essen?«

Sie schüttelt den Kopf. »Ich hab dir gesagt, dass wir ganz anders essen. Du würdest es nicht verstehen.«

»Wetten, dass?« Ich nehme mein Sandwich und setze mich auf den Platz ihr gegenüber. Sie hat die Hälfte ihres Sandwiches bereits aufgegessen. Gibt es Traubenmarmelade und Butter auf ihrem Planeten?

Sie lehnt sich zurück, und ihre Hände wandern zu Gingers gewaltigem Kopf. Gedankenverloren streichelt sie die weichen Ohren des Hundes, dann schaut sie nachdenklich drein. »Wir nehmen unsere Mahlzeiten gemeinschaftlich ein, so wie wir auch unsere Gedanken teilen.«

»Okay. Familienmäßig. Große Schüsseln mit Essen. Ich hab's verstanden.«

»Es ist nicht nur das Essen und die Familie. Es ist die Gemeinschaft, die eine Mahlzeit ausmacht«, sagt sie eindringlich. »Was ihr eine Familie nennt, ist nicht dasselbe, was wir eine Familie nennen.«

Ich stopfe mir die Hälfte meines Sandwiches auf einmal in den Mund und spüle mit Cola nach. »Ihr habt keine Eltern? Keine Brüder oder Schwestern?«

»Streng genommen schon, aber wir werden von der Gemeinschaft aufgezogen.« Sie breitet die Arme aus, als wollte sie die Luft umarmen.

»Ja, okay, aber ... was esst ihr?«

Sie lacht. »Ach so, *das* willst du wissen?«

Ich verputze den Rest meines Sandwiches und stehe auf, um noch eines zu machen. »So ungefähr. Ich meine, ich verstehe diese ganze Sache, dass es ›ein ganzes Dorf braucht‹ und so. Das ist nichts Neues. Und ich verstehe, dass die Leute sich am Mittagstisch unterhalten.« Sie will etwas sagen, aber ich hebe mein Erdnussbuttermesser hoch, um ihr Einhalt zu gebieten. »Ich weiß. Ihr *redet* eigentlich nicht. Ihr denkt miteinander. Wie auch immer. Ich bin mir ziemlich sicher, dass ich das in einer Folge von *Raumschiff Enterprise* gesehen habe.« Ich klatsche ein bisschen Marmelade auf eine zweite Scheibe Brot. Allerdings ist es zu viel, sodass es seitlich herausquillt, als ich die Scheiben zusammendrücke.

Ginger steht sofort neben mir, als könnte sie hören, wie das Erdnussbutter-und-Marmeladen-Gemisch auf meinen Teller tropft. Ich nehme das Sandwich hoch und stelle den Teller auf den Boden, damit sie ihn sauber lecken kann.

»Hast du Eltern?«, fragt Priya mich.

»Ja.«

»Hast du Geschwister?«

Brian ist wie eine Art Bruder für mich, obwohl Em kaum als Schwester bezeichnet werden kann. Das wäre abgefuckt. *Game of Thrones-abgefuckt.* »Nein. Aber das ist in Ordnung. Ich bin gerne Einzelkind.«

»Bist du einsam?«

Ich zögere. Den größten Teil meines Lebens war ich nicht einsam. Ich hatte meinen Dad, und wir machten viel zusammen. Brian und ich waren zwar jeden Tag nach der Schule zusammen mit den Motorrädern unterwegs, aber mein Vater hat mir das Fahren beigebracht. Brian und ich veranstalteten *Raumschiff-Enterprise*-Marathons, aber mein Dad hatte mir die Serie gezeigt. Wegen ihm kenne ich mich mit Sternen und Planeten und Geschichte aus. Lange Zeit waren wir die besten Kumpel.

Ich schüttle den Kopf. »Ich habe zwei gute Freunde. Brian und Emily. Sie sind meine besten Freunde. Du wirst sie kennenlernen.«

Ihr Lächeln ist wehmütig. »Vielleicht.«

»Ach ja, du bist ja bald weg.« Ich glaube das nicht. Wirklich nicht. Solange ich lebe, wird sie zu keiner Reise in den Himmel abgeholt werden. Es wird einfach nicht passieren. Aber *sie* glaubt es, und dieser Glaube sinkt in meinen Magen wie ein Stein. »Na ja, du musst uns einfach nur deine E-Mail-Adresse dalassen, und dann skypen wir mit dir.« Ich grinse, um ihr zu zeigen, dass ich es nicht ganz ernst meine, obwohl ich es irgendwie schon so meine. Wer weiß?

Ich spüre, wie mir der Schweiß den Rücken hinunterläuft und von der Stirn in meine juckenden nachmittäglichen Bartstoppeln tropft.

Schon später Nachmittag! *Oh, Mist.* Ich greife nach Priyas Hand und ziehe sie zur Tür hinaus. »Wir müssen zu Brian. Ich muss Boo füttern.« Sie schaut mich fragend an. »Noch mehr Daten sammeln.«

16:47

Ich habe wieder alle Türen und Fenster aufgerissen, damit die frische Luft den Katzengeruch und die Schwüle hinausbläst. Keine Ahnung, wo Boo ist, aber sie taucht bestimmt auf, sobald ich den Kühlschrank öffne.

Priya wandert in der Küche herum, während ich für die Katze kühles Wasser aus dem Wasserhahn lasse und den Futternapf spüle. Über die Schulter sehe ich, wie Priya die Fotos von Brian und Em und deren Eltern betrachtet, ein glückliches Quartett in den Ferien in Hersheypark und an der Küste von Jersey oder in Gettysburg. Waren meine Eltern jemals so glücklich?

»Hast du als Kind auch solche Ferien gemacht?«, frage ich sie.

Priya fährt mit dem Finger über ein Foto, auf dem die Aokis zusammen mit dem Maskottchen der Phillies, dem großen, grünen, langschnauzigen Phanatic, posieren.

»Ferien? Ich war noch nie in den Ferien«, sagt sie.

»Echt? Keine Ausflüge zum Grand Canyon oder Yosemite-Nationalpark?« Ich wische Boos Wassernapf aus, bevor ich ihn neu fülle. Aber Wasser reicht nicht, um die Katze aus welchem Versteck auch immer zu locken.

Priya schüttelt den Kopf. »Wäre das was zum Datensammeln?«

»Äh, ja, wenn du Spaß sammeln willst.« Ich nehme das Gemüse und das Hühnerfleisch aus dem Kühlschrank, schneide und mixe es, wie ich es gestern gemacht habe. Wie von Zauberhand erscheint Boo zu meinen Füßen und streicht mir in Form einer liegenden Acht um die Beine.

»Felicette!«, schreit Priya auf. Als ihre ausgestreckten Arme nach Boo greifen, bemerkt die Katze plötzlich, dass die hintere Tür offen steht, und jagt hinaus.

»Warte! Boo! Nein!«

Priya sieht erschrocken aus. »Felicette?«

Ich lasse das Fressen auf die Küchentheke fallen und renne in den Garten, aber die Katze ist nicht zu sehen. »Mist. Sie ist weg. Emily bringt mich um.«

»Deine Freundin bringt dich um?« Priya ist entsetzt.

»Wenn dieser Katze irgendwas passiert, höchstwahrscheinlich. Ja.«

»Felicette passiert nichts. Sie ist eine mutige Katze.«

Ich drehe mich zu Priya um, die mir auf Zehenspitzen durch das hohe Gras des Gartens folgt. »Wer ist Felicette? Das hier ist Boo.«

Einen Augenblick lang sieht Priya verwirrt aus, dann schüttelt sie leise lachend den Kopf. »Ja, ja, ich weiß. Felicette war die erste Katze im Weltraum. Sie wurde von den Franzosen ausgebildet und in dem Jahr, das ihr als 1963 bezeichnet, in einer Forschungsrakete ins All geschickt.«

»Neunzehnhundertdreiundsechzig? Diese Katze ist inzwischen längst tot.« Ich überlege, wo das Grundstück der Aokis zu Ende ist. Ist Boo vielleicht zum Haus eines Nachbarn geflüchtet? Auf die Straße? Zum DQ? »Boo ist keine Draußen-Katze«, sage ich. »Sie hat ihr ganzes Leben im Haus verbracht. Emily lässt sie nie raus.«

Priya hinter mir macht so vorsichtige Schritte, als würde sie auf keinen einzelnen Grashalm treten wollen. »Felicette ist mit einem Fallschirm zurück zur Erde gekommen«, sagt sie zu mir. »Ich frage mich, was sie wohl gedacht hat, als sie herabschwebte.«

»Ich will runter!«, sage ich mit hoher Stimme.

»Ich glaube, es hat ihr gefallen. Würdest du nicht auch gerne fliegen, wenn du eine Katze wärst?«

»Ich glaube schon. Auf jeden Fall wäre es dann einfacher, Vögel zu fangen.«

Wir sind am Ende vom Garten der Aokis angelangt. Jenseits davon ist nur dichter Wald. Wenn Boo dort ist, wird es praktisch unmöglich sein, sie zu finden. Ich spüre, wie ich seufze. Die Aokis sind erst zwei Tage in den Ferien, und ich muss Emily schon sagen, dass ihre Katze weg ist.

Ich spüre Priyas Hand auf meiner Schulter. Ihre Finger drücken in meinem Rücken und bleiben dort liegen. »Das ist echt Scheiße«, sage ich zu ihr. »Emily schiebt ohnehin schon einen Hass auf mich. Jetzt wird sie nie wieder mit mir reden.«

»Sie hasst dich nicht. Sie würde nicht jemanden bitten, auf ihre Katze aufzupassen, den sie hasst.«

»Du kennst Em nicht.«

»Ich kenne Em nicht, aber ein solches Verhalten würde keinen Sinn ergeben.«

»Boo! Wo bist du? Boo!«

»Du machst das falsch. So kommt sie nicht zu dir.«

»Woher weißt du das? Boo! Komm her, Boo!« Aber ich weiß, dass sie recht hat. Boo ist kein Hund. Sie ist nicht wie Ginger, die immer gleich reagiert: Wenn ich in die Hände klatsche und pfeife, kommt Ginger zu mir. Wenn ich eine Schachtel mit Leckerlis schüttle, macht sie Sitz und bettelt. Ich weiß, dass sie gerne Bällen und Vögeln hinterherjagt und dass sie bellt, wenn sie sich freut. Ich weiß jeden Tag, was ich von ihr erwarten kann. Und das gefällt mir. Ich mag keine ... Veränderung. Ich mag keine ... Unberechenbarkeit. Ich mag keine ... Risiken.

Emily zu fragen, ob sie mit mir gehen will, war ein Selbstläufer. Ich meine, wir kennen uns seit Jahren. Wir haben rumgeknutscht. Sie wusste, dass ich mich in sie verliebt hatte – *sie wusste es.* Oder? Es hätte überhaupt kein Risiko sein sollen. Nur ein einfaches »Ja«.

Ich spüre, wie Priyas Hand meinen Rücken hinunterrutscht und ihre Finger sich mit meinen verschränken. Warum genau denke ich an Emily?

Sie zieht mich behutsam zurück zum Haus.

»Aber was ist mit Boo ...«

»Die Katze ist nicht hier draußen.«

Obwohl ich jetzt zulasse, dass sie mich durch den Garten führt, schüttle ich den Kopf. »Woher weißt du das?«

Priya klopft sich mit dem Finger an die Schläfe. »Weil ich wie eine Katze denke. Das musst du tun.«

»Wie eine Katze denken? Du meinst nach dem Motto: *Oh Mann, ich klettere auf diesen Baum und esse diese Maus?*«

»Diese Katze war ihr Leben lang im Haus, richtig?«

»Ja.«

»Warum sollte sie dann weglaufen?«

»Weil alles neu und anders ist? Keine Ahnung. Ich bin keine Katze.«

Jetzt berührt Priya meine Schläfe. »Denk wie eine Katze.«

Wir sind zurück beim Haus, und die Tür steht immer noch weit offen, aber von Boo keine Spur. »Ich sagte doch, sie ist weg.«

Priya stellt sich an die Tür und schaut nach rechts, dann nach links und dann wieder nach rechts. Sie hält immer noch meine Hand, zieht mich seitlich am Haus entlang, vorbei an der Kellertreppe und am Grill und über die steinerne Terrasse und um den Tisch und die Stühle herum.

Wir gelangen zu der seitlichen Veranda, und Priya bleibt an der Treppe stehen. »Denk wie eine Katze«, sagt sie noch einmal und lässt sich auf die Knie fallen. Sie streckt den Kopf unter die Stufen, und ich höre ein dumpfes »Aha!«.

Ich folge ihrem Blick zu zwei im Dunkeln leuchtenden Augen, die uns von unterhalb der Veranda anschauen. Hier ist kaum genug Platz für meinen Kopf und meine Schultern, sodass ich auf keinen Fall zu der Katze kriechen und sie holen kann. »Boo!«

Priyas Finger kneifen in mein Handgelenk. »Erschreck sie nicht.«

»Aber wie bekommen wir sie ...«

»Wir warten. Wir denken nach.«

Andächtig schweigend sitzen wir da, während die Minuten verstreichen. Boo macht keine Anstalten herauszukommen.

»Bist du sicher, dass es eine Katze ist und nicht ein Waschbär?«

Priya lächelt mich listig an. »Wir warten jetzt einfach darauf, dass sich Felicettes Fallschirm öffnet und sie zurück zur Erde schwebt.«

Ich grinse und spüre, wie sich Erleichterung in meinem Körper ausbreitet. »Woher wusstest du, dass sie unter der Veranda ist und nicht einen Kilometer weit weg von hier?«

»Sie will nicht weglaufen.«

»War das eine Gedankenverschmelzung mit der Katze?«

»Gedankenverschmelzung?«

»Vulkanier machen das. Vergiss es.«

»Ja, ich weiß, was Vulkanier sind.« Ihre Finger drücken meine. »Du ziehst mich auf.«

»Ja.«

»Macht mir nichts aus.«

»Gut, ich habe nämlich nicht vor, damit aufzuhören.« Unsere Blicke begegnen sich, und ich versuche, ihr eine Nachricht zu senden. *Wenn du meine Gedanken lesen kannst, geh bitte nicht weg. Bitte bleib.*

»Wenn du eine Katze wärst, die ihr ganzes Leben im Haus gelebt hat und dann zufällig nach draußen gelangt, wärst du nicht dankbar, sondern du hättest schreckliche Angst«, sagt Priya. »Drinnen gibt es Sicherheit und Nahrung und Liebe. Dort ist dein Zuhause. Draußen ist nicht dein Zuhause.«

Ich spüre ihr Bein an meinem Bein und ihren Arm an

meinem Arm. Ihre Schulter und ihre Hüfte drücken sich fast unmerklich, ganz behutsam an mich, als würden wir uns ineinanderfallen lassen, miteinander verschmelzen.

»Wir alle wollen einfach nur zu Hause sein, oder?«, sagt sie, ohne mich anzuschauen.

Wo ist dein Zuhause? Wo ist deine Familie?, möchte ich fragen, aber Priya holt laut Luft und richtet sich abrupt auf.

»Felicette! Du bist zur Erde zurückgekehrt.« Eine schmutzige Boo voller Spinnweben klettert auf Priyas Schoß und leckt sich dann die Pfoten sauber.

»Gott sei Dank.« Ich will die Katze von Priyas Schoß heben, aber Boo klammert sich fest, ihre Krallen graben sich in die duftigen Schichten des Rocks. »Schon gut, bleib bei ihr. Mir egal. Ich mag Katzen eigentlich gar nicht.«

Ich helfe Priya, als sie mit Boo im Arm versucht aufzustehen. Sie blinzelt langsam mit ihren großen Augen: »Du bist dieser Katze ähnlicher, als du denkst«, sagt sie.

Was soll das nun wieder bedeuten?, frage ich mich.

20:39

Es ist eine Ewigkeit her, dass ich dieses Ding aufgestellt habe, dass mein Dad und ich Schulter an Schulter jeweils einen Quadranten des Himmels ins Visier genommen haben. Dennoch wissen meine Finger genau, was sie tun müssen. Ohne einmal hinunterzuschauen, löse ich die Schraube an den Stativbeinen und justiere sie ohne eine einzige Korrektur.

Mein Teleskop hat eine äquatoriale Montierung, deshalb kann man es leichter den scheinbaren Sternbahnen nachführen, aber es ist schwieriger in der Handhabung, weil zwei schwenkbare Achsen eingestellt werden müssen, die Rektaszensionsachse und die Deklinationsachse. Du löst die Achsen und richtest sie auf dein Zielobjekt. Dann drehst du an den Knöpfen für die Feineinstellung, um es im Sucher zu zentrieren.

»Waage, oder?«, frage ich Priya. »Wir suchen die Waage?«

»Ja«, sagt sie und legt den Kopf schief. Ich spüre ihre Ungeduld. Seit wir von Brian zurück sind, liegt sie mir damit in den Ohren, dass ich das Teleskop aufbauen soll. Endlich ist es dunkel genug.

»Du bist sicher, dass es die Waage ist? Nicht Kassiopeia

oder sonst was?«, necke ich sie, aber vielleicht, ganz vielleicht ist es auch ein Test. Wie wichtig ist ihr das wirklich?

»Matthew, mein Planet gehört nicht zu einem anderen Sternbild. Er gehört zu dem Sternbild, das ihr Waage nennt.«

»Ja, ja. Ich mach nur Spaß.«

Ich schaue zum Himmel hinauf, um mich zu orientieren, und finde den Großen und den Kleinen Wagen mit bloßem Auge. Dann betrachte ich die Sternbilder durch das Teleskop. Die Waage ist für Sterngucker in der nördlichen Hemisphäre eine Sommerkonstellation. Ein Dreieck aus Sternen bildet die Waagschalen. Um sie zu finden, muss man zunächst nach Süden schauen und den leuchtend roten Stern Antares im Skorpion finden. Wenn man dann der Linie von Sternen, die den Körper des Skorpions abgrenzen, nach rechts folgt, sind die nächsthellsten Sterne Zubeneschamali und Zubenelgenubi im Sternbild Waage.

Vor meinem Auge wirbelt Sternenstaub, und ich spüre, wie ich scharf einatme. Es ist, als würde ich mit einem Schlag in die Vergangenheit versetzt, zurück zum ersten Mal, als mein Vater mir zeigte, wie man in den Weiten unseres Universums etwas findet.

»Aufgepasst, Junior. Diese Lichtpunkte sind lauter Sterne, Milliarden und Abermilliarden Sterne«, sagte er mit gedämpfter Stimme, als würde alles, was lauter ist als ein Flüstern, sie verscheuchen.

»Aber wo ist der Mond?«, erinnere ich mich gefragt zu haben. »Ist er weg?«

Er lachte. »Er ist da, aber wir können ihn jetzt nicht

sehen.« Und er fügte hinzu: »Und wenn er da *wäre,* würden wir überhaupt nicht viel sehen. Sein Licht würde alles andere überstrahlen.« Er war so glücklich, dass er mir beibringen konnte, was er wusste. Und für mich als Fünfjährigen wusste er *alles.*

Ich finde Antares, aber er ist zu weit weg, deshalb tausche ich das Okular, stelle die Schärfe neu ein, und der Himmel explodiert förmlich von Sternen. Mir stockt der Atem. Es fühlt sich an, als wäre ich gerade in ein Becken mit Sternenlicht eingetaucht.

Ich spüre Priya und Ginger, beide nur eine Armeslänge entfernt hinter mir.

»Die Waage ist als Sternbild schon okay, aber irgendwie langweilig.«

»Langweilig?«, fragt Priya. »Sterne haben keine Persönlichkeit.«

»Aber sicher haben sie das. Ich finde, es gibt sehr viele bedeutend interessantere Sternbilder«, sage ich. »Zum Beispiel Kassiopeia.«

Priyas Hände wedeln ungeduldig durch die Luft. »Deine Vorliebe für Sternbilder ist unerheblich.«

»Du kennst die Geschichte von Kassiopeia, nicht wahr … Ginger?« Ich wende mich an meinen Hund. »Kassiopeia war eine äthiopische Königin, die glaubte, schöner zu sein als alle Nereiden, also Wassernymphen. Poseidon, der Gott der Meere, ärgerte sich über ihren Hochmut und verlangte, dass sie ihre Tochter Andromeda opfere. Kassiopeias Ehemann, der König, kettete Andromeda an einen Felsen, und Poseidon schickte ein Meeresungeheuer, das sie auffressen sollte.«

Priya japst nach Luft, und ich muss lächeln. Nach weiteren Feineinstellungen decke ich mit dem Sucher noch einen größeren Bereich des Himmelsfeldes ab.

»Andromeda war sehr schön. Perseus bot an, sie zu retten, wenn er sie heiraten dürfe. Ihre Eltern willigten ein, und sie wurde gerettet.« Ich schaue wieder den Hund an. »Das ist ein gutes Ende, findest du nicht auch, Ginger?«

Priya hinter mir murmelt etwas.

»Wie bitte?«

»Das ist nicht das Ende der Geschichte.« Priya tritt näher an das Teleskop. »Poseidon wollte Kassiopeia wegen ihres Hochmuts ein letztes Mal demütigen, deshalb platzierte er sie so zwischen den Sternen, dass ihr Thron auf dem Kopf stand. Jetzt hängt die Hälfte der Nacht ihr Kopf beschämt herab.«

Über die Schulter schaue ich zu Priya hin, die nur ungefähr dreißig Zentimeter von mir entfernt ist. Ich trete einen Schritt zurück und lasse sie durch das Okular schauen, damit sie den Planeten finden kann, den sie so unbedingt sehen will. »Du kennst die Geschichte?«

»Ich habe diese Daten am Anfang meines Besuchs gesammelt«, erzählt sie mir, während sie sich mit den Händen hinter dem Rücken vornüberbeugt. Ihre Haltung verrät mir, dass sie das nicht zum ersten Mal tut. Der wahre Hobbyastronom weiß, dass er das Teleskop am besten nicht berührt, sobald es eingestellt ist. Man will ja nicht dranstoßen und es dann neu justieren müssen. »Wir haben natürlich keine solchen Mythen. Wir schreiben dem Universum keine menschlichen Eigenschaften zu.«

Sie tritt von dem Teleskop zurück. »Könntest du für mich bitte die Vergrößerung erhöhen?«

Außerdem weiß sie, dass man niemals die Einstellungen an einem Teleskop verändert, das einem nicht gehört. Irgendjemand hat ihr irgendwo die Regeln des Sterneguckens beigebracht.

Ich nehme die Einstellung vor und lasse sie dann wieder an das Teleskop. Allerdings räume ich ihr nicht viel Platz ein, sodass sie ihre schmale Gestalt zwischen mich und das Teleskop quetschen muss. Ihr Körper passt *so* perfekt hinein ...

»Darf ich?«

Zuerst denke ich, sie redet von etwas anderem, aber merke dann gleich, dass sie das Teleskop meint. »Ja, klar.«

»Danke.« Sie verändert die Einstellungen mit einer Hand wie ein Profi. Einen Augenblick später sehe ich, dass sie lächelt.

»Da ist er«, sagt sie atemlos. »Mein Planet.«

Ich bin nicht sicher, was ich erwartet hatte, aber »ihren« Planeten zu finden, gehörte nicht dazu. Vermutlich hatte ich gedacht, Priya würde die Stirn runzeln und abwehrend darauf beharren, dass mein Teleskop zu schwach oder dass ihr Planet zu weit entfernt sei oder sonst irgendeinen Scheiß, aber dass wir tatsächlich etwas finden? »Nein ... Wirklich?«

»Ja, wirklich. Ich verstehe nicht, warum du so ungläubig tust.«

»Ich glaube dir.«

»Nein, tust du nicht. Du bist immer noch skeptisch. Schau.«

Wir tauschen die Plätze, und ich trete an das Teleskop, spähe durchs Okular. Sie hat das Fadenkreuz auf einen Stern gerichtet, der vielleicht eine Nuance heller wirkt als die anderen Sterne am Himmel. Er hat einen leichten Stich ins Rötlich-Orangefarbene, was an seiner Entfernung von der Erde oder seiner Temperatur oder einfach daran liegen könnte, wic unsere Augen Dinge bei Nacht sehen. Es ist unmöglich, genau zu sagen, ob das ein Stern ist oder ein bisschen Sternenstaub, ein Planet mit Leben oder ein toter Felsbrocken, der durch den Raum rast.

»Dort lebe ich«, flüstert sie mir ins Ohr. Ihre Stimme zittert vor Aufregung.

»Priya …«

»Du bezweifelst, dass das wirklich ein Planet ist, stimmt's? Ist es das, was du denkst?«

Seufz. »Ja.«

»Du willst mir sagen, dass es unmöglich ist, von dort hierherzukommen.«

»Jap.«

»Und ich sage dir, dass es nicht unmöglich ist.«

»Aber …«

»Warum ist deine Wahrheit richtiger als meine? Warum bist du so schnell dabei, meine Worte als falsch abzutun?« Ihr Ton ist zwar scharf, aber nicht anklagend, doch ich merke, dass sie selbstsicherer ist als vorher. Das Teleskop, das Sternbild und den Planeten zu finden, haben ihre Lebensgeister geweckt.

»Dein Vater würde mir glauben.«

Ich halte den Blick auf den orangefarbenen Punkt gerichtet, als müsste ich nur intensiv genug schauen, damit ich tausend winzige Hände sehen kann, die mir quer über die Galaxie hinweg zuwinken. »Und woher willst du das wissen?«

»Die Sternkarten in der Werkstatt gehören deinem Vater«, sagt sie leise. »Er glaubt, dass es in diesem Universum mehr gibt als diesen einen Planeten. Er glaubt daran, dass das Feld etwas Besonderes ist.«

Besonders. Erstaunt weiche ich von dem Teleskop zurück und stoße gegen Priya. Als ich mich umdrehe, stelle ich fest, dass sie zu mir aufschaut. Die vielen Sterne über uns erhellen ihre Augen und ihre Lippen und die Spitzen ihrer Haare. »Er glaubt daran, ja. Aber er hat sich verändert. Er ...« Ich runzle die Stirn und schaue weg. »Er ist ein Idiot.«

»Warum? Weil er an etwas glaubt, an das du nicht glaubst?«

Ich bewege mich weg von Priya, aber ihre langen Finger greifen nach meinem Unterarm und halten mich fest. »Und an was glaubt er? Dass ein Raumschiff auf diesem Feld gelandet ist? Dass er mehr weiß als andere Menschen, weil etwas vielleicht genau in dem Augenblick abgestürzt ist, als er geboren wurde?« Ich beuge mich zu ihr. »Ergibt das etwa für dich einen Sinn?«

Statt mir zu antworten, fragt sie: »Bist du sicher, dass du das früher nicht auch geglaubt hast?«

»Ich ... nein, ich ... nein, ich hab nie daran geglaubt.« Ich schüttle den Kopf. Wie hätte ich diesen Mist glauben können? Galaxien und Meteore und Kometen – die konnte ich *sehen.* Ich wusste, dass sie real waren. Aber all das andere Zeug? Den Scheiß von der Alien-Autopsie und die verrückten Verschwörungen? Nein, daran habe ich nie geglaubt. Und ich glaube, er auch nicht. Sie haben einfach seinen Zwecken gedient.

»Einen Beweis wirst du nie bekommen. Du musst einfach glauben«, sagt Priya.

Worte, die mein Vater vor Jahren gesagt hat, fallen mir ein: *Dass es keinen Beweis gibt, ist kein Beweis dafür, dass es nichts gibt.«* Als ich sieben, neun, zwölf war, habe ich diesen Worten getraut. Ich wusste nicht wirklich, was sie bedeuteten, aber es genügte, dass mein Vater sie aussprach.

Aber Worte genügen nicht. Nicht mehr.

Er hat mich belogen, und er hat meine Mom belogen. Er hat uns beide in großen und kleinen Dingen verraten. Er war egoistisch und wollte etwas Besonderes sein, aber er ist nur ein ganz gewöhnlicher Mann mit ganz gewöhnlichen Wünschen. Als ich entdeckt hatte, dass der Blog meines Vaters ein Forum für die verrückten Verschwörungstheoretiker geworden war, hatte ich ihn dazu befragt. Ich wollte wissen, warum er meiner Mutter oder mir nichts darüber erzählt hatte.

Wir waren damals in seiner Werkstatt, draußen wuchs die Schneedecke lautlos immer weiter an, aber der Holzofen hielt uns angenehm warm. Mein Vater hörte auf, auf seiner Computertastatur zu tippen, und wurde rot. »Ach, weißt du, deiner Mom gefällt das nicht besonders. Sie denkt, das wäre einfach nur alles weit weit weg«, sagte er. »Aber weißt du was? Viele Leute finden das richtig gut. Eine Menge sogar.« Mit einem Ausdruck des Erstaunens auf dem Gesicht schüttelte er den Kopf. »Sie sind sozusagen meine Anhänger.«

»Du meinst, sie folgen deinem Blog?« Als er nickte, fragte ich: »Weiß Mom davon?«

Achselzuckend wandte er sich wieder seinem Computer zu. »Sie hat keine Zeit für so was. Ihre Arbeit und die Farm, erinnerst du dich? Nur dafür hat sie neuerdings Zeit. Ihre Arbeit und die Farm.«

»Und was ist mit mir?«, fragte ich ihn. »Du hättest mir davon erzählen können.«

Ich sah, wie sich sein Rücken beim Seufzen hob. »Du hast auch keine Zeit für mich.« Dann drehte er den Kopf zu mir. »Das ist schon okay, Junior. Du hast jetzt anderes zu tun.«

Als ich ihn verließ, fühlte ich mich schlecht, ich hatte das Gefühl, als hätte ich etwas verloren, und dachte, dass ich mich vielleicht wieder zusammen mit Dad der Astronomie zuwenden könnte. Vielleicht würde das ihm helfen, wieder ein normaler Typ zu werden.

Aber dann passierte sechs Monate später diese Sache. Diese Sache, als ich auf der Suche nach Wattestäbchen, mit denen ich die Linsen meines Teleskops reinigen könnte, ins Badezimmer meiner Eltern ging und in der Dusche das Wasser lief.

Ich wusste, dass Dad zu Hause war, weil ich seinen Truck gesehen hatte.

Ich öffnete die Tür und rief ihm zu: »Ich bin's nur, ich suche ...«

Und genau in diesem Augenblick streckte die Frau in der Dusche, die nicht meine Mutter war, den Kopf hinter dem Vorhang hervor und sagte: »DJ, gibst du mir bitte ...«

Ihre Augen waren braun, und ihre blonden, lockigen

Haare klebten nass an ihrem Hals und ihren Schultern. Ihre pinkfarbenen Lippen formten ein kleines O, als sie mich sah. Dann verschwand sie ohne ein weiteres Wort rasch wieder in der Dusche.

Ich schnappte mir die Schachtel mit den Wattestäbchen, verließ das Bad und schloss die Tür hinter mir, während ich versuchte, mein klopfendes Herz unter Kontrolle zu bekommen. *Was zum Teufel?* Im Flur traf ich meinen Dad. Ich schaute ihn nur einmal an, und meine ganze Verwirrung verwandelte sich in Enttäuschung.

Wie konnte er nur?

Ich machte kehrt und wollte den Flur hinunterstürmen. In diesem Augenblick wollte ich überall sein, nur nicht draußen vor dem Bad.

»Junior, komm schon, warte«, sagte er, griff nach mir und hielt mich fest. »Es ist nicht, was du denkst.«

Ich schaute ihn an. Wir konnten uns zum ersten Mal überhaupt auf selber Höhe direkt in die Augen schauen. Vermutlich hatte ich gerade zu dieser Zeit den letzten kleinen Wachstumsschub hinter mir.

»Sie ist eine Anhängerin«, sagte er. »Eine von meinen Anhängern.« Er war stolz darauf. Er klang, als wäre er der Anführer eines Kults oder so.

»Deine *Blog*-Anhänger?«

»Ja.«

»Und was ist mit Mom?«

»Das hat nichts mit deiner Mutter zu tun.«

»Ich glaube schon irgendwie.«

Er hielt mich mit festem Griff. »Hat es nicht. Und es wäre überhaupt nicht gut, wenn sie es wüsste.«

In meinem Kopf wirbelte alles herum, als ich an meine Mutter dachte.

»Du musst das für dich behalten«, sagte er zu mir. »Das ist besser.«

»Du darfst das nicht wieder tun«, sagte ich zu ihm. »Diese Frau darf nicht noch einmal kommen.«

Er sah aus, als würde er darüber nachdenken. Dann schüttelte er den Kopf »Nein, nicht noch einmal.«

»Dad, ich meine überhaupt nie. Keine von deinen verdammten Anhängerinnen. Du darfst ... *du darfst keinen Sex mit ihnen haben.*«

Mein Dad verengte die Augen und sah mich an, als wäre ich schrecklich naiv. »Junior, du kannst mir nicht ...«

»Nein! Das kannst du Mom nicht antun.« Meine Stimme wurde immer höher, bis ich fast kiekste. »Wenn du das tust, werde ich es ihr erzählen, Ehrenwort! Ich werde ihr alles erzählen!«

»Nein, das wirst du nicht.«

»Doch! Ich werde es ihr erzählen. Und es ist mir egal, ob es ihr wehtut. Ich will, dass sie die Wahrheit erfährt.«

Die Erwähnung der Wahrheit traf immer einen Nerv bei meinem Vater. Er war selbst immer auf der Suche nach der Wahrheit. Nach einer, wie es mir vorkam, halben Ewigkeit nickte er ruhig, wie zu sich selbst, und sagte: »Okay.«

»Du versprichst es?«

»Ich verspreche es.« Kein Zögern, kein hinterhältiger Blick. Er versprach es, und ich ließ ihn erleichtert allein.

Meiner Mutter habe ich nie davon erzählt. Bis vor drei

Tagen, als er mit Carol durchbrannte, dachte ich, er sei wirklich nicht mehr fremdgegangen.

Ich wollte es glauben.

Priya drückt meine Hand und holt mich zurück in die Gegenwart. Ihr Blick hält meinen Blick fest. »Ich bin real.«

»Stimmt.«

»Du glaubst an mich.«

»Ich glaube, du bist ...« *Intelligent und bezaubernd.* »Ein nettes Menschenmädchen, vielleicht ein bisschen ...« *Verrückt.* »Ein bisschen irregeleitet.«

»Das glaubst du?« Ihre Lippen zucken herausfordernd, und auf einmal glaube ich, dass sie wirklich meine Gedanken lesen kann. Ich weiß, dass sie es kann. Die Wahrheit ist nicht *da draußen,* sondern sie ist hier. Sie ist in meinem Gesicht und in meiner Stimme und in meiner Haut, die sie berührt.

Ich senke mein Gesicht zu ihrem hinab, beuge mich über sie, umhülle sie, verzehre sie. Eine Welle von Hitze wogt mir aus ihrem Innersten entgegen, aus ihrem Herzen und ihrer Lunge. Eine Hand streicht an meinem Arm entlang hinauf zu meiner Schulter, die andere umschließt meine Taille. Ihre Finger drehen das T-Shirt auf meinem Rücken zu Knoten.

Wir verschmelzen miteinander, sind von der Taille bis zu den Hüften und den Oberschenkeln wie Magnete, die sich anziehen.

Meine Augen schließen sich, als sich unsere Lippen berühren, und es wäre verrückt zu sagen, dass ich Sterne sehe, oder?

Also sage ich es nicht.

Aber ich fühle es.

Das ist real. Ihre Zunge an meiner Zunge ist real. Ihr Rücken unter meinen Händen ist real. Ihre Beine verflochten mit meinen …

Atemlos zieht sie sich zurück, und eine Brise kühlt uns ab, als wir uns voneinander lösen. Aber sie lässt nicht los. Ihre Finger klammern sich an mein T-Shirt, das feucht ist von der schwülen Luft, von *uns*. Sie schaut überrascht und verwirrt zu mir auf. Aber wie kann das sein? Das war sicher nicht ihr erstes Rodeo. Ganz offensichtlich weiß sie, was sie tut. Dieser Kuss, diese Leidenschaft? Total menschlich.

»Priya?«

Sie blinzelt ein paarmal und schaut sich dann um, betrachtet das Feld, mich, als würde sie etwas in ihrem Blickfeld suchen. Als sie mich ins Visier bekommt, grinst sie. »Ja, das war …«

Wahnsinn. »Schön.«

»Ja. Und wie nennt ihr das …?« Ihr Kopf legt sich schief, und ihre schwarz-weißen Haare hängen zu einer Seite herab.

»Ähm … küssen?« So oft wollte ich schon ihre Haare berühren, hatte mich aber immer zurückgehalten. Jetzt nicht. Meine Finger streicheln die Spitzen ihrer Perücke. Die unglaublich seidigen Haare kleben nicht zusammen wie normale Haare. Ich habe das Gefühl, die Haare eines Geistes zu berühren, glatt und ätherisch.

»Küssen«, murmelt sie. »Küssen. Noch einmal.«

Ich drücke sie an mich, und sie reagiert mit dem selben Druck, zieht mich an ihre Brust, legt ihre Arme fest um meinen Nacken. Ich lasse meine Lippen zu ihrem Ohr wandern und von dort weiter hinunter zu ihrer Schulter.

Ein Schauer läuft mir den Rücken hinauf, als sie dasselbe tut. Es ist, als wäre sie mein Echo. Ich küsse; sie küsst. Ich berühre sie; sie berührt mich. Ich schmecke sie; sie schmeckt mich. ...

Ist das real? Also, wirklich real? Wir stehen auf einem Feld, halten einander fest, als gäbe es kein Morgen, und vielleicht gibt es das auch nicht, nicht wenn sie mich verlässt – gar nicht unbedingt in einem Raumschiff und durch ein Wurmloch, sondern in einem Auto oder einem Bus oder zu Fuß.

Nein. Ich werde sie nicht gehen lassen. Ich bin nicht bereit dazu.

Ich ziehe sie hinunter auf den Boden und bette ihren Kopf sanft auf ihre Tasche. Dann lege ich mich der Längen nach dicht neben sie und lasse es zu, dass sich unsere Beine umschlingen. Ihr Tutu kitzelt mich am Arm, als ich mit der Hand die Rückseite ihres Beins entlang und über die Wölbung ihrer Hüften streiche.

Sie ist nicht wie Emily. Sie hat nicht ihren muskulösen Rücken oder ihre muskulösen Oberschenkel. Ich spüre jeden Wirbel in ihrem Rückgrat, als wäre er eine Birne an einer weihnachtlichen Lichterkette.

Ich berühre sie, drücke hier, lecke dort, knabbere da.

Und sie macht genau dasselbe bei mir.

Ich denke, eigentlich müsste sie mich stoppen, müsste wie andere Mädchen flüstern: »Nein, das nicht« oder »Nicht weiter.«

Sie tut es nicht.

Aber wir müssen dennoch aufhören. Es geht nicht. Nicht hier. Nicht auf einem Feld. Nicht wenn mein Hund zuschaut. Na ja, vielleicht schaut Ginger nicht zu, aber sie ist da, und das ist einfach komisch.

Ich bremse mich und hole tief Luft, damit Priya das auch tut. Langsam beruhigt sich mein Herzschlag auf die Geschwindigkeit eines Güterzugs.

Priya grinst und streicht sich die Haare aus dem Gesicht. »Danke.«

»Danken ... mir? Warum?«

Sie tippt sich an den Kopf. »Datensammlung.«

Ich lache. Ich kann nicht anders. »Stimmt, ja, okay. Gern.«

»Du hast mich gut unterrichtet.«

»Und jetzt wirst du andere unterrichten?«

Sie schüttelt den Kopf. »Das muss ich nicht. Sie werden es wissen, weil ich es weiß.«

»Und was weißt du?«

Sie antwortet mir mit dem längsten, intensivsten Kuss, den ich je erlebt habe.

Du musst aufhören. Sofort.

»Warum muss ich aufhören?«, fragt sie vollkommen unschuldig. Sie hat absolut keine Ahnung, was sie bei mir auslöst.

Aber ich habe selbst Schuld. Ich habe angefangen.

Danke, Matty.

Gern, Matty.

Ich rolle mich auf den Rücken und schaue zu den Sternen hinauf. Dann spüre ich, dass Priya neben mir dasselbe macht. Sie streckt ihre Beine wie immer lang aus und legt die Arme auf ihre Oberschenkel.

»Wahrscheinlich verschwinde ich heute Nacht«, sagt sie.

Wieder schlägt mein Herz gegen meine Rippen. »Was?«

»Ich habe die Ankunft meines Raumschiffs schon vor drei Tagen erwartet. Und *so* falsch können meine Berechnungen nicht sein. Sie werden bald da sein.« Ihr Ton ist nüchtern, als ob sie und ich nicht gerade rumgemacht hätten wie die Karnickel.

»Bist du ... bist du dir sicher?«

Sie greift hinter sich und zieht ihr Notizbuch aus der Tasche. Dann hält sie es so schräg über ihr Gesicht, dass es das Licht der Sterne einfängt. Beim Umblättern der Seiten macht sie leise *hmmm*. Obwohl ich mich nach Kräften bemühe, kann ich nicht erkennen, was auf diesen Seiten steht. Es könnten auch Einkaufslisten sein. Eine himmlische To-do-Liste, die nur sie versteht. Endlich klappt sie das Buch zu und legt es zurück in ihre Tasche.

»Ich glaube es«, sagt sie.

»Kann ich ... hier bei dir bleiben? Bis du gehst, meine ich?«

Sie nickt. »Aber du kannst nicht mit mir mitkommen.«

»Ich weiß«, sage ich abrupt, vielleicht ein bisschen zu scharf. »Ich will einfach nur das Schiff sehen und, du weißt schon, zum Abschied winken.«

»Winken?«

Ich strecke den Arm aus und winke. Auch Priya streckt den Arm aus und macht meine Bewegungen nach. Wir winken zusammen, Hände wie Körper aneinandergepresst.

Ich muss aufhören, über sie und diese ganze Sache nachzudenken. Sie hat recht. Sie verschwindet. Das muss ich einfach akzeptieren.

Ich senke unsere Hände zum Boden und lasse ihre Finger in meinen Handflächen ruhen.

Geh nicht weg.

TAG FÜNF

10:28

Als die Sonne mein Gesicht wärmt, ist es zu spät. Statt zurück zum Haus zu gehen und Mom zu sagen, dass ich da bin, bin ich neben Priya eingeschlafen.

Priya ist immer noch da, sie liegt immer noch flach auf dem Rücken, die Füße ausgestreckt und die Arme neben sich. Ginger muss zu ihr hinübergetrottet sein, nachdem ich eingeschlafen war, denn Priya hat ihren Kopf in die Halsbeuge meines Hundes gekuschelt wie in ein pelziges Kissen.

Mir gab der blöde Hund keinen Platz, um meinen Kopf zu betten.

Ich hatte nicht wirklich geglaubt, dass in der Nacht ein Raumschiff kommen würde, um Priya mitzunehmen, dennoch bin ich erleichtert, als ich sie sehe. Während sie schläft, betrachte ich sie und präge mir ihr Bild ein für den Augenblick, wenn sie das Feld schließlich verlässt. Im Licht der Sonne erscheint ihre Haut bronzefarben auf dem schmuddeligen Fell meines Hundes, und ihre Haare glänzen, als wären sie gemalt. Ich streiche eine Strähne weißer Haare aus ihrem Gesicht und spüre, wie sie zwischen meinen Fingern durchrutscht, weil sie so seidig ist.

Mit dem zum Himmel gereckten Kinn mit den Grübchen und ihrem ungeschützten und verletzlichen, grazilen Hals sieht sie fast königlich aus; wie eine Prinzessin in duftigem Tutu und Lackstiefeln.

»Ist es das, Priya?«, flüstere ich. »Bist du ein Mitglied des Königshauses?« Nicht von einem anderen Planeten, sondern irgendwo hier auf der Erde, von einem kleinen Land auf einer winzigen tropischen Insel, die in der südlichen Hemisphäre schwimmt? Oder vielleicht ist sie eine Königin im Exil, die von Höflingen weggezaubert wurde, während ein Staatsstreich stattfindet? Vielleicht weiß sie nicht einmal, dass sie die Tochter eines abgesetzten Königs ist. Sie weiß nicht einmal, dass sie etwas Besonderes ist.

Irgendjemand muss sie vermissen. Eine Mutter, ein Vater, eine jüngere Schwester, die sie vergöttert.

Ihr Freund?

Ich überlege, ob ich bei ihr warten soll, bis sie aufwacht, aber ich muss mich bei Mom melden, bevor sie ausflippt.

Oder ist das schon passiert?

In der Einfahrt steht ein Polizeiwagen. Jacks Mustang direkt dahinter. *Im Ernst, Mann?*

Ein paar Schritte vor der Küche halte ich inne. Ein Teil von mir will die Flucht ergreifen, zurück zu Priya rennen, sie bei der Hand nehmen und einfach weitergehen. Der Teil, der sich mit meiner Mom auseinandersetzen will, ist im Augenblick unendlich klein.

Ich gehe um das Haus herum nach vorn, um zu sehen, ob das gesamte Polizeirevier hier ist, aber da parkt nur der eine Streifenwagen – weiß mit brauner und gelber Beschriftung. »Polizeirevier« steht auf der Seite des Wagens mit einer goldenen Polizeimarke und dem Namen des Bezirks.

Ich räuspere mich und mache mich dafür bereit, Mom und dem ermittelnden Polizisten gegenüberzutreten. Er gehört zu den Älteren, bewegt sich nicht besonders geschmeidig und würde mit einem Schusswechsel nicht gut klarkommen. Nicht dass so was hier oft passieren würde. Rundgesichtig und kugelbäuchig, in einer lohfarbenen Polyester-Jacke, die für dieses Wetter zu schwer und für seine Masse zu klein ist, steht er, den verschwitzten Rücken mir zugewandt, vor meiner Mom und Jack in der Diele. Moms Gesicht ist vor Sorge und Angst angespannt, und eine Sekunde lang spüre ich ein stechendes Gefühl der Schuld im Magen.

»... Hat Ihr Sohn irgendwelche Freunde, bei denen er sein könnte?«, sagt der Polizist gerade, als ich die Diele betrete.

Meine Mutter entdeckt mich und schiebt den Polizisten zur Seite. Erleichterung tritt an die Stelle von Sorge. »Matthew, wo zum Teufel warst du?« Sie ist noch im Schlafanzug, während Jack seinen Anzug trägt – sie ist also erst heute Morgen ausgeflippt, als sie aufgestanden war und ich ihr keinen Kaffee gemacht hatte.

Sie packt mich an den Ärmeln und umarmt mich fest. Mein Onkel klopft mir auf den Rücken, als wäre ich die lederne Innenausstattung eines brandneuen Muscle-Car.

»Meine Güte, Junge, du hast uns ganz schön Angst eingejagt«, sagt er.

Der Polizist zeigt mit dem Daumen auf mich und sagt zu meiner Mom: »Ist er das?«

Ihre deduktiven Fähigkeiten erstaunen mich, Mr. Polizist. Sie nickt und bedankt sich überschwänglich, dass er sich die Zeit genommen hat und zu uns herausgefahren ist, und es tue ihr sehr leid und sie hoffe, dass er nicht etwas Wichtigeres verpasst habe, danke und tschüss und …

»Wo warst du, Matty?«, schreit sie, sobald die Tür zu ist. »Was hast du dir nur dabei gedacht?.«

»Was?«, ist alles, was ich rausbringe. Ich meine, was soll ich sagen? Die Wahrheit? Ich habe neben einem verrückten Mädchen auf einem leeren Feld geschlafen, während wir darauf warteten, dass ihr Raumschiff kommt?

»Hast du Kaffee gemacht?« Ich will in die Küche gehen, aber der Blick meiner Mutter verhärtet sich, und sie verschränkt die Arme vor der Brust, als sie vor mich tritt und mir den Weg versperrt.

»Antworte mir. Wo warst du?«

»Ich war in der Nähe. Mensch! Ich war wirklich ganz in der Nähe«, sage ich grinsend. »Du hättest mich einfach rufen können, und ich wäre gekommen.«

»Ich habe dich auf dem Handy angerufen.«

»Oh. Huch.«

»Wo. Warst. Du.«

»Ich war …« Mein Gehirn ist im kleinsten Gang und läuft sehr langsam.

»Hast du getrunken? Geraucht?«

»Nein! Vertraust du mir nicht?« Ich schüttle den Kopf und gehe an ihr und Jack vorbei. Ich brauche Kaffee. Die Kanne ist schon halb leer. Ich gieße mir einen Becher voll ein und höre, wie Flipflops auf den Steinfußboden klatschen. Ich starre in meine Tasse und schüttle den Kopf. Es ist absurd, dass sie mich so verhört.

»Sieh den Tatsachen ins Auge, Matty, du benimmst dich langsam genauso wie dein Vater«, sagt Mom.

Ich nehme einen großen Schluck heißen Kaffee und verbrühe mir den Gaumen. »Was? Das hast du gerade nicht im Ernst zu mir gesagt.« Ich schaue hinüber zu Jack, um zu sehen, ob er derselben Meinung ist. Er fängt meinen Blick auf und starrt dann verlegen auf die Bügelfalten seiner schicken Hosen. Echt jetzt? Keine Unterstützung von dem einzigen anderen Typen im Raum? Danke, Mann.

»Ich bin *nicht* wie Dad, okay? Ich bin überhaupt nicht wie er.« Ich lasse den Kaffee in dem Becher kreisen, um ihn abzukühlen, bevor ich den Rest in zwei langen Schlucken hinunterkippe. Ich kann es nicht fassen, dass sie das zu mir gesagt hat. Nach allem, was wir durchgemacht haben? Ich meine, ich bin jeden einzelnen Tag hier. Ich tue, was sie will. Ich mache ihr Kaffee. Ich schaue nach dem Hund. Ja, ich rauche ein bisschen Gras, und vielleicht könnte ich bessere Noten haben, aber ich bin *kein Betrüger*. Ich lüge die Leute nicht an, und ich missbrauche auch nicht ihr Vertrauen.

Ich knalle den Becher ein bisschen lauter auf den Küchenblock, als ich beabsichtigt hatte. Ich bin angepisst, aber nicht so angepisst, dass ich eine Tasse zerschlagen muss. »Vielleicht solltest du zur Arbeit gehen und jemanden mit einer Spritze erstechen oder so.«

»Was?«

Vielleicht habe ich den Bogen ein wenig überspannt, aber warum zum Teufel nicht? Und jetzt komme ich richtig in Fahrt. »Lass deinen verdammten Frust an einem anderen Idioten aus. Nicht an mir.«

Das Gesicht meiner Mutter wird weiß vor Zorn, und ihre Sommersprossen stechen hervor wie die Flecken eines Leoparden. Eines sehr angepissten Leoparden. »In *diesem* Ton redest du nicht mit mir heute Morgen.« Ihre Stimme ist so tief, dass sie wie ein Knurren klingt.

Wieder suche ich Unterstützung bei Onkel Jack, suche seine Zustimmung, dass Mom keinen Grund hat auszuflippen, aber er hat sehr viel wichtigere Dinge im Kopf, wie zum Beispiel herrenlose Haare von den Aufschlägen seines Jacketts zu pflücken.

»Weißt du, ich hatte was zu tun, deshalb …«

»Ich glaube, du solltest hierbleiben und das Haus putzen«, sagt Mom. »Von oben bis unten einschließlich beider Badezimmer.«

»Was? Nein.« Ich habe noch einen Tag mit Priya vor mir, und den werde ich nie im Leben drinnen verbringen.

»Ich bin deine Mutter …«

»Und deine Reaktion ist absolut unangemessen«, sage ich. Es gefällt mir nicht, dass mir auf einmal der Schweiß aus den Achselhöhlen strömt und dass meine Hände zittern. Ich schiebe sie in die Hosentaschen. Wenn sie etwas sagt wie – »Geh auf dein Zimmer« –, schreie ich. Kein Witz.

Aber statt zu schreien, lache ich los. Ich lege den Kopf in den Nacken und johle wie ein Idiot. Ausgeschlossen, dass sie das gerade tatsächlich gesagt hat. Heiße Tränen schießen mir in die Augen, und ich blinzle, um sie zurückzudrängen.

Jetzt – endlich – schreitet mein Onkel ein. »Lorna, hältst du das wirklich für notwendig?« Er lächelt mich an. »Matty geht es gut, und es ist nichts passiert ...«

»Jack, halt den Mund, bitte. Wenn du Kinder hast, kannst du alles so machen, wie du es willst.«

Seit wann reagiert meine Mutter so? Seit wann legt sie mich an die Leine? Seit wann denkt sie nur das Schlechteste von mir?

Seit Dad sie verlassen hat.

Jack und ich erkennen das gleichzeitig und versuchen Mom zur Vernunft zu bringen.

»Er ist siebzehn, Lorna, er ist kein Kind ...«

»Mom, komm schon. Ich bin ...«

»Ich werde nicht hier stehen und diskutieren«, sagt sie und schaut zu jedem von uns auf. Sie ist so klein – sie kommt mir vor wie eine Ameise, die sich vor zwei Giraffen aufmantelt. »Ich muss zur Arbeit.« Sie wirft Jack einen Blick zu. »Und du auch.«

Mein Onkel will etwas sagen. Vielleicht etwas wie »Du hast mir nichts zu sagen« oder »Ich bin froh, dass du nicht *meine* Frau bist«? Aber stattdessen schüttelt er nur den Kopf und winkt mit einer Hand, als er zur Tür hinausgeht. »Bis später, Lorna.« Dann ruft er mir über die Schulter zu: »Bin froh, dass dir nichts passiert ist, Matty.«

Meine Mutter stampft mit ihren Plastikschlappen in der Küche herum und macht eine große Show daraus, ihren Thermosbecher ohne meine Hilfe herunterzuholen. Nein, Sir, sie braucht meine Hilfe nicht. Auf Zehenspitzen kommt sie gerade eben hoch und kann dann mit den Fingerspitzen den Becher vom Regal ziehen, und voilà, geschafft. Sie braucht weder mich noch Dad. Nein.

Die Stille in der Küche ist wie ein unsichtbares Wesen, dessen Gegenwart die Luft aus dem Raum heraussaugt. Ich spüre, wie das Gewicht von tausend unausgesprochenen Worten mich niederdrückt. Ich will nett sein und meiner Mom etwas Nettes sagen, etwas Liebevolles, damit sie mit sich und unserer Situation und mit mir zufriedener ist. Sie hat das verdient, finde ich.

Aber zugleich will ich grausam sein, will ihr sagen, dass sie sich verpissen und mich verdammt noch mal in Ruhe lassen soll, dass sie aufhören soll, sich zu verhalten, als wäre ich der schlimmste Sohn der Welt, dass sie sich auf sich selbst konzentrieren soll. *Ich* habe eine solche Behandlung nicht verdient.

Sie geht, und ich habe nichts gesagt.

Ich schaue zur Tür hinaus. Priya sitzt neben Ginger auf dem Boden. Mein Herz schlägt ein bisschen schneller. Ich glaube, es ist an der Zeit, dass ich dieser Aliendame zeige, was Ferien sind.

14:02

Kennywood ist in unserer Gegend im Sommer ein angesagtes Ziel. Es gibt eine Achterbahn und Autoscooter, Strauben und frittierte Oreos. Und mein Plan ist es, Priya mit allem bekannt zu machen.

Was man dort hört und sieht, kann überwältigend sein. Ich erinnere mich, wie Mom und Dad mich zum ersten Mal mit dorthin nahmen, als ich ein kleiner Junger war. Alles kam mir so, so schnell und so laut vor.

Mom ging mit mir auf die Babywasserrutsche und die kleine Eisenbahn, aber Dad bestand darauf, dass ich auch die Fahrgeschäfte für Erwachsene ausprobierte. Da ich für mein Alter ziemlich groß war, durfte ich fast überall mitfahren. Ich glaube, Mom hatte Angst, dass die Fahrten auf den großen Achterbahnen mir einen Schreck fürs ganze Leben einjagen würden, aber genau das Gegenteil passierte. Sie machten mir Lust auf Größer-Höher-Schneller. Gebt mir mehr Loopings, mehr Gefälle, mehr scharfe Kurven und unvermittelte Abstürze.

Das war eine Art und Weise, Angst zu haben und gleichzeitig sicher zu sein.

Aber wenn ich Priya in die Augen schaue, sehe ich, dass sie wirklich Angst hat. »Alles in Ordnung?«

Sie antwortet, indem sie meine Finger fester drückt. »Ich weiß nicht, was das für ein Ort ist.«

»Na ja, es ist ein Vergnügungspark. Wie ich dir gesagt habe. Wir haben einfach Spaß.« Da ich merke, dass die Umstehenden lauschen, drehe ich ihnen den Rücken zu und versuche, leise zu sprechen.

»Was ist das?«, flüstert Priya zurück und beäugt den Racer.

»Eine Achterbahn.« Wie erklärt man eine Achterbahn? »Es geht ziemlich schnell ziemlich hoch hinauf und soll einem Angst einjagen, glaube ich, aber es passiert dir nichts.« Ich zeige auf die Achterbahn.

»Schau.«

Sie legt den Kopf in den Nacken und schaut zu, wie sich zwei Züge langsam die erste Steigung hinaufquälen. Die Leute winken und jauchzen und klatschen sich mit den Passagieren im Zug daneben ab. Gerade als der erste Wagen oben über die Kuppe kippt, schaue ich Priya an. Ihre Augen werden groß und weiß, als ihr Blick den herabstürzenden Zügen folgt. Die Passagiere kreischen und reißen die Arme hoch, während sie um Kurven rasen und nach unten stürzen. Priya vergräbt den Kopf in meiner Halsbeuge und umklammert meine Taille.

Aha, ich verstehe: das ganze Horrorfilm-Date-Show-Programm.

»Keine Sorge, alles okay. Ich werde direkt neben dir sein.«

»Und was, wenn wir abstürzen?«

Ich lache und zeige wieder auf die Achterbahn. »Wir werden hinunterstürzen, aber wir werden auch wieder hinauffahren. Und dann wieder hinunterstürzen und wieder hinauffahren. Es ist wie in deinem Raketenschiff.«

Sie macht ein finsteres Gesicht. »Die Raumfahrt funktioniert keineswegs so.«

Wir gelangen langsam zum Anfang der Schlange. »Komm schon«, dränge ich Priya. »Ich pass schon auf, dass dir nichts geschieht.«

Nach einer halben Ewigkeit sind wir endlich dran. Wir sitzen im allerersten Waggon. Als ich elf oder zwölf war, brachte Mrs. Aoki Brian, Em und mich im Sommer immer zur Mall, zum See oder hierher, und wir drei liebten diese Achterbahn. Wir stellten uns so in die Schlange, dass wir in der ersten Reihe der ersten Waggons der beiden Züge sitzen konnten, die die erste Steigung Seite an Seite erklommen und sich ein »Rennen« zum Gipfel lieferten. Dann warfen wir wie Idioten die Hände in die Luft und spürten den ersten Steilabfall bis in die Zehenspitzen.

Priya rutscht mit einem nervösen Lächeln auf den Platz neben mich.

»Wenn der Riegel geschlossen wird, halt dich mit beiden Händen fest, okay?«, sage ich zu ihr. Sie nickt, sieht aber immer noch ängstlich aus, deshalb lege ich einen Arm um ihre Schultern und ziehe sie näher zu mir.

Der Racer war auch meine erste Achterbahn. Ich frage mich, ob es mir mit meinem Dad genauso erging. Hatte ich Angst? Wahrscheinlich. War ich aufgeregt? Ganz sicher. Aber ich hätte ihm mein Leben anvertraut. Ich wusste, er würde dafür sorgen, dass mir nichts passiert.

So wie ich dafür sorgen werde, dass Priya nichts passiert.

»Es geht los!«

Der langsame Aufstieg, Meter um Meter, ist der beste Teil, wenn du mich fragst. Besonders auf einer Achterbahn aus Holz. Das Klack-klack-klack der Ketten, die den Waggon hinaufziehen, lässt mein Herz schneller schlagen. Priya neben mir scheint nicht mehr zu atmen. Sie hat die Lippen fest aufeinandergepresst, die Augen zugekniffen und ihr Kinn in den Hals zurückgezogen wie eine Schildkröte. Ich beuge mich zu ihr und küsse sie auf die Wange. Lächelnd schaut sie auf zu mir und entspannt sich sofort. Mehr braucht es nicht, um ein aufgewühltes Gemüt zu beruhigen? Einen einzigen einfachen Kuss? Ich küsse sie noch einmal. Und noch einmal. Bis sie kichernd errötet.

Als der Waggon den Gipfel erreicht, spüre ich, wie sie sich an mich schmiegt, und halte sie fester. Das bedeutet, dass ich keine Hand frei habe, die ich hoch über den Kopf strecken könnte, aber das ist schon okay. Das hier ist besser.

Wir stürzen ins Bodenlose, entfliehen dem Rest der Welt. Für den Bruchteil einer Sekunde sind wir leichter als Luft, wir schweben und fallen, und in den nächsten anderthalb Minuten werden wir uns der Schwerkraft entziehen. Sie wird uns zur Erde ziehen, aber wir werden ihr immer und immer wieder entkommen.

15:34

Nach der dritten Runde fühlen wir uns wie Nudeln, unsere Arme und Beine sind schlapp, und unsere Haut ist klebrig. Priya legt den Kopf an meine Schulter, und die Wärme unserer Körper, so dicht nebeneinander, macht mich ganz schwummrig.

»Matthew?«, fragt Priya. Sie sieht nicht besonders gut aus. Sie blinzelt und zuckt vor Schmerz zusammen, während sie sich beide Hände gegen die Schläfen hält. Wahrscheinlich lag es an der letzten Achterbahnfahrt.

»Alles in Ordnung mit dir?«

»Matthew, ich habe starke Kopfschmerzen. Hast du Tabletten dabei?«

Ich stecke die Hände in die Taschen und ziehe sie leer wieder heraus. Mist, ich hätte vorausschauender sein müssen und Snacks und Tabletten oder wenigstens eine Flasche Wasser mitnehmen sollen, aber nach dem morgendlichen Fiasko mit Mom wollte ich einfach nur weg.

Viele Menschen wirbeln um uns herum, sie wollen rasch zum nächsten Fahrgeschäft, zum nächsten Imbissstand, zum nächsten Souvenirladen. Priya sieht aus, als würde sie gleich ohnmächtig werden.

So viele Menschen! Irgendjemand muss Tabletten dabeihaben.

Ein paar Kinder rennen vorbei. Sie sind viel zu jung.

Ein Trio von Verbindungsstudenten. Sie haben wahrscheinlich was, aber eher nichts Legales.

Noch mehr Kinder, eines jünger als das andere. Wo sind Eltern, wenn man sie braucht?

Endlich entdecke ich eine Frau, die einen Buggy schiebt. Sie sieht erschöpft und müde aus, und ich könnte wetten, dass sie oft Kopfschmerzen hat.

»Entschuldigung? Haben sie vielleicht Advil oder Tylenol dabei?«, frage ich sie. »Für meine Freundin. Sie hat, äh, Migräne.«

Die Frau wirft Priya einen Blick zu, und die Skepsis in ihrem Gesicht weicht Mitleid. Sie steckt die Hand in eine Tasche, die am Griff des Buggys hängt, und zieht ein Döschen mit einer runden, braunen Tablette und einer länglichen weißen heraus. »Da. Das ist irgendein Ibuprofen. An solchen Orten ist es am schlimmsten«, fügt sie hinzu.

Priya nimmt die Tabletten in Empfang, als wären es Juwelen. »Danke.«

Die Frau geht weg, und Priya schaut zu mir auf. »Woher hast du gewusst, wen du fragen musst?«

»Keine Ahnung ... Wahrscheinlich habe ich einfach versucht, mir vorzustellen, wie jemand aussehen könnte, der Advil dabeihat.«

Denk wie eine Katze.

Nachdem wir für Priya noch Wasser aufgetrieben haben, damit sie die Tabletten hinunterspülen kann, suche ich nach einer Bank, aber im Schatten ist jeder Platz belegt. Ich bugsiere uns um Kinderwagen und große Rucksäcke und Kinder, die Eistüten balancieren, herum und entdecke den einzigen Platz, an dem man im Schatten sitzen kann.

Das alte Sitzkarussell.

Ich packe Priya um die Taille, springe hinauf und lasse sie auf eine Bank fallen, während die letzten Mitfahrer einsteigen. Als Kinder sind wir natürlich auf den bunt angemalten Ponys geritten. Nur ältere Menschen saßen in den Sesseln oder »Kutschen«, wie sie genannt werden.

Mit Priya, die sich an mich kuschelt, ist es mir, glaube ich, egal, für alt zu gelten. Seufzend schließt sie die Augen, während das Karussell sich langsam dreht und die Wurlitzer-Jukebox spielt. Ich erinnere mich nicht, wann ich zuletzt auf so einem Ding gefahren bin. Em würde niemals Karussell fahren. Zu langsam, zu langweilig. Brian hat schon vor langer Zeit das Interesse an den meisten Fahrgeschäften hier verloren. Er zieht den Benzinduft und den Adrenalinrausch von Geländemotorrädern vor.

Nach ein paar Runden lehnen wir uns entspannt in das Polster zurück, und ich ziehe Priya neben mich, damit sie ihr Kinn auf meine Brust legen kann. Im Fahrtwind des Karussells weht der Duft von Zuckerwatte und Pommes mit.

Ich spüre Priyas Handfläche erstaunlich kühl durch die Jeans hindurch auf meinem Oberschenkel, und sie hebt ihr Gesicht zu meinem an. Ihre Lippen teilen sich, sodass ich einen kurzen Blick auf ihre Zähne und ihre Zunge erhasche, als sie mir den Arm um den Hals legt und mich noch näher zu sich heranzieht. Ich spüre ihren Mund auf meinem und erwidere ihren Kuss.

Das ist tausendmal besser als diese blöden Pferde. Kein Wunder, dass die Älteren in den Kutschen sitzen.

Priyas Finger streicheln mein Kinn und meinen Hals, dann zieht sie ihren Kopf gerade so weit zurück, dass sie mir in die Augen schauen kann. »Hier gefällt es mir«, sagt sie. Und dann küsst sie mich wieder.

Hier – meint sie damit Kennywood? Oder das Karussell?

Oder die Erde?

Nie zuvor klang die Drehorgelmusik, die den Rest des Parks, den Rest der Welt, übertönt, schöner in meinen Ohren. Die Luft ist voll von diesen mechanischen Tönen, während wir Runde um Runde drehen. Tausend Lichter blenden, Dutzende angemalter Pferde galoppieren – nur um Priya und mich in unserer schicken Kutsche zu unterhalten.

Als die Fahrt vorbei ist, bleiben wir für eine zweite Runde sitzen.

17:59

Unter der Dusche versuche ich, nicht an Priya zu denken, aber es ist schwer, mir die Beine zu waschen und zu vergessen, wie sie auf dem Karussell mit der Hand an meinem Oberschenkel entlangstrich. Es ist schwer, mir die Haare zu shampoonieren und zu vergessen, wie sie mit ihren Fingern hindurchgefahren ist, als sie ihre Lippen auf meinen Hals gepresst hat. Und es ist unmöglich, mir die Brust einzuseifen und zu vergessen, wie sie in meinen Armen dahingeschmolzen ist, als ich sie auf der Achterbahn geküsst habe.

Das liegt nicht daran, dass ich nur eingleisig denken kann. Das würde ja heißen, dass es in diesem Zusammenhang einen Weg oder eine Logik gibt. Keineswegs. In meinem Kopf ist einfach nur Sex.

Priya ist in meinem Zimmer, als ich frisch rasiert und mit einer ordentlichen Ladung Deo eingesprüht aus dem Bad komme. Sie sitzt an meinem Schreibtisch – ja, unter all dem Müll befindet sich ein Schreibtisch – und liest etwas, ein Buch oder eine Zeitschrift vermutlich.

»Ich hab mir überlegt, wir könnten morgen ins Kino gehen«, sage ich. »Gleich am Stadtrand ist ein kleines. Es ist zwar ein bisschen runtergekommen, aber es gibt dort drei Kinoleinwände.«

Sie bewegt sich nicht und reagiert auch nicht, als wäre sie interessiert.

Über ihre Schulter sehe ich, worüber sie nachgrübelt: Dads Sammlung von Zeitungsausschnitten aus dem Jahr 1965. Ich klappe den Ordner rasch zu und schnappe ihn mir.

»Matthew, entschuldige, aber ich war …«

»Keine Ahnung, wo du das gefunden hast, aber das ist alles echt alt, verstehst du, und total unnütz.« Ehrlich, ich erinnere mich nicht einmal daran, wo in meinem Zimmer dieser Ordner war: auf meinem Schreibtisch? In meinem Schrank? Unter meinem Bett? Ich klemme ihn mir unter den Arm.

Priya folgt mir, als ich zum Schrank gehe, um mir ein frisches T-Shirt herauszunehmen. »Das sind Artikel über den Absturz. Warum darf ich sie nicht sehen? Das sind öffentliche Informationen, oder?«

»Na ja, ja, aber …«

»Dann könnte ich auch zu einer Bibliothek gehen und dort nach ihnen fragen.«

»Eine Bibliothek?«

»Oder ich könnte die Zeitungen direkt kontaktieren, in denen die Artikel ursprünglich veröffentlicht wurden.«

»Wenn es sie noch gibt.«

»Warum willst du nicht, dass ich sie sehe?«

Seufzend betrachte ich die T-Shirts in meinem Schrank. Blau, grau, gelb? Mit Nike-Logo? Adidas-Logo? Phillies-

Logo? Was will ich der Welt mit meiner Kleidung sagen? »Also gut.« Ich reiche ihr den Ordner über die Schulter.

»Danke.«

Ich ziehe ein einfarbiges graues T-Shirt heraus, das keine Schweißflecken unter den Achseln hat, und ziehe es mir über den Kopf. »Der ganze Ort ... als ob alle für eine Nacht verrückt geworden wären.«

Priya sitzt auf meinem Bett und legt den Kopf schief. »Alle waren Zeugen. Alle haben den Absturz gesehen.«

Ich hebe einen Finger. »Nein. Sie haben die Folgen des Absturzes gesehen. Oder was immer es war. Niemand sah etwas durch die Luft fliegen, niemand sah tatsächlich etwas, das in den Boden gekracht ist. Die Erde hat gebebt, die Menschen sind weggerannt. Es hat gebrannt. Ende.«

Priya stützt gedankenverloren ihr Kinn auf einem Finger ab und betrachtet die Zeitungsausschnitte.

»Es war mitten in der Nacht. Ich meine, wie konnten sie wissen, was sie da sahen? Die Hälfte von ihnen war gerade aufgewacht, und es gibt keine übereinstimmenden Aussagen dazu, was passiert ist. Einige sagten, ein Feuerball sei vom Himmel gefallen. Andere meinten, das Objekt habe erst gebrannt, als es in dem Boden eingeschlagen sei. Es war rund, dann dreieckig und schließlich kegelförmig. Es hatte Räder oder Flügel, war schwarz oder silbern oder kupferfarben, je nachdem, wen du gefragt hast.«

Ich halte inne, ganz außer Atem von meiner Rede. Meine Hände zittern, und ich spüre, wie es mir schwerfällt, Luft zu holen. »Zeitverschwendung. Eine dumme Zeitverschwendung.«

Möchte ich glauben.

»Glaubst du daran?«, sagt Priya zu mir.

»Nein.« Ich schüttle den Kopf. »Nein, ich habe daran geglaubt. Ich habe an meinen Vater geglaubt.«

»Du glaubst immer noch daran.«

Priya lächelt mich an. Ihr Blick ist so wissend und intelligent. Sie sieht ganz sicher nicht aus, als wäre sie verrückt.

»Er ist ein Betrüger«, sage ich zu ihr. »Er hat sich total was eingebildet auf seine unbedeutende Prominenz und darauf, dass Menschen ihn mögen, Menschen, die ihn nicht einmal kannten. Ihre Meinungen waren ihm wichtiger als meine.«

Sie nimmt mein Gesicht in ihre Hände, und ich spüre die Berührung bis hinunter zu den Knien. Ich möchte mich einfach um sie herumwickeln. Ich möchte ihre Lippen auf meinem Hals und meinen Ohren und meinem Kinn spüren. Überall auf meinem Körper möchte ich ihre Hände spüren.

Ich möchte die Vergangenheit vergessen und mir meine Zukunft vorstellen.

»Priya«, flüstere ich in ihr Ohr, »bist du wirklich die, die du behauptest zu sein?«

»Ich bin genau das, was du denkst, was ich bin.«

19:35

Ich sitze gegenüber von Priya im Wohnzimmer und schaue zu, wie sie in meinem Phillies-T-Shirt und einem Paar Shorts von meiner Mutter Pizza isst. Ich habe ihr etwas zum Anziehen gegeben, weil ich ihr Tutu und ihr Top nach dem langen Nachmittag im Vergnügungspark waschen wollte. Sie ertrinkt fast in den Sachen, aber das spielt keine Rolle. Sie könnte einen Parka und Jeans tragen, und es wäre mir egal. Sie haut mich um wie die Lichter auf dem großen Karussell in Kennywood, ganz egal, was sie anhat.

Nachdem sie das letzte Stück zusammen mit ihrer neuen besten Freundin Ginger verputzt hat, lehnt sie sich, nur ein halbes Kissen von mir entfernt, gemütlich auf der Couch zurück.

»Euer Essen wird mir definitiv fehlen«, sagt sie und klopft sich auf den Bauch.

»Vielleicht kannst du deinen Leuten beibringen, wie man Pizza macht«, sage ich und tippe mit dem Finger an meine Schläfe, wie sie es oft tut. »In deiner Datensammlung muss es etwas dazu geben.«

Lachend beugt sie sich zu mir, und ihre Haare fallen

über mein Kinn. Ich will sie an den Schultern packen und zu mir ziehen und nicht wieder auf ihre Seite der Couch lassen, aber irgendwie schaffe ich es, meine Hände still zu halten.

Sie betrachtet mich lächelnd. »Matthew, ich kann nur den Geschmack mit ihnen teilen. Das Gefühl, das ich habe, wenn ich Pizza esse.«

»Und was ist das für ein Gefühl?«

»Es ist ... ganz ähnlich, wie wenn man durch ein Wurmloch gleitet.«

Ich breche in lautes Gelächter aus, das den ganzen Raum erfüllt. »Was soll das nun wieder heißen?«

Priya grinst einfach weiter. »Wenn dein Raumschiff durch ein Wurmloch fährt, spürst du die Veränderung in Zeit und Raum in deinem ganzen Körper.«

»Und das ist so ähnlich wie Pizzaessen?«

»Die Pizza ist das Wurmloch. Wenn ich sie esse, verändert sich mein ganzer Körper. Ich schmecke das Salz des Käses in Kombination mit dem intensiven Geschmack der Tomaten, sobald meine Zähne in die Kruste beißen. Das wird augenblicklich wahrgenommen. Es gibt keine Trennung der Aromen. Sie sind alle gleichzeitig da, es ist eine Explosion ganz ähnlich wie die plötzliche Verschiebung im Raum-Zeit-Kontinuum in einem Wurmloch.« Sie lächelt heiter und dreht die Handflächen ihrer ausgebreiteten Hände nach oben. »Verstehst du?«

Ich schüttle den Kopf. »Nein. Und jetzt wünschte ich, wir hätten mehr Pizza.«

Priya nimmt meine Hand in beide Hände, was mich

alarmiert. Auf dem Kissen zwischen uns spielen ihre Finger mit meinen, verschränken sich und lösen sich voneinander, als wären sie dicke Haarsträhnen oder Weidenzweige unten am Bach. »Matthew, ich werde gehen müssen. Wahrscheinlich heute Abend.«

»Heute Abend?« Auf einmal schwingt Panik in meiner Stimme mit. Mein Gehirn will diese Information einfach nicht aufnehmen, egal wie oft sie es mir sagt.

Wir schauen aus dem Fenster, und unser Blick fällt auf die untergehende Sonne. Wie kann es sein, dass es schon so spät ist?

»Es ist schon spät«, sagt sie und liest schon wieder meine Gedanken. Sie beugt sich zu meiner Hand und reibt ihre Wange und ihre Lippen an ihr. »Hmmmm ... Du riechst nach Pizza.«

»Mein Lieblingsparfüm.« Als sie aufstehen will, ziehe ich sie zurück. »Wir können noch eine bestellen. Und eine zweite für deine Heimreise.«

Sie schüttelt den Kopf. »Das war genug. Wir werden für die Heimreise in einen Kälteschlaf versetzt«, sagt sie nüchtern. »Wir werden nicht in der Lage sein, Pizza zu essen.« Sie löst ihre Hand sanft aus meiner. »Könntest du mir meine Kleider holen? Ich kann nicht in dieser Kleidung reisen.«

»Nicht deine übliche Uniform?«, necke ich sie.

Sie schaut mich finster an. »Wir tragen keine Uniformen.«

Ich bin schon auf dem Weg in den Keller, rufe aber zu ihr hinauf. »Nein? Raumfahrt ist nicht wie Raumschiff Enterprise? Keine Ganzkörpertrikots?«

Priya lacht. »Diese Serie ist sehr unrealistisch. Im Weltraum geht es überhaupt nicht so zu.«

»Na ja, das ist die Zukunft«, sage ich.

Von allen Weltraumwelten gefällt mir das Universum von Raumschiff Enterprise am besten. Friede und Gemeinschaft und ein Holodeck für alle deine Fantasien. Wenn ich einen Replikator und einen Transporter hätte, würde ich an den Rand des Universums reisen.

Als ich mit Priyas frisch duftenden Kleidern aus der Waschküche zurückkomme, finde ich sie zusammengebrochen auf dem Fußboden des Wohnzimmers liegend vor. Ihre Beine sind verdreht unter ihrem Körper, und ihr Kopf hängt schlaff auf einer Seite. Ginger trabt jaulend auf und ab.

»Priya!« Ich lasse alles fallen, renne los, hebe sie auf und trage sie zur Couch. Ihre langen Arme und Beine sind wie die Tentakeln eines Oktopus, gummiartig und unkontrolliert.

Ihre Augen öffnen sich, Wimpern blinzeln gegen das Licht und mich. Verwirrung zerfurcht ihre Stirn, und sie öffnet die Lippen, als wollte sie etwas sagen.

»Priya? Alles in Ordnung? Kannst du mich hören?«

Endlich nickt sie, und ihre Stirn entspannt sich, als sie mich erkennt. »Ich bin …« Ihre Stimme verstummt zu einem Murmeln.

»Was hast du gesagt?«

»Mir … mir geht es …« Und dann, zuversichtlicher. »Mir geht es gut.« Sie drückt sich zum Sitzen hoch und lässt ihre Beine langsam seitlich von der Couch herunterhängen, um aufzustehen.

»Langsam, warte.«

Gereizt lehnt sie meine Hilfe ab. »Mir geht's gut, Matthew! Lass mich in Ruhe!« Sie stößt ihren Körper von der Couch ab, als ob sie mich herausfordern wollte, sie daran zu hindern.

Ich hindere sie nicht, und sie stolpert weiter, umklammert mit der Hand die Armlehne der Couch und schaukelt wie betrunken vor und zurück, bevor sie sich in eine aufrechte Position bringt. Sie zuckt zusammen, und ihre Hand geht zu ihrem Kopf, wo sie kreisförmig ihre Schläfe massiert.

Alles in Ordnung?, will ich fragen, aber ich beiße mir auf die Zunge. Sie will meine Hilfe nicht. Diese plötzliche Veränderung in ihr ist merkwürdig. Sie geht sogar anders. Ihre Bewegungen sind unbeholfen – noch unbeholfener als sonst –, und ihr Kopf zuckt, als sie sich wegen irgendwelcher Vorgänge in ihrem Inneren zusammenkrümmt.

Ich folge ihr in einer gewissen Entfernung in die Küche und sammle auf dem Weg ihre Kleider auf. An der Tür bleibt sie stehen und schaut hinaus zu dem Feld. Ihre Hände klammern sich an den Türrahmen, und ihr Rücken bebt. Sie atmet schwer, während ihre Schultern sich heben und wieder senken. Ich glaube nicht, dass sie weint. Oder doch?

»Priya ...«

»Matthew ... Ich habe wieder Kopfschmerzen. Kann ich eine Aspirin haben?«

»Nur eine?«

Sie räuspert sich, dreht sich aber nicht zu mir um. »Vielleicht auch mehr.«

Ich lasse ihre Kleider auf dem Küchentisch. »Ja, klar.« Dann stürme ich in das Bad im ersten Stock und schnappe die Röhrchen mit den Schmerzmitteln. »Weißt du, vielleicht solltest du zum Arzt gehen, wenn du dauernd Kopfschmerzen hast«, rufe ich zu ihr hinunter. »Ich weiß, dass du nicht mit meiner Mom reden willst, aber sie kennt sich aus. Ich meine, wahrscheinlich ist es nur die Hitze oder so, aber all diese Medikamente sind nicht besonders gut für dich.« Ich lasse Wasser laufen, bis es kalt ist, und fülle ein Glas. »Ich habe mal gelesen, dass man seine Leber ernsthaft schädigen kann, wenn man zu viele ...«

Vom Flur aus sehe ich, dass sie weg ist. Die hintere Tür steht weit offen. Auch das Tutu und der Hund sind weg.

Ich sollte diesem Mädchen wirklich nicht den Rücken zuwenden. Irgendwas passiert immer, wenn ich nicht hinschaue.

Die Sonne ist schon ganz am Rand des Horizonts, als ich das Feld erreiche. Priya steht genau in der Mitte, ein Strichmännchen vor dem grandiosen orangefarbenen Glühen, das den ganzen Himmel überzieht. Sie hat den Kopf seitlich geneigt und wiegt ihre Wange in einer Handfläche, während sie den Ellbogen in ihrer Taille abstützt.

Ich strecke ihr das Wasser hin und schütte ein paar Pillen in meine Hand. Sie nimmt meine Hand in ihre und führt sie zu ihrem Mund: Ihre Lippen streifen meine Haut, als ihre Zunge die Tabletten von meiner Handfläche aufnimmt. Ein Schauer fährt mein Rückgrat hinauf, und die Haare an meinen Nacken stellen sich auf.

Sie stürzt das Wasser hinunter: »*Ahhhh,* ich fühle mich schon besser.«

»Das ging schnell.«

»Sobald ich hier herauskam, habe ich mich besser gefühlt.«

»Muss an der frischen Luft liegen.«

»Ach, Matthew ...«, sagt sie kopfschüttelnd. *Du bist so naiv,* höre ich in ihrer Stimme, und das pisst mich irgendwie an.

»Was?«

»Es liegt an dem Feld. Und du weißt es.«

»Liegt es nicht. Und nein.« Ich klinge wie ein streitlustiges Kind. »Das beschissene Feld ist nur ein Feld«, füge ich hinzu, und meine Ausdrucksweise ist der Beweis, dass ich kein Kind bin. *Da hast du es.*

»Du bist nicht so ungläubig, wie du denkst«, sagt sie zuversichtlich.

»Als würdest du mich so gut kennen.«

»Ich kenne dich. Du liebst dieses Teleskop«, sagt sie. »Du hast es geliebt, als du ein Kind warst. Du hast Schulter an Schulter mit deinem Dad zu den Sternen hinaufgeschaut und dir vorgestellt, was dort draußen ist, was es jenseits von Erde und Mond gibt.«

Ich zucke mit den Achseln. Ich habe ein Teleskop. Scheint logisch zu sein, dass ich gerne hindurchschaue und Dinge betrachte.

»Und du hast dir gewünscht, ihr könntet dort hinausfahren. Du und dein Dad.«

»Weißt du, du könntest aufhören, über ihn zu reden.«

Sie schaut mich ausdruckslos an.

»Ja, die Sterne waren cool. Sie sind immer noch cool. Und ich schaue sie gerne an. Und ich stelle mir gerne etwas vor.« Ich schaue hinauf zum Mond, der langsam am Himmel aufgeht. Es ist diese verschwommene Zeit zwischen Sonnenuntergang und Dunkelheit, dieser Augenblick der Dämmerung, wenn die Welt um uns herum sich langsam verändert. Zu wem gehören wir, frage ich mich, zum Tag oder zur Nacht?

»Was hast du dir vorgestellt, wenn du zu diesen Sternen hinaufgeschaut hast?«, fragt sie mich.

»Ich?«

»Ja, wenn du zusammen mit deinem Vater den Himmel beobachtet hast. Was hast du dir da draußen vorgestellt?« Ihre Stimme packt mich und lockt mich heraus, wie die kleine Boo unter der Veranda der Aokis.

Ich schaue hinüber zu dem Teleskop, als könnte ich meinen Dad und mich sehen, vor vielen Jahren, als Ginger noch ein Welpe war und im trockenen Gras herumgetollt ist.

Milliarden und Abermilliarden von Sternen.

»Ich glaube ... Ich glaube, ich habe mir vorgestellt, wie es wäre, dort draußen zu sein, von einem Planeten zum nächsten zu reisen. Nicht wie in Raumschiff Enterprise«, füge ich hinzu. »Sondern als echter Astronaut, als echter Forscher.«

»Und was hast du gedacht, wie es sein würde?«

»Magisch«, antworte ich. »Aufregend. Transformatorisch.«

»All das ist es«, murmelt Priya

Bevor mein Dad einen Blog hatte, war ich sein größter Fan. Ich war sein erster Anhänger. Ich glaubte, dass das Feld ein wunderbarer, magischer Ort sei. Ich glaubte, der

Umstand, dass Aliens hier gelandet waren, bedeute, dass alles möglich sei – sogar für jemanden, der so klein war wie ich.

Er forderte mich auf, in den Himmel zu schauen. Wir waren selbst wie die Sterne, die glitzerten und glühten. Wir konnten uns selbst in ihnen finden, wenn wir nur intensiv genug schauten. Wir konnten großartige Dinge tun. Wir konnten etwas bewirken. Wir konnten etwas Besonderes sein.

Aber ich wurde älter, und die Dinge änderten sich.

»Ich bin nicht blöd«, sage ich zu Priya. »Ich weiß, was real ist und was ... nicht.«

»Real, irreal, Matthew ...«

»Die Sterne sind real, die Planeten sind real«, ich zeige hinauf in den Himmel. »Wir sind real.«

»Ich weiß diese Dinge über dich«, sagt Priya, »weil wir miteinander verbunden sind. Wie mein Volk zu Hause.«

»Priya, ich glaube nicht, dass es daran liegt«, sage ich lachend und zucke mit den Achseln.

Und dann küsst sie mich. Ein hundertprozentiger Mund-zu-Mund-Reanimierungskuss. Ihre Zunge erkundet meine in einem Durcheinander von Geschmacksempfindungen – Pizza und Limo und bittere Aspirinkrümel. Meine Arme schlingen sich um ihren Rücken und ihre um meine Taille, und wir falten uns zusammen wie zwei Origamikraniche. Das Letzte, was ich sehe, bevor ich die Augen schließe, ist die Sonne, die hinter dem Feld versinkt.

Als ich die Augen wieder öffne, liegen wir auf dem

Boden, meine T-Shirts, das eine, das ich trug, und das andere, das Priya anhatte, liegen unter uns als dünne Barriere zwischen unserer Haut und der trockenen Erde. Ich streiche mit der Hand an Priyas Körper hinauf, von ihren Schenkeln über die geschwungene Linie ihrer Hüfte und Taille und fahre mit den Fingern ihren Arm entlang bis zu ihrem Schlüsselbein. Meine Hände weisen meinen Lippen den Weg, und ich bedecke denselben kurvigen Pfad von Schenkel zu Hals mit Küssen.

Priyas Finger und dann ihr Mund wandern liebkosend mein Bein hinauf bis zu meiner Taille, aber ihre Lippen halten an meinem Hals nicht inne. Ich spüre, wie ihre Zunge zärtlich an meinem Ohrläppchen leckt und ihre Zähne an meinem Ohr knabbern.

Ich mache dasselbe bei ihr, und sie kichert.

»Kitzlig?«

»Mach weiter.«

Das muss sie mir nicht zweimal sagen.

Ich rolle mich auf den Rücken und ziehe Priya auf mich. Ihre Haare fallen auf meine nackte Brust, und das sollte kitzeln, tut es aber nicht. Es fühlt sich merkwürdig und wunderbar und ein bisschen komisch an, aber hauptsächlich wunderbar und irgendwie auch sehr beängstigend und definitiv absolut verdammt wunderbar.

Ich halte ihre Hüften fest, während sie sich auf mir wiegt, und drücke ihre Brust an meine. Unsere Herzen schlagen im Takt und übertönen unsere Stimmen, Autos, Hunde, Logik, alles, was nicht hier ist, was nicht jetzt ist, was nicht in diesem Augenblick zwischen uns ist. Alles andere ist mir egal.

Ich schaue ihr in die Augen, habe Angst zu schauen, habe Angst zu sehen, was dort ist.

Gedankensplitter hallen in meinem Kopf wider.

Sie kennt mich kaum, sie kann mich nicht lieben.

Sie ist verrückt, sie ist wunderschön.

Sie geht weg.

Sie geht weg.

Sie geht weg.

Meine Hände ziehen ihren Kopf an mich, und ich atme sie ein, und meine Zunge wandert tief in ihren Mund. Als wir uns küssen, sehe ich die Geburt eines neuen Sterns weit draußen im Universum, eine Explosion von Farbe in der weiten Schwärze des Raums.

Wir haben es erschaffen.

Wir sind das Zentrum des Universums.

3:06

Der Sternenhimmel ist unsere Decke.

Ich strecke die Arme aus, als könnte ich mich bis über die Milchstraße hinaus ausdehnen und mit den Fingern Mars, Neptun, Venus und Priyas Zuhause erreichen.

Okay, der Sex mit Priya hat mich kitschig und sentimental und ein bisschen blöd gemacht.

Mit Em war das nicht so. Wir haben nach dem ersten Mal einfach viel gelacht, denn es war eine total kurze Angelegenheit gewesen. Dann haben wir ein bisschen herumgealbert und es noch einmal getan. Das zweite Mal war besser, aber ein Liebhaber von Gedichten bin ich dennoch nicht geworden. Gar kein Liebhaber. Am nächsten Tag habe ich mich überhaupt nicht anders gefühlt. Ich habe mich nicht verändert.

Aber das hier war …

Magisch. Aufregend. Erhebend.

Nicht von dieser Welt.

Ich rolle mich auf die Seite und lege den Arm locker über ihre Taille. Priyas Rücken schmiegt sich an meine Brust, und ich spüre durch ihr Rückgrat hindurch, wie ihr Herz schlägt. Ihre Haut bedeckt eine dünne Schweißschicht. Bestimmt ist mein Körper auch klatschnass geschwitzt. Wie eklig ...

»Du bist nicht eklig«, beantwortet sie meinen Gedanken.

»Aha, findest du?«

»Das ist eine ganz natürliche Reaktion.«

»Für dich auch, wie ich sehe.« Ich fahre mit dem Finger durch die glitschig-nasse Schicht auf ihren Schultern und strecke dann die Zunge raus, um sie zu probieren. »Hmmmm, salzig.«

Priya lacht, als hätte ich sie gekitzelt. »Bist du glücklich?«

»Ob ich ...? Na ja, äh, ja, du nicht?«

»Oh doch, bin ich. Außerdem ist mir ein bisschen kalt«, fügt sie hinzu.

Unsere Kleider liegen verstreut hinter uns, und ich sammle sie ein, ohne dazu richtig aufzustehen. Wir ziehen uns im Liegen nebeneinander an und betrachten dann gemeinsam den Himmel. Ich nehme Priyas Hand und zeige damit auf die Ansammlung heller Lichter um den Mond herum, der hoch über uns steht.

»Die meisten Leute denken, das wären Sterne«, sage ich.

»Das sind Planeten. Du nennst sie Venus und Mars«, sagt sie und zieht meine Hand von einem hellen Leuchtfeuer zum nächsten.

»*Ich*? Wie nennst *du* sie?«

»Ich hab dir schon mal gesagt, dass wir keine Sprache haben. Wir kommunizieren einfach miteinander. Unsere Gedanken werden von uns allen gemeinsam benutzt.«

Während ich meine Finger mit Priyas Fingern verschränke, denke ich, wie wunderbar es klingt, wenn sie darüber redet. Gemeinsame Gedanken. Kommunizieren, ohne zu reden. Wie anders wäre das Leben, wenn wir uns keine Gedanken darüber machen müssten, das Falsche zu sagen? Oder das Falsche zu tun? Wenn wir nicht denken würden, dass jemand das eine meint, obwohl er etwas vollkommen anderes im Sinn hat?

Zum Beispiel: *Ich verspreche es.*

»So funktioniert das Universum«, sagt Priya. »Wir sind alle miteinander verbunden. Wir helfen einander durch die Kraft unserer Gedanken.«

Der Zyniker in mir schnaubt. Ich kann es nicht verhindern. »Klingt wie ein Bibelvers.«

Priya denkt einen Augenblick lang nach. »Vermutlich könnte man es so nennen.«

Ja, okay, ich muss lachen. »Dann betet ihr zueinander? Wie zu Gott?«

Ich spüre, wie Priya lächelt. »Wir alle sind Gott.«

Ich drücke mich zum Sitzen hoch und schaue Priya ins Gesicht, um zu sehen, ob sie mich verarschen will. »Wir alle sind Gott. Du? Ich? Und was ist mit Ginger?«

Meine Hündin hebt den Kopf, weil sie denkt, sie würde ein Leckerli bekommen.

»Matthew, das ist im ganzen Universum bestens bekannt.« Meine Unwissenheit beunruhigt sie ein bisschen. »Nur weil man etwas nicht sehen kann, heißt das nicht, dass man nicht daran glauben kann.« Sie beäugt mich kritisch. »Du scheinst gewisse Schwierigkeiten zu haben mit Vorstellungen, die man einfach glauben muss.«

»Du meinst so etwas wie Gott oder Aliens ...«

»Liebe.« Sie lächelt. »Du kannst sie nicht sehen, aber du glaubst, dass es sie gibt.«

Ich spüre, wie meine Wangen sich röten. »Liebe ist ein theoretisches Konstrukt.«

»Wie die Schwerkraft?«

»Ich kann weder vom einen noch vom andern beweisen, dass es sie gibt.«

»Aber du glaubst, dass es das Periodensystem der Elemente gibt, oder? Du glaubst, dass es Wasserstoff und Stickstoff und Plutonium gibt?«

Ich spüre, wie mein Kopf nickt. Die Grundlagen der Chemie. Ein Fach, in dem ich nicht durchgefallen bin.

»Dann weißt du auch, dass jedes Element im Universum, jedes Atom, jedes Teilchen immer existiert hat. Und das bedeutet, dass *wir* immer existiert haben. Wir sind Gott.«

Ich breite meine Arme weit aus. »Ich bin unsterblich! Verbeuge dich vor mir!«

Priya lacht. »Sterne werden geboren, verglühen, werden zu Super-Novas und werden wiedergeboren. Alles im Universum stirbt und wird wiedergeboren – immer und immer wieder.« Sie setzt sich auf, greift nach meinen Armen und legt sie um sich, und wir fallen zusammen wieder zurück auf den Boden. Als ich die Augen öffne, schaue ich in ihr Gesicht. Ihr Blick ist verletzlich, aber doch klug, ruhig und zuversichtlich.

Ich habe diesen Blick schon einmal gesehen: bei meinem Dad. Bevor er in den Sog der Verrückten geriet, war er fasziniert von der Wissenschaft, von den Möglichkeiten des Universums.

»Und unsere Seelen?«, frage ich sie. »Haben wir eine Seele? Was geschieht mit unseren Seelen, wenn wir sterben? Werden sie auch wiedergeboren?«

Sie schaut mich fragend an. »Seele.« Sie wälzt das Wort in ihrem Mund herum. »Dein Geist ist Energie, und Energie stirbt niemals. Sie wird ...«

»Sie wird einfach umgewandelt.« Ich weiß, dass das stimmt. Das ist Physik. Energie kann nicht erschaffen oder zerstört werden.

»Wir sind Energie«, sagt sie. »Wir sind Materie. Wir werden nicht erschaffen oder zerstört.« Und dann zieht sie mich dichter an sich und drückt ihre Lippen auf meine, und ich spüre eine Woge von Energie zwischen uns.

Das wird niemals vergehen, denke ich übermütig. Wir beide, dieser Augenblick, werden niemals verschwinden. Vielleicht wird er sich in etwas anderes verwandeln – in Liebe? Oder eine Erinnerung? –, aber er wird für immer existieren.

Ich lasse sie behutsam los, und ihre Augenlider flattern ein paarmal schläfrig. »Bist du müde?«

»Ich muss wach bleiben«, sagt sie und will sich wieder aufrichten. »Mein Schiff ...«

»Ich werde nach ihm Ausschau halten.«

»Du?«

»Denkst du, ich wüsste nicht, wie ein Raumschiff aussieht?« Ich küsse sie auf die Stirn, und ihre Augen schließen sich wieder. »Ich habe ein Auge auf den Himmel.« Eine Minute später ist sie eingeschlafen, und ich ziehe meinen Arm unter ihrem Nacken hervor.

Ein paar Meter weit weg beim Teleskop liegt Priyas

Tasche. Ich krabble leise über die Wiese, um sie zu holen und sie in ihre Reichweite zu legen, falls sie aufwacht und danach tastet. Natürlich greife ich sie auf der falschen Seite, und etwas fällt heraus.

Priyas Notizbuch.

Es fühlt sich komisch an in meiner Hand, bedeutungsschwer. Hineinzuschauen, die einzelnen Seiten aufzuschlagen käme einer Verletzung ihrer Privatsphäre gleich, oder? Es wäre so ähnlich wie ihren Kopf zu öffnen und darin herumzustochern.

Oder nicht?

Es ist ein ganz gewöhnliches Notizbuch: glatter schwarzer Ledereinband mit linierten Seiten im Innern. Es ist abgenutzt und weich wie eine Lieblingsjacke. Am Rücken des Notizbuchs ist ein schmales beschichtetes Gummiband befestigt, das man um das Buch legen kann, damit es nicht aufklappt. Man könnte meinen, dass etwas, das für Priya so wichtig ist wie dieses Notizbuch, richtig verschlossen werden kann, nicht nur mit einem dünnen Band.

Auf der ersten Seite steht ihr Name. Oder vielmehr ein Satz, der ihren Namen verkündet: »Mein Name ist Priya.«

Direkt darunter stehen Symbole, die ich nie zuvor gesehen habe.

Mehr nicht. So weit die erste Seite. Okay.

Seite zwei. Boah. Zeile um Zeile ist gefüllt mit Worten, die sehr dicht nebeneinanderstehen, und es gibt kaum einen Abstand zwischen den Buchstaben oder um sie herum.

Rot bedeutet anhalten.

Ein Dollar ist mehr wert als ein Cent.

Nürnberger sind nicht nur die Bewohner der Stadt Nürnberg.

Die dritte Seite sieht genauso aus, nur die Farbe des Kulis hat sich geändert.

Pflücke in fremden Gärten keine Blumen.

Iss keine Blumen aus fremden Gärten.

Okay ...

Und so weiter. Einige sehr verrückte Dinge stehen da in unterschiedlich schöner Handschrift: einige Zeilen in sauberer Druckschrift, andere schlampig hingekritzelt. Mit schwarzem und blauem Kuli, einige wenige Zeilen auch mit Bleistift, aber immer mit sehr wenig Abstand.

Auch Zeichnungen gibt es. Skizzen von Gesichtern und Augen und Händen, Autos und Katzen und Häusern. Eine Lampe, eine Teekanne, ein Andreaskreuz. Darunter Symbole und ihre Übersetzungen, soweit ich es verstehe.

Ich blättere zur letzten Seite, wo sie geschrieben hat: »Ginger ist ein Hund.« Das Wort »Hund« ist allerdings ausgestrichen, und darüber steht »Labrador Retriever«. Am Rand ist ein hastig gezeichnetes Bild eines Hundes, *meines* Hundes mit seinem breiten Gesicht und seinem gedrungenen Körper.

Aber warum?

Offensichtlich war das eine neue Information für sie, und sie musste sie aufschreiben, damit sie sie nicht vergisst. Und solche grundlegenden Dinge konnten nur deshalb neu für sie sein, weil sie von einem Ort stammt, wo es sie nicht gibt.

Ein Ort ohne Hunde. Ein Ort ohne Andreaskreuze. Ein Ort ohne Teekannen oder Häuser oder Autos. Ein Ort, wo die Farbe Rot *nicht* Stopp bedeutet.

Aber wo auf der Welt gibt es einen solchen Ort?

Dass du etwas nicht siehst, heißt nicht, dass du nicht daran glauben kannst.

Die Erkenntnis, was das bedeuten könnte, betäubt mich wie ein Schlag gegen den Kiefer. Ist das ein Spickzettel? Wichtige Informationen, die ein Besucher auf unserem Planeten benötigen würde?

Nein. Verdammt, nie im Leben. Das ist absolut unmöglich.

Ich halte das Notizbuch hoch und inspiziere es von allen Seiten, als ob ich auf diese Weise eine andere Erklärung hineinlesen könnte.

Ein normales Mädchen hat kein Notizbuch wie dieses.

Ein normales *menschliches* Mädchen hat kein Notizbuch wie dieses dabei.

Ich möchte mich für diesen idiotischen Gedanken ohrfeigen. Tatsächlich blubbert ein dummes kleines Kichern in meiner Kehle, und ich muss es wie Spucke hinunterschlucken. Nein. Einfach nein. Und noch einmal nein.

Sie ist kein Alien. Sie ist nicht von einem anderen Planeten.

Aber die Notizen ... Wer macht sich solche Notizen?

Ich schaue hinüber zu Priya, die auf dem Rücken liegt, die Hände neben ihrem Körper, und leise schnarcht.

»Bist du verrückt?«, flüstere ich. »Oder bist du, was du behauptest, was du bist?«

Ich möchte es glauben.

Ungefähr vor einem Jahr, lange bevor wir ahnten, dass Dad Mom betrügen würde, gar nicht zu reden davon, mit Carol durchzubrennen, kamen mein Onkel und seine Frau zum Abendessen zu uns. Es war eine merkwürdige Zusammenkunft mitten in der Woche – etwas, das sie normalerweise nicht taten. Während Brian und ich in meinem Zimmer saßen, tranken die vier Erwachsenen unten zu jedem Gang Alkohol: Whisky zu den Doritos mit Dip, Weißwein zum Salat und Bier zum Backhähnchen. Beim Dessert waren sie sturzbetrunken, was wir bemerkten, als wir hinuntergingen, um einen Snack abzustauben.

Mom saß auf Dads Schoß, während Carol und Jack sich aneinanderschmiegten und anschmachteten.

Brian und ich mussten unentwegt über die vier lachen, während wir den kompletten Apfelkuchen inklusive Eis und die übrig gebliebenen Chips verschlangen.

Jack sah uns und richtete sich sofort auf, um so zu tun, als wäre er nüchtern. »Hallo, Kleiner, wie geht's? Wie läuft's in der Schule?«

Normalerweise hätte ich wegen dem blöden *Kleiner* die Augen verdreht, aber ich zuckte nur mit den Achseln und schaufelte mir noch mehr Chips in den Mund. »Läuft.«

»Du schaust nicht mehr so oft zusammen mit deinem Dad nach den Sternen, oder?«, fragte er mit einem Nicken in Richtung meines Vaters.

»Ähm, nein, eigentlich nicht.« Mehr Chips. Mehr Kuchen.

»Dann wirst du die Teleskope auch nicht vermissen, wenn er sie verkauft.«

»Verkaufen ... Du verkaufst die Teleskope?«

Mein Vater, dessen Wangen rot waren vom Alkohol, grinste, aber nur halbherzig. »Jap. Ich verkaufe alles.« Er warf die Hand in die Luft, als würde er Konfetti verstreuen.

»Warum?«

Meine Mutter mischte sich ein. »Er braucht sie nicht mehr. Er hat einen Job!«

Mein Herz klopfte. »Echt? Das ist ja ... das ist ja toll.« Ich war verwirrt. Mein Dad liebte sein Teleskop und die Sternenbeobachtung. Warum wollte er alles loswerden? »Was für einen Job bekommst du?«

»Er wird bei mir Autos verkaufen«, sagte Jack stolz.

»Autos verkaufen?«, platzte Brian heraus, den Mund voller Eis. »Du kannst keine Autos verkaufen, DJ.«

Mein Vater sah verlegen aus, als ob er wüsste, dass Brian recht hatte. Er konnte keine Autos verkaufen. Ich konnte ihn mir nicht einmal mit einer Krawatte oder einem Hemd mit Knöpfen vorstellen.

»Er kann alles, was er sich in den Kopf gesetzt hat«, verkündete Mom. »Zuerst verschwinden die Teleskope und dann das ganze restliche Gerümpel auch.« Sie sah meinem Vater in die Augen und lächelte.

»Diese Werkstatt wird wieder das sein, was sie früher einmal war.«

»Ein Weinkeller«, sagte Jack. Er gab Mom ein High five.

Ein Weinkeller. Ein Job für Dad. Keine Sterne mehr.

Was war hier los? War ich in eine andere Dimension geraten?

Während meine Zähne sich durch eine weitere Handvoll Doritos mahlten und eine Schicht orangefarbener Käsestaub meine Finger überzog, beobachtete ich, wie meine Eltern sich gegenseitig abknutschten. Ich war froh, dass mein Vater endlich einen Job gefunden hatte, aber enttäuscht, dass die Teleskope verschwinden würden – und mit ihnen das Herz der Existenz meines Vaters. Ich wusste, dass er es sich selbst zuzuschreiben hatte. Er hatte in den letzten zehn oder fünfzehn oder vielleicht sogar zwanzig Jahren nichts Erinnernswertes oder Bedeutendes getan. Er musste weitergehen, sich vorwärtsbewegen und diesen ganzen Mist hinter sich lassen.

Aber ein Teil davon betraf auch *mich.*

TAG SECHS

7:23

Als ich in die Küche stolpere, ist es gerade hell, aber Mom ist schon weg. Ich schaue mich nach einem Zettel um, auf dem sie mir sagt, dass sie Frühschicht hat oder zu einem Notfall gerufen wurde.

Hmmm … nichts auf dem Küchenblock und auch nichts an der Kühlschranktür, aber sie hat die Kaffeemaschine angelassen, sodass der Boden der Kanne von einer verkrusteten Schicht verbrannter schwarzer Brühe überzogen ist.

Sieh den Tatsachen ins Auge, Matty. Da hast du deine Nachricht.

»Danke, Mom. Hab dich auch lieb.«

Kaum habe ich gespült und neuen Kaffee gemacht, als das Telefon im Wohnzimmer klingelt. Der Festnetzanschluss? Wer zum Teufel ruft auf dem Festnetz an? Fast habe ich den Klingelton gar nicht erkannt. Es ist eine halbe Ewigkeit her, dass jemand auf dem Festnetz angerufen hat. Ich nehme das Telefon von der Station, als wäre es eine scharfe Handgranate.

»Ja.«

»Matty, hallo.«

»Em?« Ich erstarre und betrachte das Telefon. »Du rufst mich an?«

»Na und.«

»Ich meine, auf dem Festnetz. Das ist nicht mein Handy.«

Emily seufzt, das Gewicht von tausend Welten auf ihren Schultern. »Dir entgeht auch nichts, was, Vollpfosten?«

»Vielen Dank auch für den Anruf und die Beleidigung.«

»Kommst du mit zum See, mit mir und der Kröte?«

»Wie bitte?«

»Zum See? Kommst du mit?

Ich kneife die Augen zusammen und versuche, die Uhr auf der anderen Seite des Raums zu lesen. Es ist nicht einmal acht. »Warum seid ihr schon zurück? Ich dachte, ihr seid bei deinen Großeltern.«

Sie seufzt. »Lange Geschichte.«

»Dann seid ihr wieder da.«

»Hörst du überhaupt zu? Ja, wir sind wieder da. Und wir gehen zum See und laden dich ein, uns zu begleiten.«

»Ähm, ich habe Besuch.«

»Dieses Mädchen? Bring sie mit.«

Ich nehme das Telefon mit in die Küche und schaue zur Tür hinaus. Priya und Ginger schlafen noch auf dem Feld. Meine Wangen röten sich, als ich an sie denke … an uns.

»Zum Ersten, zum Zweiten …«

»Nein danke.«

»Nein?«

Ich spüre, dass ich mit den Achseln zucke. »Nö. Wir bleiben lieber hier.« *Wir.*

Ja, das habe ich gesagt. Priya und ich. *Wir* bleiben lieber hier.

»Aber ...«

»Ich muss los.« Ich lege auf und werfe das Telefon auf den Tisch.

Habe ich Emily gerade eben tatsächlich eine Abfuhr erteilt?

Jap.

Und hat es sich gut angefühlt?

Nein.

Es hat sich *fantastisch* angefühlt.

Ich gehe zurück zum Kaffee und summe ein paar Mal die Titelmelodie von *The Twilight Zone* vor mich hin, da klingelt das Telefon wieder. Wir sollten uns wirklich eine Anruferkennung besorgen.

»Hallo?«

»Wir fahren«, sagt Emily, als wäre das Gespräch niemals unterbrochen worden.

»Ja, nein. Kein Interesse.«

»Warum nicht?«

»Emily. Nein.« Ich gehe mit dem Telefon am Ohr in der Küche auf und ab und verstehe immer noch nicht recht, warum Emily so begriffsstutzig ist.

Vielleicht hört sie das Wort *nein* auch nicht gern.

Em schnaubt leise. »Hör zu, ich versuche, nett zu sein.«

Wirklich? Hat sie ein schlechtes Gewissen, weil sie mich wie den letzten Dreck behandelt hat?

Draußen auf dem Feld umkreist meine Hündin gemächlich Priya und bleibt alle paar Schritte stehen, um ihren Rücken und ihre Beine zu strecken.

»Em, ich muss los, okay? Viel Spaß am See.«

Diesmal lege ich auf, bevor sie ein letztes Wort sagen kann … Und dann ruft sie noch mal an. Ich schnappe mir das Telefon vom Küchenblock, bevor es ein zweites Mal klingelt.

»Nein, Emily. Kein Interesse.«

Stille und dann … »Junior, hallo.«

»Dad?« Ein riesiger Felsbrocken fällt direkt in meinen Magen.

»Ja, hi.« Seine Stimme wird fröhlicher. »Alles okay bei dir?«

»Ob bei mir …?« Ich halte das Telefon von mir weg und betrachte es, als ob ich meinem Vater meine aufrichtige Unfähigkeit zu glauben, dass er mich anruft, telegrafisch übermitteln könnte. »Ja, ich denke schon.«

»Das ist gut. Du passt auf deine Mom auf?«

Meine Güte, im Ernst? Als ob er auf Reisen wäre und ich auf eine Invalidin aufpassen müsste?

Ich stelle ihm dieselbe Frage wie Em. »Du weißt, dass du auf dem Festnetz anrufst?«

»Ähm, richtig, ja. Ich, äh, deine Nummer ist auf meinem alten Handy.«

Das hier im Haus ist.

Er lacht hüstelnd und klingt ein bisschen verlegen. »Ich hatte nur die Festnetznummer im Kopf.«

»Also … ich bin eigentlich schon auf dem Weg zur Tür.« Buchstäblich. Ich verlasse das Haus buchstäblich in dieser Sekunde.

Am anderen Ende der Leitung raschelt seine Kleidung, als ob er das Telefon in seinem T-Shirt hin und her schieben würde. Von wo ruft er an? Ohne Anruferkennung habe ich nicht einmal eine Ortsvorwahl.

Ist mir aber auch egal.

»Oh ja, okay, klar, könntest du deiner Mom sagen, dass ich die Kassette mitgenommen habe?«

»Hmmm-hmmm.«

»Weißt du, ob sie und Jack danach gesucht haben?«

»Hmmm-hmmm.«

»Okay, gut, wahrscheinlich möchten sie die Papiere für die Farm.«

»Ja, vermutlich.« Ich lege meine Hand auf die Tür und drücke die Handfläche an das Glas. Draußen stehen Ginger und Priya auf dem Feld und fragen sich wahrscheinlich, wo ich bleibe.

»Dann bist du gerade auf dem Sprung, was?«

»Jap.«

»Triffst dich mit der Kröte?«

»Wir gehen zum See, genau genommen. Und ich gehe genau jetzt, eigentlich.«

»Eigentlich?«

»Ja, eigentlich.« Ich spüre, wie meine innere Temperatur um einige Grade steigt. Die Hand, die das Telefon hält, wird feucht vom Schweiß.

»Okay, gut, ich geb dir meine neue Nummer, falls deine Mom oder vielleicht auch *du* mich in Zukunft anrufen wollt.«

»Hmmm-hmmm.«

Er sagt langsam die Zahlen auf, während ich mir eine

Tasse Kaffee eingieße und so tue, als würde es mich interessieren. Im Kopf summe ich noch einmal die Titelmelodie von *Twilight Zone.* Die geht einfach immer.

»Hmmm-hmmm, okay, ja, hab sie«, sage ich zu meinem Dad.

Er klingt erleichtert, als ich ihm versichere, dass ich alle zehn Ziffern in der richtigen Reihenfolge notiert habe. »Danke, Junior. Das ist nett von dir.«

Ich warte darauf, dass er mir erzählt, warum er gegangen ist, dass er sich entschuldigt und sagt, dass es ein Fehler war, aber er bedankt sich nur bei mir.

Ich lasse die Stille zwischen uns schwer und schal werden und warte, dass er sie durchbricht, weil er sie nicht erträgt.

»Dann lass ich dich jetzt gehen.«

»Jap.«

»Du rufst mich an, okay?«

»Jap.«

Er legt auf – endlich –, und ich verbanne das Gespräch aus meinem Gedächtnis.

Dann ziehe ich mein Handy aus der Tasche und schreibe Emily: *Treffe euch am See.*

12:07

Priya und ich erreichen den See, bevor sich die Mütter mit ihren Kindern auf den Heimweg gemacht haben, und das bedeutet, dass Handtuchplätze heiß begehrt sind. Wir finden nur einen Platz weit entfernt vom Turm der Rettungsschwimmer, und da die wunderschöne und unerreichbare Miranda Dienst hat, wird es für Brian keine zufriedenstellende Location sein. Na ja.

Ich breite nebeneinander zwei Handtücher aus und ermuntere Priya, sich zu setzen, aber sie begafft ganz offen die Leute am Strand und die Kinder, die im Sand spielen oder im Wasser herumplanschen. Angeblich war sie noch nie zuvor an einem See. Wie kann man in Pennsylvania leben und noch nie einen See gesehen haben? Wir haben ungefähr eine Million davon.

Ich ziehe meine Turnschuhe und Socken aus und stopfe sie in die Baumwolltasche, in der ich unsere Sachen mitgebracht habe. Es sind schon über dreißig Grad, und es ist verdammt schwül.

Ich liebe es, Priya zu beobachten. Ihre Augen sind weit aufgerissen vor Entdeckerfreude. Sie saugt alles, was sie sieht, in sich auf, von den kleinen Kindern und ihren

Sandburgen bis zu den Müttern und Vätern, deren Haut krebsrot ist, weil sie die ganze Sonnencreme für ihre Kinder verbraucht haben.

Priya ist wie eine goldene Weide, die sich sanft in der Brise wiegt. Ihre Nase kräuselt sich von den Düften des Sommers. Ihre Beine verheddern sich in ihrem Tutu, als sie an der leichten Brandung entlangtanzt und ihre Fersen beim Wegrennen zum Po zieht, wenn das Wasser droht, ihre Zehen zu umspülen. Die kleinen Kinder lachen und klatschen in die Hände, während sie neben ihr herlaufen.

Ich könnte ihr ewig zuschauen.

Fünf Minuten später kommen Brian und Emily – und ich bin enttäuscht. Irgendwie hatte ich gehofft, dass sie überhaupt nicht auftauchen würden.

»Alter, Achtzigerjahre, was?«, sage ich zu meinem Freund, der eine verspiegelte Pilotenbrille und ein schwarzes T-Shirt über seinen Boardshorts trägt. Wenn ich ihn ansehe, starrt mir mein bleiches Gesicht entgegen.

Seine Augenbrauen heben sich über den oberen Brillenrand, und er grinst. »Sie ist da.«

Ich schaue über die Schulter zu Priya hin, die am Wassersaum herumspielt. Woher wusste er das?

Emily kommt mit ihrer Tasche voller Handtücher und anderen Badeutensilien hinter ihm her. »Er hat den Dienstplan der Rettungsschwimmer online gefunden.« In ihrer Stimme schwingt ein gewisses Erstaunen mit. Sie klingt fast stolz auf ihren Bruder, als ob er ein Kleinkind wäre, das gerade die Toilette benutzt hat statt wie sonst in die Hosen zu machen.

»Ach so, du meinst wegen Miranda«, sage ich.

»Jetzt weiß ich immer, wann sie da ist«, sagt Brian, während er mit offenem Mund zum Turm der Rettungsschwimmer starrt. Miranda trägt einen orangefarbenen Badeanzug, und ihre schwarzen Haare sind zu einem Zopf geflochten, der ihr über den Rücken hängt. Mit Adleraugen sucht sie den Horizont nach verirrten Schwimmern ab. Ihr Partner ist Eric Miller, worüber Em sich freuen sollte. Auch er trägt Orange. Beide sind braun gebrannt und durchtrainiert. Egal, Muskeln sind sowieso überbewertet.

Emily breitet neben mir ein Handtuch aus und schüttelt ihre Flipflops von den Füßen. Ihre Augen zählen die Handtücher, die schon auf dem Sand liegen, und sie schaut mich an: »Du hast deine Freundin mitgebracht?«

»Das Mädchen, das so wahnsinnig schön ist«, sagt Brian, ohne den Blick von Miranda abzuwenden. »Oder hast du gesagt wahnsinnig *und* schön? Ich glaube, ich war high, als du mir neulich geschrieben hast.«

Ich vermeide es, Em anzuschauen, aber es spielt keine Rolle. Ich spüre, wie sich ihr Blick in mich bohrt. »Ist sie das? Die mit den weißen Haaren?«, fragt sie.

Ich nicke, und Em nickt auch. Dann dreht sie sich diskret um, und ihre Augen finden Priya praktisch sofort.

»Wahrscheinlich ganz schön heiß«, sagt Emily.

»Warum? Glaubst du, das ist der einzige Grund, warum ich ein Mädchen mit an den See bringe? Weil sie heiß ist? Hältst du mich für so oberflächlich? Zufälligerweise ist sie auch ziemlich schlau.«

»Boah.« Emily schaut mich mit ausdruckslosem Gesicht an. »Fertig, Mister Paranoid?«

»Ich?«

»Ich habe gemeint, dass *ihr* bestimmt heiß ist, im Sinne von physikalisch zu warm. Sie trägt einen warmen Rock und ein T-Shirt. Warum hat sie keinen Badeanzug an?«

»Oh. Sie hat, äh, keinen dabei. Das war eine Art spontaner Entschluss.« Ich schaue zu, wie Priya einen Satz vom Wasser weg macht, als eine sanfte Welle bis zu ihren Füßen fließt. Ihr melodisches Lachen dringt bis zu mir und steckt mich an, sodass auch ich lache. »Glaubst du wirklich, dass ihr Rock zu warm ist?«

Em schaut mich an, als wäre ich verrückt. »Was denn sonst? Es ist ein Rock. Schau dir bloß die vielen Schichten an.«

Hä? Ich dachte, die wären wie Zuckerwatte – fluffig und federleicht. Nie im Traum hätte ich gedacht, dass sie zu warm sein könnten. Ich rufe nach Priya, und sie dreht sich mit einem strahlenden Lächeln um. Sogar Emily lächelt zurück. Warum auch nicht? Priya sieht so glücklich aus. Es fällt ihr schwer, im Sand zu gehen – wem nicht? Ich springe auf und geleite sie zurück zu den Handtüchern.

Natürlich kommt Brian her, um sie kennenzulernen. Ich boxe ihn gegen die Schulter und zeige auf seine Sonnenbrille. »Absetzen, Alter.«

»Hi, ich bin Brian.«

»Ich bin Emily.«

»Ich weiß«, sagt Priya. »Er denkt dauernd an dich.«

»Wie bitte?«

»Sie meint ›reden‹ – dass ich dauernd von dir rede. Das ist Priya.«

»Lass sie sich hinsetzen, Matty.« Em rückt zur Seite, damit Priya auf das Handtuch zwischen uns passt. Priya setzt sich wie immer mit gerade ausgestreckten Beinen hin, die Hände im Schoß. »Und woher kommst du?«

»Sie ist nur zu Besuch«, sage ich rasch.

»Woher?«, fragt Em noch einmal.

Priya öffnet den Mund, um zu antworten, aber ich gehe wieder dazwischen. »Ganz in der Nähe.«

Sie schaut mich streng an. »Das stimmt nicht. Ich komme von sehr weit her.«

»Philadelphia!«, ruft Brian. Als seine Schwester seufzt, stemmt er die Hände in die Hüften. »Was denn? Philly ist weit weg.«

»Idiot. Sie meint einen anderen Staat oder so.«

»*Sehr* weit weg«, sagt Priya.

»Ähm …«, fange ich an, werde aber sofort unterbrochen.

»Oh, dann aus einem anderen Land?« Emily wendet sich an Priya und tut total besserwisserisch. »Kommst du aus Indien?«

Priya schüttelt den Kopf.

»Pakistan?«

Wieder nein.

»Ägypten?«

»Emily …«

Emily bringt mich mit erhobener Hand zum Schweigen. »Somalia?«

»Somalia? Mensch, Emily, nein.«

Priya höchstpersönlich unterbricht uns. »Ich komme von einem Planeten …«

»He, wie war's bei eurer Oma?«, unterbreche ich sie. »Ihr seid früh zurück.«

»In der Nähe von Gliese 581c«, beendet Priya ihren Satz.

»Hast du gesagt …«, fängt Brian an, aber ich schneide auch ihm das Wort ab.

»Ist eure Oma gestorben oder was?«, platze ich heraus, was mir böse Blicke von beiden Freunden einbringt.

»Was?« Brian schüttelt den Kopf. »Das ist nicht witzig, Mann, überhaupt nicht witzig.«

Emilys starrer Blick brennt ein Loch in mich. Sie wendet sich ab, aber damit ist die Sache nicht zu Ende. Sie muss ein Rätsel lösen. Das Rätsel Priya.

In diesem Augenblick steigt mir der süßliche Geruch von Gras gemischt mit dem Duft von Kokosnuss-Sonnenmilch in die Nase. Brian hält mir einen Joint hin, aber ich lehne mit einer Handbewegung ab. »Alter, hast du Mirandas Badeanzug gesehen? *Haaaaaallöchen*«, säuselt er. Er hat schon vergessen, dass Priya sich für eine außerirdische Raumfahrerin hält. Gott sei Dank ist seine Aufmerksamkeitsspanne so kurz.

»Brian, hey, Arschloch? Es sind Damen anwesend.« Seine Schwester versetzt ihm einen Schlag gegen die Schulter. »Steck das wieder ein, ja?«

»Meinetwegen«, antwortet Brian und stößt eine dünne Rauchfahne aus. »Als ob du nicht Eric abchecken würdest.«

Emily wird rot. »Tue ich nicht.«

»Meine Güte, und wie.«

»Ach, leck mich, Kröte.«

Brian zeigt mit dem Daumen auf seine Schwester. »Und das soll die Intelligenzbestie sein, die an die Universität von Pennsylvania gehen wird?«

»Matthew, was machen die da?«, fragt Priya, die zum Glück gar nichts mitbekommen hat. Sie zeigt mit ihrem langen Arm auf eine Gruppe von Kindern, die ein Wettrennen zum Floß machen.

»Sie schwimmen«, sage ich.

»Kannst du nicht schwimmen?«, fragt Em.

»Nicht jeder kann mit drei schwimmen, Streberin«, sagt ihr Bruder.

»Herrgott, hört auf zu streiten«, sage ich. »Komm, Priya, wir gehen ins Wasser.«

Ich halte ihr meine Hand hin und helfe ihr auf. Zum Glück bemerke ich, wie wacklig ihre Beine sind und dass ihre Knie gleich unter ihr nachgeben werden, und umfasse ihre Taille, bevor sie stürzt – und bevor Brian und Em etwas bemerken.

Brian bemerkt nichts.

Em schon.

»Sie hat gerade gesagt, dass sie nicht schwimmen kann«, protestiert Emily.

»Lass sie in Ruhe«, murmelt ihr Bruder, während er den Joint ausdrückt und in einer Büchse verstaut.

»Sie wusste das Wort nicht, aber sie kann es«, sage ich. *Bitte, Gott oder Universum oder was immer, mach, dass ich recht habe. Dass ich einmal recht habe.*

»Wo gehst *du* hin?«, höre ich Emily ihren Bruder fragen.

»Geht dich nichts an«, ist Brians weise Antwort.

»Doch nicht etwa zum Turm der Rettungsschwimmer?«

»Halt die Klappe, Em.«

Ich nehme Priya an der Hand und gehe mit ihr zum Wasser.

Kann sie schwimmen? Sie muss es können, oder? Ich meine, jeder kann schwimmen.

Ihr Blick trifft meinen. »Ich kann schwimmen«, sagt sie.

»Gut, aber du hast keinen Badeanzug an«, erinnere ich sie. »Vielleicht solltest du nicht zu tief ins Wasser gehen.«

Wir waten zusammen in den See, und ich spüre, wie Priyas Hand meine fester umschließt, als das Wasser gegen unsere Füße schlägt. Sie hüpft bei jedem Schritt.

»Es ist kalt«, sagt sie.

Aber das ist es nicht. Es ist wirklich warm. Ungewöhnlich warm.

Dennoch fröstelt sie und klammert sich an mich. Ich stehe hinter ihr und schlinge die Arme um sie, um sie zu wärmen und zu stützen. Es ist fast windstill, aber ich habe Angst, dass die kleinste Welle sie umwerfen könnte.

Aus dem Augenwinkel sehe ich, wie Brian sich dem Turm der Rettungsschwimmer nähert. Ich kann nur vermuten, was er sagt, um Mirandas Aufmerksamkeit zu erregen:

Ach, hallo, Miranda, toll, dich hier zu treffen.

»Das ist wunderschön«, sagt Priya an meinem Hals, als

sie sich an mich zurücklehnt. »Ich werde das vermissen, wenn ich wegfahre.«

»Gibt es keine Seen dort, wo du herkommst?«

Ich spüre, wie sie den Kopf schüttelt. »Wasser wird bei uns schon lange nicht mehr nur zum Vergnügen benutzt. Nach einer heftigen Dürre mussten wir den Wasserverbrauch drastisch einschränken.«

»Oh, ja, gut, so was passiert.« Was meint sie? Woher kommt sie? Vielleicht aus Kalifornien? Dort herrscht seit Jahren Dürre. Ich wünschte, sie würde mir einfach die Wahrheit sagen. Brian ist es vielleicht egal, aber Emily ist der Pitbull der Familie. Sie wird die Sache nicht auf sich beruhen lassen und erst Ruhe geben, wenn sie eine Antwort auf ihre Fragen hat.

Die Sonne auf meinen Schultern heizt mein T-Shirt auf. Ich muss es ausziehen, bevor ich mich zu Tode schwitze. »Ich bring das zurück zum Strand, okay? Bin gleich wieder da.«

Ich drehe mich von Priya weg, ziehe mir das T-Shirt über den Kopf und ...

»Was ist los mit ihr?«, fragt Emily, als ich mich unserem Liegeplatz nähere. Sie steht auf ihrem Handtuch, die Hände in die Hüften gestemmt, und inspiziert den See wie ein Wachposten.

Auf dem Weg zu meinem Handtuch streife ich ihre Schulter. »Keine Ahnung, wovon du redest.«

»Matty, sie ist ... so anders.«

Ich schnaube. »Ja, ich weiß. Genau das mag ich ja an ihr.« Ich knie auf dem Handtuch und greife nach dem Stoffbeutel.

Emily steht über mir, ragt drohend hinter mir auf und beobachtet jede meiner Bewegungen, um sie zu analysieren.

»Matty.«

»Was?«

»Ich meine anders im Sinne von *anders,* wie fremd oder verkehrt …«

Ich wirble herum und schaue zu Em auf. »Mit ihr ist überhaupt nichts verkehrt. Sie ist klug und süß und interessiert sich für viele Dinge, für die ich mich auch interessiere.«

Em hält meinem Blick stand. »Sie ist wahnsinnig dünn.«

Ich spüre, wie ich die Augen verdrehe. »Ach so, es geht um ihr Gewicht. Du bist eifersüchtig.«

»Was? Nein!«

»Bitte, Em, ich weiß doch, was du hier machst. Fat Shaming oder so.« Ich wedle mit der Hand in ihre Richtung.

»Ich bin nicht eifersüchtig auf ihr *Gewicht,* Herrgott noch mal. Du« – sie unterstreicht jedes Wort mit ihrem Finger – »bist ein Idiot.«

»Egal. Dann bin ich eben ein Idiot.« Ich will wieder in Richtung Wasser gehen, aber Emily hält mich zurück.

»Wenn du eine Sekunde lang von deinem Ego und der Tatsache, dass ich dich abgewiesen habe, absiehst …«

»Mir doch egal.«

»… und mir tatsächlich *zuhören* würdest …«

»Was?«

»Deine Freundin …«

»Sie ist nicht meine Freundin.«

»... ist *echt* dünn. Das sieht nicht normal aus.«

Ich zucke mit den Achseln. »Na und, vielleicht macht sie oft Diät.«

»Vielleicht ist sie aber auch krank. Oder anorektisch oder so.«

»Nö. Ich habe gesehen, wie sie Unmengen von Pizza isst. Sie liebt Pizza.«

»Okay, dann bulimisch. Sie steckt sich den Finger in den Hals, wenn du nicht hinschaust.«

Das ist widerlich. Mädchen sind widerlich. »Nein, tut sie nicht.«

»Woher weißt du das?«

»Woher weißt *du* das?«

»He, hilft ihr jemand?«, hören wir ein Kind hinter uns rufen. Emily und ich drehen uns um: Priya ist weit entfernt vom Ufer, ihr Kopf nur noch knapp über dem Wasser, sie fuchtelt mit den Armen und hat die Augen weit aufgerissen, als würde sie mit uns Kuckuck spielen. Sie schwimmt definitiv nicht, sie strampelt nicht einmal mit den Beinen wie ein Hund.

»He!«, rufe ich. »Priya, halt!«

»Miranda!«, schreit Emily in Richtung des Rettungsschwimmerturms. »Eric!«

Aber Eric ist nicht da, und Miranda ist beschäftigt – mit Brian, der vor ihr im Wasser herumspritzt und so tut, als wäre er in Schwierigkeiten. »Brian, was zum ...«

Als ich mich umdrehe, ist Emily weg. In der Zeit, die ich brauche, um von dem leeren Turm zu Priya zu schauen, ist Em schon im See und schwimmt in Richtung Floß. Ihre langen Arme lassen sie in schnellen, geschmeidigen Zügen durchs Wasser gleiten.

Ich spüre, wie Panik mir die Kehle und den Magen zuschnürt, sodass ich nicht atmen, geschweige denn um Hilfe rufen kann. Ich stürze mich in den See, rudere mit den Armen und strample mit den Beinen.

Die Geräusche des Ufers – die spielenden Kinder, die nörgelnden Eltern, die Pfeifen der Rettungsschwimmer – verschmelzen zu einem gedämpften Hintergrundrauschen, als ich mich auf Emily und Priya konzentriere. Es ist, als würde ich in einen Tunnel schauen, während alles um mich herum dunkel verschwimmt.

Vor mir ist Em jetzt bei Priya angekommen. Sie dreht sie um, sodass sie auf dem Rücken treibt, und lässt sich unter sie gleiten. Dann hakt sie ihre Arme in Priyas Achseln ein und schwimmt auf dem Rücken los. Ihr kräftiger Beinschlag treibt die beiden rasch zum Ufer. Emily ist so viel kleiner als Priya, aber im Wasser ist es, als wäre ihr Körper auf drei Meter angewachsen, und ihre Arme schlingen sich wie muskulöse Ranken um Priyas schmale Gestalt.

Als sie an mir vorbeikommen, packe ich Priyas Beine und unterstütze Emily dabei, rasch ans Ufer zu schwimmen. Gemeinsam heben wir Priya aus dem Wasser und legen sie behutsam in den Sand.

Auf einmal tauchen Miranda und Eric, die beiden Rettungsschwimmer, die niemanden gerettet haben, aus der Menge auf. Sie treten rasch zu uns und drängen Emily und mich beiseite. Unsere Blicke treffen sich, und ich sehe die freudige Erregung in Emily Gesicht, die Befriedigung, dass sie jemandem geholfen hat, dass *wir* jemandem geholfen haben.

»Zurücktreten, alle. Zurück, zurück!«, befiehlt Eric den Zuschauern. Ich weiche nicht von der Stelle und weigere mich, meinen Platz im Sand aufzugeben. Schließlich muss ich sicherstellen, dass nichts passiert, dass sie nicht ...

Oh mein Gott. Bitte stirb nicht.

Miranda macht alles, was sie im Rettungsschwimmerkurs gelernt hat: Sie überprüft Priyas Atemwege, lauscht mit seitlich geneigtem Kopf nach ihrem Atem und fühlt den Puls. Priyas Brust hebt und senkt sich ganz langsam, sie hickst ein paarmal, bevor sie gleichmäßig, wenn auch flach, atmet. Miranda nickt knapp, ist aber offensichtlich erleichtert. Niemand stirbt, wenn sie Aufsicht hat. Zumindest nicht heute.

»Alles in Ordnung mit ihr«, sagt sie zu den Umstehenden. Sie seufzen und applaudieren mit Verspätung. Eric und Miranda danken für den Applaus, während sie Priya vorsichtig vom Strand auf eine Decke im Schatten bugsieren.

Aber eigentlich sollten alle Emily und ihren Mut bejubeln und nicht diese beiden Kasper in Schickimicki-Badeanzügen. Sie haben nichts Bemerkenswertes getan. Ich suche zwischen den Schaulustigen nach Emily, um ihr persönlich zu danken, aber sie ist weg, in der Menge verschwunden.

Dann eile ich an Priyas Seite und knie mich auf die Decke neben ihr. Sie liegt so still, als würde sie schlafen. Ich wische ihr mit einer Ecke des Handtuchs das Wasser von Kinn und Augen, ganz vorsichtig, damit kein Sand hineinkommt. Ihre langen, schwarzen Wimpern glitzern in der Sonne, die durch die Blätter über uns hindurchdringt. Die Kette um ihren Hals droht ihr die Luft abzuschneiden, deshalb ziehe ich sie vorsichtig in die richtige Position.

Leise rufe ich ihren Namen.

Flatternd öffnen sich ihre Augen. Zuerst sieht sie panisch aus, aber dann erkennt sie mich. Ihre Hand tastet nach meiner. Ich erwidere den Druck und lasse nicht mehr los.

»Du hast gesagt, du könntest schwimmen.«

»Ich kann es«, sagt sie.

»Nein, du kannst es nicht.«

Ihre Augenbrauen ziehen sich zusammen. »Ich sollte es können. Ich bin im Besitz des gesammelten Wissens von Tausenden von Menschen.« Sie will sich aufsetzen und hustet ein paarmal, dabei spuckt sie einen Teil des brackigen Wassers aus, das sie geschluckt hat, und wischt sich dann mit dem Handrücken den Mund ab. »Ich verstehe nicht, warum es mir nicht möglich war, auf diese Daten zuzugreifen.« Sie wirkt wirklich verblüfft. »Ich habe das schon einmal getan.«

»Du bist schon einmal geschwommen?«

»Nein, aber etwas Ähnliches. Daheim auf meinem Planeten.«

Als sie das sagt, spüre ich jemanden hinter mir. Ich schaue über die Schulter: Emily steht hinter mir. Sie hat eine Flasche Wasser mit einem Strohhalm darin in der Hand.

Sie hat es gehört. Jedes Wort.

»Ähm, für, äh, ... sie. Sie sollte in kleinen Schlucken trinken«, sagt sie. Dann fügt sie direkt an Priya gewandt hinzu: »Stürz es nicht in einem Zug hinunter, okay?«

Priya nimmt das Wasser und nickt. »Danke. Du hast mich gerettet.«

Emily schaut beschämt weg. »Oh, ähm, ja, schon okay.«

Ihr Blick trifft meinen. »Kann ich kurz mit dir reden, Matty? Dort drüben?« Sie zeigt mit dem Kopf Richtung Wasser.

Ich folge Em zum Ufer des Sees, weit genug weg, dass Priya uns nicht hört, aber nicht so weit, dass ich nicht ein Auge auf sie haben kann. Ich möchte nicht, dass sie außerhalb meiner Sichtweite ist.

»Was ist hier los?« Emilys Ton ist sehr direkt.

»Du hast mich das schon gefragt. Ich hab's dir gesagt. Sie ist zu Besuch hier von außerhalb.«

»Von *sehr weit* außerhalb, wenn man sie so reden hört.« Emily verschränkt die Arme vor der Brust. »Ist sie ein bisschen langsam im Kopf oder so?«

»Langsam? Worauf willst du ...?«

»Ist sie aus einer Psychiatrie abgehauen?«

»N-eiiin.« Meine Antwort kommt weniger rasch. Emily bemerkt mein kurzes Zögern und greift es begierig auf.

»Hast du ihren Ausweis überprüft?«

»Warum sollte ich ...«

»Hast du auf ihr Handy geschaut?«

»Sie hat keins.«

»Jeder hat ein Handy.«

»Sie nicht.«

»Nun, das ist auch nicht normal.«

»Nur weil sie kein Handy hat …«

»Und denkt, dass sie von einem anderen Planeten kommt.«

»Heißt das noch lange nicht, dass sie *psychische Probleme* hat. Sie ist lieb und freundlich und, weißt du, total harmlos, was also ist das verdammte große Problem?«

Emily packt mich an den Schultern. Ihre Hände sind kühl, und ihre Haut ist feucht. »Matty, sie trägt eine weiße Perücke über ihren Haaren.«

»Ach nee! Erzähl mir was Neues.«

»Ja, okay, aber …«

»Mädchen tragen Perücken, Em. Das ist kein Zeichen für psychische Labilität.«

Wir schauen beide hinüber zu Priya, die auf der Decke sitzt. Wie immer hat sie die Beine vor sich ausgestreckt, zwei lange Stöcke unter einem schlappen Tutu. Sie sieht nicht, dass wir sie beobachten, weil sie sich abmüht, ihren Mund um den Strohhalm zu schließen.

Ich höre Emilys Stimme, während ich Priya beobachte. »Hör zu, Matty … Als ich mit ihr im Wasser war, ist die Perücke verrutscht. Und …« Em hält inne.

»Und … sprich weiter.«

»Sie hat eine Narbe, eine wirklich krasse Narbe hier oben.« Em fährt mit dem Finger in Form eines C von der Seite ihres Kopfes bis hinunter zum Haaransatz.

»Na und?« Ich gehe achselzuckend darüber hinweg, obwohl es natürlich merkwürdig ist und ich mir natürlich

Sorgen mache. Eine solche Narbe kann viel bedeuten. Aber nichts davon geht Emily etwas an.

»Sie vertuscht etwas.«

»Wenn du eine solche Narbe hättest, würdest du sie auch vertuschen.«

Em schüttelt ihren Pferdeschwanz: Pitschnass klatscht er gegen ihren Rücken und gegen ihren Hals. »Das meine ich nicht. Vielleicht solltest du mit deiner Mom über sie reden. Sie ist Krankenschwester. Sie weiß vielleicht etwas, das ...«

»Ich muss nicht mit meiner Mutter reden. Ich muss mit gar niemandem reden.«

Ich sehe, wie Brian zu Priya schlurft und seinen Hintern auf das Handtuch neben ihr fallen lässt. Dann hält er ihr einen Joint hin. Ich überlege, ob ich eingreifen sollte. Gibt es Gras auf ihrem Planeten?

Habe ich gerade ...?

»Vielleicht ist sie aus einem anderen Land, okay? Vielleicht ist Englisch nicht ihre Muttersprache.«

»Gut.« Sie stürzt sich darauf. »Welche dann?«

»Ich habe keine Ahnung, Em.« Das ist die absolute Wahrheit. »Aber, schau, sie wird nicht mehr lange hierbleiben, und ich möchte wirklich Zeit mit ihr verbringen.« Ich halte den Blick unentwegt auf Em gerichtet, bis sie nickt, dass sie verstanden hat.

»Ja, klar, aber vielleicht solltest du den Gedanken in Betracht ziehen, dass es für dich vielleicht gut sein mag, Zeit mit ihr zu verbringen und so zu tun, als wäre alles okay – für *sie* aber möglicherweise nicht.«

Nachdem sie das gesagt hat, entsteht eine lange Pause,

und ich habe das Gefühl, als würde noch mehr kommen, als würde sie noch mehr sagen wollen, aber sie sagt nichts mehr. »Alles gut zwischen uns?«

Em seufzt schwer. »Meinetwegen, Volldepp.«

Ich will weggehen, bleibe aber noch einmal stehen: »Danke, dass du ... du weißt schon.« Ich weiß, dass sie weiß, was ich meine: *Danke, dass du Priya das Leben gerettet hast.*

»Ja, ja. Aber lass sie auf keinen Fall diesen Mist rauchen, den Brian da hat.«

»Nicht gut?« Em raucht nur selten, aber sie weiß, was gut ist.

Sie schüttelt den Kopf. »Riecht wie Pizza.«

»Aha. Das könnte sie sogar mögen.«

Ich bin bei Priya, als Brian ihr gerade zeigt, wie man inhaliert.

»Sie raucht nicht«, sage ich und schiebe den Joint weg. »Und schon gar nicht dieses Zeug. Em sagt, es wäre wie Oregano oder so.«

Brian hebt das brennende Ende des Joints direkt vor seine Augen. »Was?« Er hält mir den Joint hin. »Versuch selbst.«

»Nein, und übrigens, du mich auch«, sage ich zu ihm. Ich mache mich daran, unsere Sachen einzusammeln und in die Stofftasche zu stopfen.

»Was? Du mich auch? Warum?«

»Du hast Miranda angequatscht und sie vom See abgelenkt. Priya wäre fast ertrunken.«

Der Mund meines Freundes öffnet sich und schließt sich wieder. »Aber ... aber ... Em war doch da.«

»Und wenn sie nicht da gewesen wäre?«

»Aber sie *war* da.«

Ich helfe Priya auf und ziehe sie mit mir. Wenn die Kröte danach noch etwas Wesentliches sagt – was zweifelhaft ist –, höre ich es nicht mehr.

16:17

Auf der Heimfahrt lassen mich Emilys Fragen nicht los. Bei jeder Biegung der Straße, bei jeder Senke und jeder Kurve spüre ich, wie Priyas Finger den Stoff meines T-Shirts umklammern und sich in meine Haut drücken, und ich denke:

Was ist los mit dir?
Woher kommst du?
Wer bist du wirklich?
Was machst du hier?
Warum sagst du mir nicht die Wahrheit?

Schweigend schiebe ich das Motorrad in die Garage, schweigend räume ich die Handtücher auf und schüttle den Sand aus meinen Turnschuhen. Priya sieht müde aus, als sie sich bückt, um Ginger zu begrüßen, deren Schwanz glücklich wedelnd über das Gras streift und die nur Augen für das Mädchen hat. Meine Hündin ist nicht besonders wählerisch, wenn es um Menschen geht. Wenn sie Futter hat oder eine Hand, die sie streichelt, ist sie hin und weg. Aber spürt sie auch, wer einen guten Charakter hat?

Spüre ich es?

Was, frage ich mich, kann Priya knacken? Was macht sie mürbe, damit sie mir die Wahrheit sagt?

Und dann fällt es mir ein. Ich hab's.

16:30

Wir besitzen den ältesten Videorekorder der Welt.

Nur mit diesem Ding kann ich das Video »unserer« Folge von Real-Life Mystery abspielen, einer wenig beachteten Reality-TV-Show aus den frühen Neunzigerjahren über Dinge, die niemals wirklich passiert sind. In diesem Fall geht es um die Ufo-Landung auf dem Feld. Unser Ort und unser kleines Ufo-Ereignis wurden ausgewählt, weil es der 25. Jahrestag der angeblichen Bruchlandung war.

(Nichts für ungut, aber wenn Aliens über die Technologie verfügen, Lichtjahre durch die Galaxie zu reisen – glaubst du nicht, dass sie dann eine Bruchlandung auf der Erde hätten verhindern können? Ich meine, sie ist ja nicht gerade klein. Sie hätten sie sehen müssen. Egal.)

Ich räume auf der Wohnzimmercouch einen Platz für Priya frei und verbinde den Videorekorder mit allerhand Kabeln, um ihn ins Laufen zu bringen. Priya macht es sich mit den Kissen bequem, und ihre Augen leuchten erwartungsvoll.

Dann setze ich mich neben sie und schalte mithilfe

der Fernbedienung den Videorekorder an. Ein lautes Summen ertönt, als die Maschine anläuft.

Das Band ist so oft abgespielt, angehalten und Bild für Bild analysiert worden, dass es tatsächlich Rillen aufweist. Der Ton knackt und knistert, während das beschädigte Band an den metallenen Köpfen innerhalb des Rekorders vorbeiläuft. Ich muss die Lautstärke total aufdrehen, um einen halbwegs vernünftigen Ton zu bekommen.

»... heute Abend enthüllen wir die Wahrheit über die Aliens in unserer Nachbarschaft.« Der Sprecher des Hintergrundkommentars betont die Wörter *Wahrheit* und *Aliens* megastark, damit man es auch kapiert. *Hier geht es um ein wirklich ernsthaftes Thema, Leute, macht euch darauf gefasst!*

Das Bild wechselt vom Vorspann zur Aufnahme eines sternenübersäten Himmels.

»Das ist, als wären wir die Aliens, verstehst du. Wir schweben durch den Raum«, erkläre ich Priya. »Ach ja, und das ist eine Karte von Pennsylvania, damit man sieht, wo unser beschissener kleiner Ort liegt.«

Rückblende in den Weltraum, aber jetzt bewegen wir uns schneller und stürzen durch die Atmosphäre auf die Erde zu. »Diese Spezialeffekte sind ja total lahm. Was haben sie dafür gelöhnt, zehn Mäuse?«

Ich spüre Priyas Blick auf mir, aber sie sagt nichts. Sie ist vollkommen vertieft in das Spektakel des *Real-Life Mystery*.

»Es ist ja nicht in einem Großstadtvorort mit lauter Fertighäusern passiert. Ich meine, es ist nur ein lausiges

Feld, und es gab nicht mal Tote. Außerdem wuchs dort absolut nichts. Es war mitten im Winter, und mein Großvater hatte nichts angebaut.«

Die Kamera schwenkt hinunter auf das Feld, als wäre sie an einem Hubschrauber angebracht, um auf diese Weise uns Zuschauern das Gefühl zu geben, wir befänden uns »in« dem Raumschiff.

Dann folgt ein harter Schnitt, und der Bildschirm wird schwarz, als wir auf der Erde »aufprallen«. Danach wird Nebel eingeblendet, der ein kegelförmiges Objekt aus Metall umwabert. »Das ist so eindeutig ein Modell ...«, murmle ich. Ich kann es mir einfach nicht verkneifen.

Die kommende halbe Stunde jedoch, auch beim Vorspulen durch den Werbeblock für *Joe gegen den Vulkan,* versuche ich, die Klappe zu halten und Priya die Möglichkeit zu geben, sich ganz auf das Fiasko einzulassen. Das Dokudrama ist tatsächlich spannend. Ich habe es so oft gesehen, dass ich mir jede Szene, jeden Hinweis auf eine Verschwörung, jedes Interview, auch das mit DJ Jones, eingeprägt habe.

Die ganze Zeit beobachte ich zugleich die Vorgänge auf dem Bildschirm und Priya. Sie ist vollkommen ungerührt, ihr wunderschönes Gesicht total ausdruckslos. Ich kann nicht sagen, ob sie das für Quatsch hält oder großartig findet.

»Und?«, frage ich sie, als endlich der Abspann läuft, und drücke auf der Fernbedienung die Pausetaste.

»Bemerkenswert«, sagt sie. »Aber das stimmt natürlich nicht.«

Ich atme total erleichtert aus. »Danke. Nein, überhaupt nicht.«

Sie zeigt auf das Standbild auf dem Bildschirm: eine Aufnahme des verunglückten Raumschiffs unter dem Abspann. »Es sind so viele Fragen unbeantwortet.« Sie hakt an ihren langen Fingern die einzelnen Punkte ab. »Welche Technologie brachte das Raumschiff hierher? Kannten seine Konstrukteure den Über-Lichtgeschwindigkeitsantrieb? Falls ja, mit welchen Material wurde er hergestellt?«

»Ähm ...«

»Oder kam es durch ein Wurmloch? Wenn ja, durch welches? Woher? Warum zerbrach es beim Eintritt in die Erdatmosphäre nicht?«

»Nun, ich ...«

»Wenn das Raumschiff Probleme hatte – warum versuchten seine Piloten nicht, auf Wasser zu landen. Schließlich besteht der größere Teil der Oberfläche dieses Planeten aus Wasser, und dort hat man bessere Chancen, eine Notlandung zu überleben.«

»Ähm, ja ...«

Sie murmelt, als würde sie mit sich selbst sprechen. »Ein Wurmloch ist die wahrscheinlichere der beiden Optionen, denn Über-Lichtgeschwindigkeit erfordert zumindest nach heutigem Verständnis eine Warp-Blase, die eine Konzentration von Raum vor dem Fluggerät erlaubt und eine Expansion von Raum dahinter. Eine stabile Warp-Blase herzustellen ist fast unmöglich, ein stabiles Wurmloch dagegen ist derzeit zumindest machbar.«

Sie hält inne und schaut mich an. Erwartet sie, dass ich ... zustimme? Ich verstehe nur die Hälfte der Wörter, die sie gerade gesagt hat. Es war schon meine Sprache, oder?

»Aber es stimmt nicht«, sage ich. »Nichts davon. Es gab keinen Absturz. Es gab kein Raumschiff. Es gab keine Vertuschung durch die Regierung.«

Sie lässt sich zurück in die Kissen fallen, und ihre dünne Gestalt sinkt in den Stoff ein. Ihr Blick bestätigt nicht, dass sie überhaupt gehört hat, was ich gerade sagte. »Ganz zu schweigen von den Piloten. Wo sind sie? Warum wurden sie nicht von einem zweiten Raumschiff gerettet?« Ihre Lippe zittert. »Ließ man sie einfach hier, damit man sie hier gefangen nimmt? Einsperrt?«

»Aber es ...«

Sie dreht sich zu mir. Ihr Blick ist durchdringend und vernichtend. »... stimmt nicht. Das hast du gesagt. Aber es stimmt doch! Das Feld war der Ort eines Absturzes. Ich spüre es, wenn ich dort bin. Und du auch, auch wenn du das Gegenteil behauptest.«

»Priya, du hast gerade selbst gesagt, es gebe so viele unbeantwortete Fragen«, versuche ich, mit ihr zu diskutieren. »Die Landung, das Wie der Fortbewegung ...«

»Ich brauche keine Antworten.«

»Nun, *ich* schon.«

»Das ist *dein* Problem.«

Ich spüre, wie mir warm wird, allerdings nicht auf eine gute Art und Weise. »Schau mal, die Doku war nicht einmal besonders gut produziert. Die Aliens waren einfach sehr groß gewachsene Menschen in metallischen Jogginganzügen mit Plastikwaffen.« Ich lache gezwungen, aber sie lässt sich nicht umstimmen.

»Sie haben mit den Menschen gesprochen, die dort waren, Matthew. Sie …«

»Idioten!«, rufe ich. »Alle komplett verrückt!«

Ihre Augen werden groß, und sie springt auf, die Fäuste in die Hüften gestemmt, obwohl sie fast umkippt. »Verstehst du nicht? Jeden Tag, den ich hier verbringe, bin ich nicht zu Hause. Du bist hier! Du bist zu Hause.«

Du bist hier. Ein Bild vom Weltraum poppt in meinem Kopf auf: eine Ansammlung von Planeten vor einem weiten Gebiet von Sternen und ein roter Pfeil, der direkt auf einen Fleck auf der Großen Blauen Murmel zeigt. Auf mich. Auf mein Zuhause. Das ist mein Zuhause. Warum ist es nicht Priyas Zuhause? Oder noch wichtiger, warum denkt sie, es wäre nicht ihr Zuhause?

Ich umfasse ihre Schultern und zwinge sie, mich anzusehen. »Priya, du bist *kein* Alien. Du bist ein Mädchen, ein Mensch. Bitte, *bitte* sag mir, wer du bist und woher du kommst, damit ich dir helfen kann.«

»Matthew …«

Sie will sich losreißen, aber ich halte sie fest. »Du bist nicht zu Hause, und ich möchte dir helfen, nach Hause zu kommen, aber nicht in einem verdammten Raumschiff! Okay? Hör mir zu!«

»Nein! Hör du *mir* zu! Ich bin, was ich sage, dass ich bin … Was du *weißt,* was ich bin.«

Ich halte ihren Blick, und zum ersten Mal sehe ich sie, wie Emily sie gesehen hat: weiße, verrutschte Perücke, dunkle Ringe um die Augen wie Blutergüsse, flacher, schneller Atem.

»Nein, ich weiß nicht, wer du bist.«

Sie reißt die Augen auf. »Doch!«

»Ich möchte einfach, dass du ...«

Sie windet sich aus meinem Griff und stampft aus dem Wohnzimmer hinaus. Die Absätze ihrer Stiefel klacken auf dem Boden. Ginger folgt ihr wie ein Schatten. An der Küchentür macht sie sich am Schloss zu schaffen. Als ich von hinten zu ihr trete, sehe ich, wie ihre Finger immer wieder abrutschen, als wäre sie nicht in der Lage, den Türknauf zu greifen und zu drehen. Sie ist so wütend auf mich, dass sie sich nicht konzentrieren kann. Sie kämpft mit der Tür, drückt und zieht ächzend am Türknauf, versucht ihn herauszureißen und dagegenzudrücken. Schließlich schlägt sie frustriert mit der Hand dagegen.

Normal. Ich möchte einfach, dass du normal bist.

Ich warte, bis sie aufgibt und sich mit der Schulter an die Wand lehnt. Behutsam, sehr behutsam lege ich meine Hand um ihre und öffne die Tür zusammen mit ihr. Ich spüre, dass ihre Finger von der Anstrengung zittern, bevor sie sie aus meinem Griff befreit.

Kaum ist die Tür offen, sucht sie das Weite, wie Ginger es zu tun pflegt, ohne sich auch nur ein einziges Mal umzudrehen, begierig darauf, dem Gefängnis meines Hauses zu entkommen.

Ich schaue ihr hinterher. Sie springt wie ein Fohlen zwischen den Weiden hindurch, deren Zweige über ihren Rücken hängen wie Haare, taucht auf der anderen

Seite wieder auf und stolpert den leichten Anstieg in Richtung Feld hinauf.

Dann steht sie ganz allein mitten auf dem Feld. Ihre Arme hängen schlaff auf beiden Seiten ihres Körpers herab. Ihr Kopf legt sich in den Nacken, und ihr Gesicht hebt sich an. Ich kann mir ihr Lächeln von hier aus vorstellen. Ist sie dort am glücklichsten? Auf dem magischen Feld? Wo sie irgendwie die Energie eines längst vergangenen Aufpralls spüren kann?

Auf einmal höre ich Ginger zu meinen Füßen jaulen. Ich stehe in der Tür und versperre ihr den Weg.

Als ich zur Seite trete, flüchtet sie wie Priya und stürmt den Hügel hinauf.

Normal. *Warum kannst du nicht ein ganz normales Mädchen sein?*

Sie will so unbedingt hinaus auf dieses blöde Feld. Will unbedingt eine Mitfahrgelegenheit zu einem Kometen oder eine Rakete zum Mond erwischen.

Okay, soll sie doch dortbleiben.

Ich mach die Tür zu und schließe ab.

19:31

Nachdem ich zwei Stunden lang bei Halo gestorben und wieder neu gestartet bin, um den Streit mit Priya zu vergessen, schalte ich meine Xbox aus und gehe nach unten. In der Küche stoße ich auf meine Mutter. »Seit wann bist du daheim?«

Sie hat ihre Arbeitsklamotten gegen Jogginghosen eingetauscht, und ihre Haare sind nass. »Seit Kurzem. Warst du oben?«

»Ja.«

»Hast du Besuch?«

»Ähm, nein …«

Warum fragt sie mich das? Weiß sie von Priya? Hat sie sie auf dem Feld gesehen? Mein Herz beginnt zu klopfen, und ich zwinge mich, tief durchzuatmen.

Okay, Matty, sag es ihr. Jetzt.

Ich muss es tun. Ich muss Mom von Priya erzählten. Ich muss um Hilfe bitten, auch wenn Priya mich dafür wahrscheinlich hassen und Mom in die Luft gehen wird, weil ich Priya vor ihr geheim gehalten habe.

»Also, Mom, ich …«

In diesem Augenblick bemerke ich, dass ihr Laptop

auf dem Tisch steht, und sehe den angespannten, besorgten Ausdruck auf ihrem Gesicht. Der Computer ist ein alter Dell, den Dad und ich vor Urzeiten für sie aufgemöbelt haben. Ich glaube, sie benutzt ihn überwiegend als Briefbeschwerer. »Was ist das?«

»Der Blog«, berichtet sie mir. »Sein Blog.« Ihre Stimme bebt, und der Finger, mit dem sie auf den Bildschirm zeigt, zittert.

»Was ist damit?«

»Er ist aktualisiert worden.« Sie lehnt sich zurück und dreht den Bildschirm zu mir.

Ich sehe ein Selfie meines Vaters vor einem nicht lokalisierbaren Verwaltungsgebäude. Seine wirren, sandfarbenen Haare werden vom Wind zerzaust, und die zu nah an sein Gesicht gehaltene Kamera verzerrt seine Nase und sein Kinn.

»Lies«, befiehlt meine Mutter.

Der Text ist kurz, nur ein paar Zeilen in dieser beschissenen weißen Schrift auf schwarzem Hintergrund, aber die Schlüsselwörter, die ich sehe, lauten: *Es ist der Beginn eines neuen Abenteuers.*

Ich überfliege den restlichen Eintrag, aber die Wörter verschwimmen. Dann drehe ich den Laptop zurück zu meiner Mom: »Egal! Er sagt der Welt, dass er weg ist. Na und? Das haben wir gewusst. Jetzt wissen es auch alle andern.«

Aber meiner Mutter reicht das nicht. Sie nimmt den Computer hoch und folgt mir zur Spüle, wo ich Wasser in ein Glas laufen lasse. Sie hält mir den Bildschirm vor die Nase. »Wo ist er? Kannst du was erkennen?«

»Nein.«

»Schau genau hin, Matty. Bitte.«

»Gut.« Ich betrachte noch einmal sein Foto. Das Gebäude hinter ihm ist aus grauem Stein mit runden Säulen. In einer Ecke steht ein blauweißer Bus und in der anderen ein Baum. »Eine Stadt, vermutlich.«

»Aber *wo?*«

Wo in der Welt ist David James Jones?

»Ich kann es immer noch nicht fassen, dass er uns nicht kontaktiert hat«, sagt meine Mutter und kaut an einem Nagel.

Ähm ...

Ich kann es ihr nicht sagen. Sie muss das auf sich beruhen lassen, muss ihn gehen lassen. Ich will sie daran erinnern, dass er zusammen mit einer anderen Frau abgehauen ist, aber das wäre grausam. *Sieh den Tatsachen ins Auge, Lorna.*

»Nicht einmal ein Anruf?«

Als sie »Anruf« sagt, muss ich auf einmal an die Telefonnummer denken, die mein Dad mir diktiert hat.

Blödes Gehirn, warum erinnerst du dich ausgerechnet daran? Offenbar kann ich mir nicht genug merken, um den Kurs Englische Literatur zu bestehen, aber ich merke mir eine Gruppe von zehn Zahlen, *an die ich mich gar nicht erinnern will?*

2. 6. 7.

Zwei, sechs, sieben. Ich gebe die Zahlen rasch auf Moms Laptop bei Google ein und finde die Antwort: Philadelphia. Mein Herz setzt für einen Schlag aus. Tatsächlich ist er nur vier Autostunden weit entfernt.

Dort ist er? Dorthin ist er gegangen?

Vermutlich hatte ich mir vorgestellt, dass Dad sich in Richtung L. A. aufmacht, die Sonne im Gesicht, Salzgischt in den Haaren, mit Carol neben sich in einem glänzend roten Cabrio. Keine Ahnung, warum ich mir das vorgestellt habe, da mein Vater einen Pick-up fährt und seine helle Haut sofort verbrennt, wenn er rausgeht.

Zu wissen, dass er sich im selben Staat aufhält wie ich, ist sowohl beruhigend als auch enttäuschend.

»Ist das in Hollywood?«, fragt meine Mom.

Lüge oder Wahrheit? Was wird meine Mutter mehr verletzen? Und wird sie hinfahren, wenn sie weiß, wie nahe er ist, oder ausflippen? Ich beantworte meine und ihre Frage zugleich. »Ja, wahrscheinlich.«

Oh Gott, das bringt mich um. Ich will nicht mehr wissen als meine Mom. Ich will einfach nur ein dummes Kind sein. Das erwartet sie, oder? Das erwarten alle?

Meine Mutter steht hinter mir und beginnt, mir den Nacken zu massieren. »Alles gut, Matty. Für uns wird alles gut, für dich und für mich.« Sie küsst mich auf den Hinterkopf, was sie wahrscheinlich nicht mehr getan hat, seit ich ein Kleinkind und noch kleiner war als sie. »Ich koche uns was zum Abendessen.«

»Du machst was?«

»Warum bist du so schockiert?«

Ich drehe mich auf meinem Stuhl um und schaue zu, wie sie die ersten Handgriffe macht, um das Essen vorzubereiten. »Heißt du Pizza Hut?«

»Genau genommen heiße ich Kentucky Fried Chicken. Hast du das nicht gewusst?«

»Oh, du bist berühmt!«

»In der Tat. Und billig.«

»Zwei Dinge, die ich bei einen Menschen am meisten bewundere«, sage ich.

Meine Mutter hält grinsend eine Pfanne hoch. »Gut, heute Abend gibt es Hühnchen.«

»Echt? Und woher bekommen wir die Hühnchen?« Meine Mutter kennt sich in dieser Küche überhaupt nicht aus. Sie hat keine Ahnung, dass wir außer Kaffee und Kartoffelbreipulver nichts dahaben. Ich will aufstehen, aber sie schwenkt die Pfanne in meine Richtung.

»Bleib sitzen. Heute mach ich das.«

»Wirklich? Das muss ich in meinem Tagebuch festhalten.«

Irgendwie gelingt es ihr, die Pfanne festzuhalten *und* mir den Finger zu zeigen.

Meine Retourkutsche kommt sofort. »Tragen Sie auf, Ms. Kentucky Fried Chicken. Ich nehme zweimal alles.«

Mom grinst, was auch auf mein Gesicht ein Lächeln zaubert. Ich mag es, wenn sie glücklich ist. Und ich mag es, wenn ich bekocht werde, auch wenn ich froh bin, dass der Pizzaservice auf der Kurzwahltaste liegt. Vielleicht müssen wir was bestellen, wenn sie merkt, dass wir eigentlich nichts vorrätig haben, womit man ein anständiges Essen kochen kann.

»Matty, wolltest du was von mir?«

»Hä?«

»Als du hereingekommen bist? Es sah so aus, als wolltest du über etwas reden. Und ich bin sicher, nicht über deinen Dad und seinen Blog.« Sie verdreht die Augen, wie ich es immer mache, und das bringt mich zum Lachen.

Für den Bruchteil einer Sekunde zögere ich. Jetzt ist der Augenblick, Ems Rat zu folgen und Moms professionelle Meinung einzuholen. Vielleicht hilft es.

Aber dann ...

... höre ich Mom summen.

Meine Güte, ist sie glücklich. Ausnahmsweise ist sie mal glücklich. Ich schüttle den Kopf. »Das kann warten. Ich hab ziemlich Hunger.«

Mom wedelt mit einem Pfannenwender, als wäre er ein Zauberstab. »Alles klar.«

Nach dem Essen. Nach dem Essen werde ich sie fragen. Ehrenwort.

TAG SIEBEN

7:01

Ich habe zu viel Pizza gegessen.

Ja, das Abendessen war nicht Moms beste Leistung. Sie tat, was sie konnte mit den ihr zur Verfügung stehenden Zutaten, aber ehrlich, nein. Es war wirklich schlecht. Die Pizza dagegen war super. Ich habe sechs der acht Stücke verschlungen und dazu noch Knoblauchbrot und Brownies.

Und dann bin ich beim Netflix-Gucken auf der Couch neben Mom eingeschlafen.

Als ich aufwache, bin ich alleine, und der Fernseher ist ausgeschaltet. Mom ist wahrscheinlich in ihr Zimmer hochgeschlichen, um sich dort hinzulegen und mich hier unten schlafen zu lassen.

Ich stolpere in die Küche, um Kaffee zu machen und den Tag zu beginnen, als mir einfällt, dass ich die Tür gestern abgeschlossen habe. Wenn Priya zur Toilette musste oder telefonieren oder einfach hereinkommen wollte, hätte sie es nicht gekonnt.

Wie dumm, Matty. Einfach dumm.

Die Sonne kriecht über den Horizont, als ich barfuß hinauf zum Feld laufe. Es fühlt sich gut an, die Erde mit meinen nackten Zehen zu berühren und meine Fersen im taunassen Gras zu versenken. Die schlanken Halme richten sich nach jedem Schritt wieder auf.

Ich blinzle ein paarmal, als ich beim Feld ankomme.

Priya ist nicht zu sehen.

Ich drehe mich im Kreis und suche das Feld und die Umgebung nach ihr ab. Hat sie sich mit Ginger irgendwo zusammengerollt? Aber auch den Hund sehe ich nirgends.

Das Teleskop ist da.

Das Zelt.

Aber kein Mädchen und kein Hund.

Ich klappe den Zelteingang auf. »Priya? Bist du …«

Ginger liegt eingerollt mitten im Zelt, ihr Kinn ruht auf ihren überkreuzten Pfoten. Ein Déjà-vu überwältigt mich.

Die Garage. Leer. Und jetzt das.

Es fährt mir in den Magen. »Sie ist weg«, sage ich zu Ginger, die offensichtlich Bescheid weiß. Sie schleppt sich zu mir und stößt mit ihrem Kopf von unten gegen meine Hand, um so um eine Streicheleinheit zu bitten. Als ob alles besser würde, wenn ich mit meiner Hand über ihre seidigen Ohren streiche.

Wird es, aber nur kurz.

Ich kann es nicht fassen. Eine Nacht, eine verdammte Nacht, in der ich nicht hier draußen bei ihr bin, und sie ist weg. Ich schüttle den Kopf und spüre, wie mir Tränen in die Augen steigen.

Ich wusste, dass sie irgendwann gehen müsste. Ich wusste, dass sie nicht für immer auf diesem Feld leben konnte.

»Aber …«

Das Teleskop ist immer noch auf den Himmel gerichtet, auf jenen fernen Fleck im Universum, der Priyas Aufmerksamkeit erregte. Tagsüber kann ich überhaupt nichts sehen, aber ich schaue dennoch hindurch, achte allerdings sorgfältig darauf, das Teleskop nicht direkt auf die Sonne zu richten.

Sie ist ein ganz normales Mädchen. Kein Alien.

Mir sinkt der Mut. Ich weiß es. Ich wusste es. Echt. Aber …

Ich möchte daran glauben. Ich muss daran glauben.

An irgendetwas. An irgendjemanden.

Ich beuge mich zu Ginger hinunter, lasse sie mein Gesicht lecken und mit ihrer kalten Nase unter meinem Kinn schnüffeln. »Wohin ist sie verschwunden, Mädel? Hat sie es dir gesagt?«

Die braunen Augen meines Hundes sehen besorgt aus, aber vielleicht übertrage ich nur meine eigenen Gefühle auf sie.

Und vielleicht ist sie ja gar nicht wirklich weg. Vielleicht ist sie spazieren gegangen oder hat unter den Bäumen geschlafen. Vielleicht ist das geheimnisvolle Mädchen gerade irgendwo in meinem Haus, nachdem sie einen Zugang zum Keller oder auf den Dachboden entdeckt hat. Vielleicht kommt sie zurück, wenn ich warte.

Aber als die Minuten verstreichen und sie nicht nach einem kurzen Toilettengang zwischen den Bäumen erscheint und auch nicht aus der Werkstatt tritt und den Hügel heraufschlendert, kommt die Erkenntnis, dass sie wahrhaftig weg ist, endlich an und setzt sich in meinen Knochen fest wie ein eisiger Wind.

Wo zum Teufel ist sie?

Ist sie einfach weggegangen? Weggefahren? Hat sich ein Taxi gerufen oder ein Uber? Hat ihr Freund sie gefunden oder ihre Familie? In meinem Kopf dreht sich alles angesichts der vielen Möglichkeiten.

Ich gehe auf dem Feld auf und ab, als würde es mir etwas sagen oder mir einen Hinweis geben. Meine bloßen Füße stolpern über trockene Zweige und Steine und Blätter.

Sie ist weg. Sie ist wirklich weg.

Aber wo? Ich mache mich auf den Weg zum Haus hinunter, und in meinem Kopf habe ich mich schon auf mein Motorrad geschwungen und fahre alle Straßen in meinem beschissenen Kaff ab, um zu sehen, ob sie vielleicht irgendwo herumspaziert. Vielleicht ist sie zu DQ gegangen, um mit einem Baum zu sprechen? An den See, um zu schwimmen? Zu den Aokis, um Felicette zu besuchen?

Ich rufe Ginger, aber sie rührt sich nicht. Ich klatsche in die Hände.

»Komm schon, Mädel!«

Normalerweise wäre es mir egal. Normalerweise kümmert es mich einen Dreck, ob der Hund hier oben bleiben und in der Sonne schmoren will. Aber die ganze Woche war alles andere als normal, und deshalb ist es mir nicht egal. Ich gehe ein paar drohende Schritte auf Ginger zu und knurre sie an, aber sie weicht nicht von der Stelle.

Neben dem Teleskop.

Und an einem der Stativbeine hängt ein weißer Papierstreifen.

Was zum Teufel?

Allerdings ist es kein Papier, sondern eine Art Kunststoff, und kaum habe ich mich hinuntergebeugt, um es genauer anzuschauen, erkenne ich auf der Stelle, was es ist, denn ich habe Unzählige davon gesehen: ein Patientenarmband aus einem Krankenhaus. Mein Herz klopft, als ich es vorsichtig von dem Stativ entferne. Es ist definitiv ein Armband, aber der Teil, der um das Bein gewickelt war, ist eingerissen, und die Wörter sind nicht alle gut zu erkennen.

Shah, Priya
Johnson, Simone Dr.
Geb. 12.02.00

Eine Zeile, die wichtigste, verdammt, ist nicht mehr vollständig. Wo der Name des Krankenhauses sein sollte, kann ich nur *PHILA* lesen.

Priya hat einen Nachnamen. Und ein Geburtsdatum. Und eine Ärztin.

Und ein Krankenhaus, das wahrscheinlich in Philadelphia ist.

Ich höre Ems Stimme in meinem Kopf: *Vielleicht ist sie krank.*

Zu dünn. Zu unbeholfen. Zu ... vernarbt.

Sie ist nicht verrückt. Sie ist nicht psychisch krank. Sie ist ... keine Außerirdische.

Wieder Ems Stimme: *Vielleicht solltest du mit deiner Mom sprechen.*

Aber ich habe es nicht gemacht! Warum nicht? Oh Gott.

Ich umklammere das Armband mit meiner Faust und renne den ganzen Weg nach Hause, springe über den Bach und falle dabei fast ins Gras. Wenn sich jemand mit Krankenhäusern auskennt, dann ist das meine Mutter, die Krankenschwester.

»Mom! Mom! Bist du auf?« Ich stürme die Treppe hinauf. Das Schlafzimmer ist leer und das Bad auch.

Ich renne wieder hinunter. Sie ist weder in der Küche noch in der Waschküche.

»Mom!«

Ihre Handtasche und ihre Schlüssel und ihr Handy liegen nicht dort, wo sie sonst liegen.

Ihr Auto steht auch nicht da.

»Ist das dein Ernst?« Meine Stimme hallt in der Garage wider. Ginger sitzt zu meinen Füßen, geduldig wie immer.

Ich bin immer – *immer* – einen Schritt zu spät. Offenbar kann ich nicht vorausdenken und mir die verschiedenen Eventualitäten vorstellen. Ich habe weder vorausgesehen, dass Emily mich zurückweist, noch dass mein Vater abhaut oder dass Priya krank ist. Und so ist es doch, oder? Meine Güte, wie dumm kann ein Mensch sein?

Wird es immer so sein? Werde ich immer im Staub einer leeren Garage zurückbleiben oder auf einem leeren Feld? Werde ich mich immer überrumpeln und fertigmachen lassen?

»Ich kann sie nicht einfach gehen lassen«, sage ich zu Ginger. »Ich kann es einfach nicht. Ich muss sie finden.«

Ich öffne meine Hand und streiche das Armband glatt: *Shah, Priya.*

»Fangen wir damit an.«

7:45

Ich gebe »Priya Shah« und »Philadelphia« in das Suchfeld ein und erhalte Dutzende von Treffern. Die ersten paar sind Nachrichten-Websites mit Schlagzeilen wie »Mädchen vermisst« und Zwischentiteln wie »Teenager flieht aus Krankenhaus: Bitte um sachdienliche Hinweise«.

Der »Teenager« ist Priya Shaw, eine Patientin, die sich mitten in der Nacht, kurz nach dem Kontrollgang einer Krankenschwester, aus ihrem Zimmer in der Kinderklinik in Philadelphia geschlichen hat. Nach den kurzen Artikeln zu schließen, sind ihre Eltern seit ihrem Verschwinden krank vor Sorge. Sie ist ihre einzige Tochter. Ihr einziges Kind.

Ich ziehe hörbar Luft ein, als ich ihr Foto neben dem Artikel sehe. Es muss in der achten oder neunten Klasse aufgenommen worden sein. Priyas Gesicht ist voller, ihre Wangen sind rund und prall, und ihre dicken, schwarzen Haare glänzen seidig. Wenn da nicht die tief liegenden Augen wären, die den Fotografen angrinsen, hätte ich das Mädchen auf dem Foto für Priyas jüngere, gesündere Schwester gehalten.

Kein Wunder, dass niemand sie erkannt hat, wenn alle dachten, *das* sei das gesuchte Mädchen.

Ich überfliege weitere Artikel, aber sie sind alle veraltet und nicht sehr hilfreich. Es gibt eine Facebook-Seite, die jemand für die Shahs eingerichtet hat, mit vielen guten Wünschen und noch mehr falschen Spuren.

Ich habe gesehen, wie sie in ein Flugzeug Richtung Florida gestiegen ist.

Sie war in der Bar, die ich gestern Abend besucht habe.

Sie ist in NYC! Times Square!

Aber nach ein paar Tagen verschwinden alle Einträge. Zweifellos rückte ein anderes vermisstes Mädchen in den Mittelpunkt der Aufmerksamkeit, und Priyas Eltern waren wieder auf sich selbst gestellt.

Und jetzt?

Mit dem Patientenarmband wollte sie mir bestimmt ein Zeichen geben. Es muss so sein. Sie hat es zurückgelassen, damit ich es finde – damit ich *sie* finde. Ich suche die Telefonnummer des Kinderkrankenhauses heraus und drücke eine Taste nach der anderen, um zur Pforte des Krankenhauses zu gelangen.

»Äh, hallo, ja, ich würde gern wissen, ob meine Freundin in Ihr Krankenhaus aufgenommen wurde.«

»Name?«

»Mein Name ist Matthew Jones.«

Der Mann am anderen Ende der Leitung lacht. »Nein, der Name der Patientin.«

Hastig spucke ich alle Informationen aus, die ich auf dem Armband gefunden habe: Priyas vollen Namen und ihr Geburtsdatum, den Namen ihrer Ärztin. Ich beschreibe sogar genau, wie sie aussieht und was sie trug, als ich sie zuletzt sah, und ich erzähle ihm, dass ich weiß, dass sie schon seit sechs Tagen vermisst wird, aber die ganze Zeit bei mir war, dass sie aber jetzt verschwunden sei und ich ...

»Ja, Miss Shah ist Patientin bei uns.«

Eine Woge der Erleichterung überspült mich. Ich wusste, dass es ein Hinweis war. Ich wusste es einfach. *Sie will,* dass ich sie finde.

Aber Philadelphia ist über vier Stunden weit weg, und das schafft meine Geländemaschine nie im Leben. Ich brauche ein Auto.

Emily nimmt nach dem ersten Klingeln ab. »Jetzt rufst *du* bei *mir* an.«

»Em, ich brauche dein Auto.«

»Wie bitte?«

Ich stürme in mein Zimmer hinauf und jongliere mit dem Telefon, während ich ein frisches T-Shirt, Jeans, Socken und – was soll's – auch frische Unterwäsche anziehe. »Priya ist weg, und ich hab Schuld. Sie ist in Philly, aber meine Maschine ist nicht wirklich straßentauglich. Ich muss mir dein Auto ausleihen.«

»Beruhige dich. Sag mir, was passiert ist.«

Ich hole tief Luft und erzähle ihr die ganze Geschichte. Mein Bericht ist so chaotisch wie mein Anruf beim Krankenhaus, aber das ist mir egal.

»Warum hast du Schuld?«, fragt Em.

Ich fahre mir mit der Hand durch die Haare und über meine Koteletten. Habe ich Zeit, um mich zu rasieren? »Ich möchte nicht darüber reden.«

»Kein Gespräch, kein Auto.«

»Gut, meinetwegen, okay. Ich habe sie bedrängt, ja? Ich habe mich darüber lustig gemacht, dass sie denkt, sie wäre ...«

»Eine Außerirdische?«, hilft Em mir weiter.

In meiner Brust wird es ganz heiß, und mein Puls beschleunigt sich. »Ich war so ein Idiot. Ich habe ihr im Grunde genommen gesagt, dass sie verrückt ist.«

»Du hast nicht ›verrückt‹ gesagt.«

»Ich habe nicht direkt ›verrückt‹ gesagt, aber ich habe ... sehr deutlich darauf angespielt.« Ich kicke mit dem Fuß gegen einen Kleiderhaufen auf dem Fußboden, bis ich ein Paar Nikes finde. »Em, ich habe sie total beschissen behandelt. Und dann ... dann bin ich einfach weggegangen.«

Am anderen Ende der Leitung herrscht Stille, nur Emilys langsames Atmen ist zu hören, dann sagt sie: »Ich fahre.«

Ich will protestieren, aber sie hat schon aufgelegt.

10:41

Wir halten nur an, um Kaffee zu trinken und zu tanken, und bleiben sonst auf der Schnellstraße Richtung Osten nach Philly. Emily ist auf einer Mission: Ihre Augen sind starr auf die Straße gerichtet, und die Hände liegen auf zehn Uhr und zwei Uhr auf dem Steuerrad ihres Jeeps. Auf dem Rücksitz schläft Brian, ein Bein um das Ersatzrad geschlungen. Ich habe ihn nicht gefragt, ob er mitkommen will, aber Em hat darauf bestanden.

Wir gelangen zu einer Mautstelle ungefähr eine Stunde vor Philly, und an der »Nur Cash«-Kasse wartet eine lange Schlange von Autos. Die Sonnenstrahlen, die durch das offene Verdeck dringen, fühlen sich auf meinem Kopf wie Hammerschläge an.

Wir sind fast drei Stunden lang schweigend und fürchterlich konzentriert gefahren. Endlich fängt Em an zu reden.

»Ich hab Schuld«, sagt sie. »Nicht du.«

Ich blinzle. »Hä?«

»Am See habe ich geredet, als würde mit ihr etwas nicht stimmen ...«

»Das war so. Das ist so.«

»Ich habe dich bedrängt, es herauszufinden und sie damit zu konfrontieren. Wenn ich all das nicht gesagt hätte, wäre sie vielleicht …«

»Vielleicht was?«

»Wäre sie vielleicht nicht allein gegangen. Vielleicht wärst du dann jetzt bei ihr.« Ihre Stimme ist so leise, dass ich sie wegen der laufenden Motoren um uns herum kaum höre.

»Vielleicht«, sage ich.

Em fährt ruckelnd an und hält mir die Hand hin. »Geld, bitte.«

Ich gebe ihr einen Zehner, sie zahlt und steckt das Wechselgeld ein.

12:27

In Philadelphia gebe ich Em genaue Anweisungen, wohin sie fahren muss, damit wir zu dem Krankenhaus gelangen. Das imposante, steril aussehende Gebäude mit vielen Fenstern und einem Springbrunnen davor sieht sehr sicher aus, und ich frage mich, wie Priya es geschafft hat, unentdeckt daraus zu entwischen.

Ja, aber sie kann heimlich und leise gehen und sich gut verstecken. Schließlich verbrachte sie einen ganzen Tag in meinem Haus und in Dads Werkstatt, ohne dass ich oder meine Mutter die geringste Ahnung von ihrer Anwesenheit hatte, und sie wusste genau, wie sie um das Haus der Aokis herumschleichen musste, um Boo zu finden. Ich stelle mir vor, wie sie sich über eine Hintertreppe aus dem Krankenhaus hinausgeschlichen hat. Und falls jemand zufällig vorbeikam, hat sie sich einfach versteckt. Aus irgendeinem Grund wollte sie unbedingt auf dieses Feld, und ich bezweifle nicht, dass sie, wenn nötig, ohne mit der Wimper zu zucken auch an der Außenfassade dieses Gebäudes herumgeklettert wäre.

»Hier ist es«, sage ich zu Em und schlage mit einer Hand auf das Armaturenbrett. Sie steuert das Parkhaus an und findet einen Parkplatz ganz in der Nähe des Treppenhauses.

»Kommst du mit?«, frage ich sie.

»Bist du sicher, dass du das willst?«

Ich zeige auf Brian, der immer noch schläft. »Er? Nein. Du? Ja.«

»Er kann sehr hilfreich sein, weißt du, wenn du ihm eine Chance gibst.« Sie runzelt die Stirn. »Nicht zu fassen, dass ich das sage.«

»Ja. Aber nein.«

Sie zögert einen Augenblick und schiebt dann den Autoschlüssel in Brians Hosentasche. »Okay, er kommt bestimmt klar.«

Als wir losgehen, fangen meine Handflächen an zu schwitzen. Ich drehe mich zu Emily. »Danke, dass du das tust.«

»Was hätte ich heute sonst tun sollen?«

»Keine Ahnung. Schwimmen gehen, wahrscheinlich.«

»Ja, wahrscheinlich.«

»Pass auf, Em ... Ich weiß, dass sie nur ...«

»Geh weiter«, befiehlt sie. »Geh einfach weiter.«

Da ich wegen meiner Mom oft genug in Krankenhäusern war, weiß ich, dass man mit Freundlichkeit und Höflichkeit sehr viel weiter kommt als mit Forderungen. An der Pforte zeige ich Priyas ID-Armband und frage, ob es möglich wäre, dass ich und meine überaus höfliche Freundin unsere gemeinsame Freundin besuchen dürfen.

»Ich kann euch hinauflassen«, sagt die Frau. »Aber es ist die Entscheidung der Eltern, ob ihr hineingehen dürft.«

Im Fahrstuhl nach oben fange ich wieder an zu schwitzen. Seit ich heute Morgen entdeckt habe, dass Priya weg ist, habe ich keine Sekunde darüber nachgedacht, was ihr wohl fehlt. In den kurzen Zeitungsartikeln wurde es nicht erwähnt.

Hat sie ein Virus? Eine Infektion? Sonst eine Krankheit?

Ist sie auf dem Weg der Besserung? Oder mitten in irgendeiner Behandlung? Oder ...

Ding! Der Fahrstuhl hält auf unserem Stockwerk an, aber ich kann mich nicht bewegen. Emily ergreift meinen Arm und zieht mich hinaus. »Alles in Ordnung, Matty. Ich bin bei dir.«

Man hat versucht, das Stockwerk fröhlich zu gestalten: Die Ärzte und Krankenschwestern tragen Violett und Pink und flippige Turnschuhe. Auf dem Fußboden sind Streifen, und die Wände sind bemalt. Aber all das hilft nicht gegen den Geruch. Das Desinfektionsmittel in Krankenhäusern hat einen ganz speziellen Geruch. Wahrscheinlich kaufen es alle bei derselben Firma.

Die Frau, die Priyas Tür öffnet, ist eindeutig ihre Mutter. Sie hat die gleichen leuchtenden Augen und scharf geschnittenen Wangenknochen, die gleichen geschwungenen Augenbrauen und das gleiche Grübchen, sogar den gleichen Diamantstecker in der Nase. Allerdings hat sie nicht Priyas schmale Gestalt, sondern ist fast zwanzig Kilo schwerer – so in etwa stelle ich mir Priya mit Mitte vierzig vor.

»Kann ich euch helfen?«, fragt sie – nicht unfreundlich, aber ich sehe, dass sie uns sofort in die Wüste schicken würde, wenn wir nicht die richtige Antwort parat hätten.

»Ich bin, äh, ein, äh, Freund von Priya«, sage ich. »Matty, ähm, Matthew Jones.«

Emily stellt sich eilig mit Handschlag vor: »Emily Aoki.«

Priyas Mutter legt den Kopf schief und betrachtet uns. »Priya kennt euch?«

»Ähm, sie hat ähm, bei uns gewohnt? Ja, sie hat auf dem Feld in der Nähe meines Hauses gewohnt. Ich, ähm, ich habe das hier dort gefunden.« Ich ziehe das ID-Armband heraus und reiche es ihr. »Langsam dämmert ihr, was los ist, und sie nickt endlich.

»Ich bin Priyas Mutter, Dr. Anisha Shah.«

Ich warte, aber es scheint keine Einladung zu folgen. »Also, ähm. Kann ich sie sehen?«, frage ich. »Ich möchte nur kurz Hallo sagen. Und tschüss«, füge ich rasch hinzu.

»Ihr Vater ist gerade bei ihr«, antwortet sie.

Ich schaue hinüber zu Emily, die mich mit einem kurzen Nicken ermuntert. »Wir bleiben nicht lange, Dr. Shah, aber nach der langen Fahrt hierher wäre es schön, wenn wir sie wenigstens ein oder zwei Minuten lang sehen könnten?«

Während Dr. Shah uns misstrauisch mustert, bemüht sich mein Gehirn zu erfassen, was diese Priya Shah hier mit dem zu tun hat, was ich in den vergangenen paar Tagen erlebt habe. Warum läuft jemand aus einem Krankenhaus weg und gibt sich als Außerirdische aus, die darauf wartet, von einem Raumschiff abgeholt und zu ihrem Planeten zurückgebracht zu werden?

Ich kapiere es einfach nicht.

Endlich tritt Dr. Shah zur Seite und lässt uns in Priyas Zimmer. Mir stockt der Atem, als ich sie dort liegen sehe – die weiße Decke bis zu den Achseln hochgezogen, keine Perücke. Dünne schwarze Haarsträhnen umspielen ihren Kopf wie Zuckerwatte. Neben ihr sitzt ihr Vater auf einem Stuhl. Er trägt Hemd und Krawatte und glänzende braune Slipper und hat beide Ellbogen auf ihr Bett gelegt. Er schaut kaum auf, als wir hineingehen.

»Priya, Liebes, deine Freunde sind hier«, sagt Dr. Shah. Mit einem Finger wischt sie sich eine Träne aus den Augen.

Während ich auf das Bett zugehe, höre ich, wie Emily leise sagt: »Matty hat sich wirklich Sorgen um sie gemacht, Dr. Shah. Wissen Sie, er hat sich um sie gekümmert, solange sie auf dem Feld war, und er hat sichergestellt, dass sie etwas zu essen hat und einen Platz zum Schlafen, das weiß ich. Er ist echt okay ...«

Wenn sie noch mehr gesagt hat, höre ich es nicht, sondern konzentriere meine ganze Aufmerksamkeit auf Priya, deren Augen immer noch geschlossen sind.

»Rohan Shah«, sagt ihr Vater zu mir und streckt seine Hand aus.

»Matty Jones«, antworte ich und versuche, Mr. Seriös zu geben, obwohl ich gerade nichts anderes will, als mich auf Priya stürzen.

»Danke, dass du auf sie aufgepasst hast.«

»Na ja, aufgepasst eigentlich nicht wirklich, verstehen Sie, äh, kein Problem«, murmle ich blöde vor mich hin.

Ihr Vater weckt sie behutsam.

»Hmmm?«

»Hi, Priya«, sage ich, und da erkennt sie mich. Einen kurzen angespannten Augenblick lang frage ich mich, ob sie immer noch sauer auf mich ist, aber dann erscheint auf ihrem Gesicht ein breites Grinsen.

»Matthew!«

Ich höre Dr. Shah erleichtert seufzen, dass ich tatsächlich der bin, der ich behaupte zu sein.

»Priya, ich bin so … Ich kann nicht …« Ich beuge mich dichter über sie, aber ich kann sie nicht berühren, kann sie nicht küssen – nicht wenn ihre Eltern und Emily hier sind. Mein Herzschlag setzt für einen Moment aus, als ich die C-förmige Narbe an der Seite ihres Kopfes sehe. *Meine Güte, wie konnte mir das entgehen?*

»Ich wollte dich nicht verlassen«, sagt sie. »Es tut mir leid.«

»Nein, mir tut es leid. Ich … habe mich ablenken lassen.«

Hinter mir höre ich, wie Emily Priyas Eltern eine Frage stellt und sie beiseitezieht, damit ich ungestört mit Priya reden kann. Im Stillen danke ich ihr.

»Wie geht es meinem Hund?«, fragt Priya. »Frisst sie gut?«

Mein Hund … Mein Herz macht einen Satz. Hätte ich nur Ginger mitgebracht, aber andererseits hätten sie mich mit Hund nie reingelassen. Ich nicke bestätigend: »Es geht ihr super, richtig gut.«

Da fällt mir das ID-Armband ein, das um das Stativ gewickelt war: »Sie hat mir geholfen, dich zu finden.«

»Sie ist ein sehr schlauer Hund. Ich durfte sie nicht mitnehmen, aber sie wollte mich begleiten.«

»… Anaplastisches Astrozytom …«, höre ich Dr. Shah in die Stille hinein sagen.

Emily flüstert eine weitere Frage, und Priyas Mutter antwortet: »Operation und Bestrahlung …«

Priya drückt sich auf die Ellbogen hoch: »Danke, dass du mich gefunden hast. Ich bin bereit, auf das Feld zurückzukehren.«

»Oh, ähm, ich glaube nicht, dass du gehen kannst.«

»Was? Warum nicht?«

»Weil … na ja … weil du jetzt hier bist.«

»Das ist …« Sie blinzelt ein paarmal, während sie nach dem richtigen Wort sucht. »Kein dauerhafter Zustand? Was meine ich?«

»Vorübergehend?«

»Ja. Ein vorübergehender Zustand. Ich kann jetzt gehen.«

»Aber …«

»Bist du nicht deshalb hierhergekommen? Um mich zurück auf das Feld zu holen?«

»Na ja, nein, ich …«

Priya klammert sich an mir fest. »Matthew, was soll ich tun? Wie komme ich nach Hause?« Ihre Augen werden schmal vor Sorge, und ihre Lippen zittern. Ich spüre ihre kalten Finger auf meinem Arm und sehne mich danach, Priya aufzuwärmen, sie in meinen Armen zu halten und nicht mehr loszulassen.

»Vielleicht solltest du hierbleiben«, schlage ich vor. »Nur noch eine kurze Weile.«

»Nein, nein. Ich muss zurück auf das Feld. Du musst mich dorthin zurückbringen.«

Über die Schulter werfe ich einen Blick auf Dr. Shah und Emily, die immer noch miteinander flüstern. »Das ist nicht so einfach …«

»Doch, natürlich ist es das! Es ist ganz einfach!« Sie versucht, sich aufzusetzen, bricht aber gleich wieder zusammen.

Obwohl ihre Eltern da sind und Emily zuschaut, schlinge ich die Arme um Priya und halte sie fest. Ich spüre ihre Hände an meiner Taille und ihre Wangen an meinem Hals. Ein Schluchzen schnürt mir die Kehle zu.

Der flehentliche Ausdruck in ihren Augen – ich weiß, was er bedeutet. *Hilfe*. Sie braucht meine Hilfe.

Was wirst du tun, Matty? Sie entführen?

Mein Blick wandert durch den Raum. Er wirkt leer, anders als andere Räume im Krankenhaus, und auf einmal wird mir klar, was fehlt: das Summen von Maschinen. Der Raum ist ganz anders, als man es erwarten würde, anders, als man es aus dem Fernsehen oder dem Kino kennt. Er wirkt vielmehr wie ein Zimmer zu Hause, die Wände sind cremefarben tapeziert, vor den Fenstern hängen echte Vorhänge, und neben dem Bett steht eine richtige Lampe mit Lampenschirm.

Selbst wenn es mir gelänge, sie unter den scharfen Augen ihrer Eltern hinauszuschleusen, was würden wir gewinnen? Noch eine Nacht auf dem Feld, wo wir darauf warten, von einem außerirdischen Raumschiff aufgelesen zu werden?

»Matthew, ich hab Kopfweh«, sagt sie auf einmal und stößt mich weg. Ihre Finger umgreifen ihren Kopf und drücken gegen ihren Schädel. »Ich will nicht hierbleiben!« Sie schlägt mit ihren langen Armen wild um sich.

Ich komme mir so nutzlos vor. Ich sitze hier einfach dumm herum und verstehe nichts. Ich kann nicht helfen. Ich kann nichts Nützliches tun.

»Matthew, ich glaube, du solltest jetzt gehen«, sagt Priyas Mutter, während sie und ihr Mann versuchen, Priya zu beruhigen. Obwohl sie mit den Armen schlenkert und nach ihnen tritt, hören sie nicht auf, sie zu trösten und sich um sie zu kümmern. Ihr Vater redet sanft und beruhigend auf sie ein, obwohl sie sich gegen ihn wehrt.

Ich bin Zeuge eines totalen Zusammenbruchs. Das verrückte wunderschöne Mädchen, das ich liebe, löst sich vor meinen Augen auf, und ich kann ihr nicht helfen.

Hilflos. Nutzlos. Warum kann ich nie irgendetwas tun? *Warum kriege ich einfach nichts gebacken*?

Für den Bruchteil einer Sekunde treffen sich unsere Blicke, und ich sehe in ihren Augen ... Angst und Vorwürfe. Ich habe sie verraten. Ich habe sie im Stich gelassen.

Während sie das Gesicht zur Decke reckt und einen entsetzlichen Schrei ausstößt, spüre ich, dass Emily ihre Hand in meine schiebt. Ich greife so fest zu, dass ich ihr möglicherweise die Finger breche, und lasse mich aus dem Zimmer führen.

16.01

»Und das war's? Dann bist du einfach gegangen?«, fragt Brian mich, als wir den Parkplatz des Krankenhauses verlassen und Richtung Heimat steuern.

Ich lege die Hände um einen Becher mit beschissenem Kaffee, den wir aus der Cafeteria des Krankenhauses mitgenommen haben. »Was hätte ich sonst tun sollen?«

»Aber sie hat dich gebraucht«, sagt er.

»Woher willst du das wissen? Du warst nicht dabei. Und du kennst sie nicht einmal.« Ich schaue ihn von der Seite her an. Er merkt nicht einmal, dass ich sauer auf ihn bin. Oder wenn, sagt er jedenfalls nichts.

»Kröte, schlaf weiter«, sagt Emily. »Rauch einen Joint oder so.«

»Erstens habe ich kein Gras dabei, und zweitens ...« Er hebt matt einen Mittelfinger in den Rückspiegel.

Em prostet ihm mit ihrem Kaffee zu. »Du mich auch.«

»Ich wünschte nur, ich hätte mehr für sie tun können«, sage ich und ignoriere sie beide.

»Matty, was hättest du denn tun können?«, will Em wissen. »Sie hat Hilfe gebraucht. Echte Hilfe. Medizinische Hilfe.«

»Meine Mom ist Krankenschwester«, sage ich. Es klingt lahm. »Du hast zu mir gesagt, ich solle mit ihr reden, aber ich habe es nicht gemacht.«

»Es spielt keine Rolle. Sie hätte trotzdem hierher gemusst. Hätte ihre Medikamente gebraucht oder was immer.«

Ich erwähne nicht, dass es in Priyas Zimmer keinerlei Medikamente oder medizinische Geräte gab. Emily hat es offenbar nicht bemerkt.

»Sie ist dort gut aufgehoben«, sagt Em. »Hast du gesehen, wie hübsch ihr Zimmer war? Ich habe nie zuvor ein hübscheres Krankenhauszimmer gesehen.«

»Ja.«

»Sie ist krank, Matty.«

»Aber ich habe nicht gewusst, dass sie krank ist. Ich dachte, sie wäre ...«

Keine Ahnung, was ich dachte. Ich habe geglaubt, was sie geglaubt hat, weil ich an sie glauben wollte, wer immer sie war und wo immer sie herkam.

Wir fahren eine Minute lang schweigend weiter, dann fünf Minuten und dann zehn.

Ich lehne den Kopf zurück und schaue zum Himmel hinauf. Die Sonne verschwindet immer wieder hinter den Wolken, und die Luft fühlt sich feucht an auf meiner Haut.

Auf einmal erscheint Brians Kopf neben meiner Schulter. Sein breiter Rücken verdeckt Emily. »Ich weiß, dass du sauer bist, Mann. Hab's verstanden.«

»Egal.« Ich möchte jetzt nicht darüber sprechen. Nicht jetzt.

»Und ich weiß, dir ist es eigentlich egal, was ich denke.«

»Kröte ...«

»Aber ich denke einfach ... Ich denke schon, dass du derjenige bist, der ihr helfen sollte.«

Ich erlaube meinem Kopf, sich zu Brian zu drehen und ihn anzuschauen. »Was meinst du damit?«

»Ihre Eltern, na ja, es klingt nicht so, als ob sie an sie rankommen, verstehst du? Ich meine, so wie du ... an sie rangekommen bist.«

Sie an mich rangekommen ist, trifft es wohl eher.

Er versteht mein Schweigen als Zustimmung oder zumindest als Erlaubnis und redet selbstbewusst weiter. »Sie kam auf das Weltraum-Feld ...«

»Es ist einfach nur ein Feld«, wirft Em ein.

»... und hat dich gefunden. Und du verstehst etwas von all dem Zeug. Die ganze Wissenschaft und so ... Ihre Eltern haben sie einfach nur zurück ins Krankenhaus gebracht«, sagt er. »Sie haben sich nicht darum gekümmert, dass das Feld wichtig für sie ist. Du schon.«

Habe ich das tatsächlich?

Brian zuckt mit den Achseln und setzt sich wieder zurück auf seinen Platz. »Ich mein ja nur.«

Ich schaue nach hinten zu meinem Freund, der die Füße auf die Rückenlehne von Ems Sitz gelegt hat und mit den Zehen gegen die Kopfstütze tippt, nur um seine Schwester bis aufs Blut zu reizen.

Das ist Brian, wenn er stocknüchtern ist.

Und das bin ich mit gebrochenem Herzen.

»Em, bitte dreh um, ja?« Ich schlage mit dem Handballen auf das Armaturenbrett und erschrecke Emily.

»Was? Was redest du da?«

Ich muss zurück. Ich bin noch nicht bereit, sie zu verlassen. »Bring mich zurück zum Krankenhaus. Bitte.«

»Aber ...«

»Bitte!«

Sie schaut nicht einmal in den Spiegel, als sie den Jeep zu einem U-Turn herumreißt und dafür mehr als ein paar Hupsignale von anderen Fahrern kassiert. Zehn lange Minuten später sind wir wieder vor dem Krankenhaus.

»Wartet nicht auf mich. Fahrt einfach nach Hause.«

»Was?« Sie lenkt an den Straßenrand und hält an. »Und wie kommst du zurück?«

»Das wird sich finden.« Ich springe aus dem Auto und nicke Brian zu: »Der Beifahrersitz ist dein, Alter.« Ich gehe vorne am Auto vorbei und bleibe auf der Fahrerseite stehen. »Danke, Em. Du bist eine fantastische Freundin.«

Sie ist gleichmütig wie immer, weil sie eben so ist, aber dann streckt sie die Arme nach mir aus und umarmt mich. »Du bist ein guter Kerl, Matty.«

Ich nehme die Umarmung an. Sie wartet, bis ich wieder im Krankenhaus verschwunden bin, bevor sie losfährt.

Ich hätte nicht gedacht, ich könnte irgendetwas für Priya tun, aber vielleicht doch.

Sie hat mich verstanden.

Aber ich habe auch sie verstanden.

17:14

Der erste Teil des Nachmittags ist wie im Flug an mir vorbeigerauscht. Der Besuch bei Priya war so kurz, dass ich mich kaum an ihn erinnere.

Ich weiß nur noch, wie angespannt und schmal ihr Gesicht war, bis es sich zu einem breiten Lächeln öffnete und den Raum erhellte. Und dass sie feine schwarze Haare auf dem Kopf hatte statt ihrer platinblonden Perücke.

Aber am besten erinnere ich mich daran, was nicht da war, was Emily nicht bemerkt hatte.

Keine lebenserhaltenden Maschinen. Man muss nicht Sohn einer Krankenschwester sein, um zu wissen, wie sie aussehen, aber wenn du oft genug in einem Krankenhaus warst, ist dir das Hintergrundgeräusch vertraut. Und wenn es fehlt, dann bemerkst du es. Es war kein luxuriös ausgestattetes Krankenzimmer, denn es war eigentlich überhaupt kein Krankenzimmer.

Priya liegt auf einer Hospizstation. Sie ist nicht in einem Krankenhaus, damit sie gesund wird.

Das ist für sie das Ende.

Oder der Anfang, je nachdem, wie man es betrachtet.

Das Feld – mein magisches Feld – war Priyas Anfang, ihr neues Abenteuer. Und ihre Eltern haben es ihr genommen. Aber vielleicht kann ich es ihr wieder zurückgeben.

Mein Vater trifft mich ungefähr zwanzig Minuten, nachdem ich ihn angerufen habe, in der Cafeteria des Krankenhauses.

Er entdeckt mich sofort, und auf seinem Gesicht breitet sich ein glückliches Lächeln aus. Er rennt praktisch zu meinem Tisch und ruft mir zu:

»Matty, du weißt nicht, wie sehr ich mich über deinen Anruf gefreut habe«, sagt er. »Meine Güte, ich dachte, ich würde träumen oder so.«

Ich halte Abstand, auch als er mir die Arme um die Schultern legt und mich umarmt. Ich habe ihn nur ein paar Tage nicht gesehen, aber es fühlt sich an wie ein Jahr. Er trägt ein hellblaues Hemd mit Kragen zu khakifarbenen Hosen, und seine normalerweise widerspenstigen Haare sind wie ein Helm nach hinten gegelt. Über einer Schulter hängt ein Rucksack, als würde er gerade von einem College-Campus kommen. Anders ausgedrückt: Er sieht überhaupt nicht aus wie DJ. Höchstwahrscheinlich Carols Einfluss.

»Hör zu, dieses Mädchen ist ...« Wie erkläre ich das, ohne Priya zu hintergehen? Ich will meinem Dad nicht erzählen, dass sie sich für eine Außerirdische hält. Ich will nicht, dass er sie wie eine Verrückte behandelt, so wie ich es getan habe. »Sie ist ein großer Fan von dem Feld.«

»Ein neuer Follower? Kenne ich sie? Ich habe meinen Blog gleich nach meinem Umzug hierher upgedatet.« Er klingt eifrig und voller Schwung, als ob er überschäumen würde vor Optimismus, jetzt, da er nicht mehr mit mir und meiner Mutter zusammenlebt.

Ich versuche, ihn ein bisschen zu bremsen. »Ich möchte nur, dass du mit ihr redest, okay? Erzähl ihr einfach von dem Feld oder so. Nichts Merkwürdiges. Keine Verschwörungstheorien oder sonst irgendeinen Blödsinn.«

»Klar, mach ich gern«, sagt mein Dad. Dann zeigt er zur Theke am Eingang der Cafeteria. »Wie wär's, wenn ich uns zuerst einen Kaffee hole?«

»Ähm, ja, okay, schwarz, bitte.«

»Und zweimal Zucker, ich weiß.« Er grinst mich an und springt auf. Im Gehen rückt er seinen Rucksack zurecht. Ich habe das Gefühl, von jemandem zu einem ersten Treffen gelockt worden zu sein, der *wirklich* will, dass ich ihn mag.

Als er zurückkommt, nimmt er seinen Sermon wieder auf. Es ist, als hätte er sich auf der Fahrt hierher auf unser Gespräch vorbereitet. »Ich bin sehr froh, dass du mich heute angerufen hast, Junior.«

Ohne ihn anzuschauen, sage ich: »Könntest du mich bitte Matty nennen? Danke.«

»Ich weiß, es war vielleicht merkwürdig, dass ich so überhastet verschwunden bin ...«

Ich zucke mit den Achseln.

»Ich habe schon lange darüber nachgedacht. Aber es war nie der richtige Zeitpunkt«

Wann ist der richtige Zeitpunkt, deine Familie zu verlassen?, frage ich mich.

»Dann ... war Carol der richtige Zeitpunkt, was?« Mein Vater runzelt verwirrt die Stirn. Hatte er nicht mit dieser

Frage gerechnet? »Es ging nie um Carol. Wir waren einfach Freunde. Sie war unglücklich, und ich war unglücklich. Wir sind zusammen gegangen, aber wir sind nicht zusammen. Nicht so.«

»Dann ist sie nicht in deiner neuen Wohnung?«

Er macht ein finsteres Gesicht. »Keine Ahnung, wo sie ist.« Dann schlürft er einen Schluck Kaffee und schneidet eine Grimasse. »Zu wenig Zucker.«

»Du musst immer um zweimal Zucker bitten«, sage ich wie ein Klugscheißer.

Er nickt, als wäre das ein genialer Einfall von mir, und wir schweigen einen Augenblick.

»Deine Mom ist eine wunderbare ...«

»Kein Wort über Mom«, ermahne ich ihn.

»Sie hat alles gemacht. Hat alle Rechnungen bezahlt. Jede Entscheidung getroffen. Vor langer Zeit entschied sie, dass ich zu nichts nutze bin. Sie hat sogar versucht, mir einen Job bei meinem eigenen Bruder zu besorgen.«

Ich erinnere mich.

»Aber ich hatte andere Pläne.« Er schüttelt den Kopf. »Matty ... Es tut mir leid.«

Ich spüre, wie sich mein Puls beschleunigt. Eine Entschuldigung. Das hatte ich mir gewünscht, oder? Ich suche in seinem Gesicht nach Anzeichen für Unehrlichkeit oder Unaufrichtigkeit, aber ich sehe keine. Stattdessen sehe ich ... einen Menschen.

Einen ganz normalen Menschen.

Er zögert einen Augenblick, und dann sagt er hastig: »Ich kann es verstehen, wenn du mich hasst. Wirklich. Ich würde mich wahrscheinlich auch hassen.«

Ich möchte nicht darüber nachdenken, ob ich ihn hasse oder ihm verzeihe oder auch nicht. Deshalb habe ich ihn nicht hierhergebeten.

»Dad? Das ist nicht der Zeitpunkt.«

Ich schlürfe meinen Kaffee, zu viel, zu früh, und verbrenne mir den Gaumen. Egal. Irgendwie ist mir in diesem Augenblick alles egal. Ich räuspere mich dramatisch, und in meinem Kopf höre ich den Sprecher aus *Real-Life Mystery.*

»Sie heißt Priya«, sage ich. »Und sie hält sich für eine Außerirdische ...«

18:02

Dr. Shah öffnet die Tür zu Priyas Zimmer. Bei unserem Anblick runzelt sie die Stirn, aber dann bemerkt sie meinen Vater, und ein merkwürdiger Ausdruck huscht über ihr Gesicht.

Mein Vater streckt ihr die Hand hin und lässt seinen Charme spielen. »Guten Abend, ich bin DJ Jones, Matthews Dad. Mir gehört die Farm, wo ihre Tochter ein paar Tage gewohnt hat.«

Langsam gibt sie ihm die Hand. Ein kühles Nichtlächeln liegt auf ihrem Gesicht, während sie ihn mustert. »Vielen Dank, dass Sie unsere Tochter bei sich aufgenommen haben.« Sie runzelt die Stirn, bis sie die nächsten Worte findet. »Unsere Tochter. Sie ... sie ist ihnen gefolgt. Online?«

Mein Vater strahlt. Sein Gesicht sieht aus wie ein Vollmond.

»Dr. Shah, haben Sie etwas dagegen, wenn wir Priya für ein paar Minuten besuchen?«, frage ich. »Mein Vater hat Informationen, die vielleicht bewirken, dass sich Priya besser fühlt. Ruhiger, verstehen Sie. Ich glaube, wir könnten ... hilfreich sein.«

Aus dem Zimmer kommt ein erstickter Schrei, Gemurmel und dann *Schsch.*

Dr. Shah dreht sich um, nickt und zieht die Tür weit auf. Wenn ich bis jetzt noch nicht ganz sicher war, weiß ich es jetzt definitiv: Das weiche rosafarbene Licht der Lampe, das zarte Muster auf der cremefarbenen Tapete, die gepolsterten Sessel: Das ist ein Hospiz.

Priya liegt im Bett, die Arme steif neben dem Körper, den Blick an die Decke gerichtet, so wie sie immer auf dem Feld lag. Zwei weiße Ohrhörer hängen aus ihren Ohren, und ich frage mich, was sie wohl hört. Es ist merkwürdig, sie mit einem technischen Gerät zu sehen. In der ganzen Zeit, die ich sie kenne, hatte sie weder ein Handy noch einen iPod oder ein Tablet bei sich.

Als ich mich ihr nähere, bemerke ich noch etwas: Sie sieht ... dünner aus.

Erschreckend dünn.

Krank.

Sie ist immer noch sehr schön. Ich muss daran denken, wie es mit ihr auf dem Feld war, als sie in meinen Armen lag, auf meinem Körper, in meinem Bett; wie sie über die Kinder am See lachte, sich über das weiche Fell meines Hundes freute oder der Musik der Bäume lauschte.

Ja, sie ist immer noch schön. Sie kommt nicht aus einer anderen Welt, aber sie ist etwas Besonderes.

Ich berühre sie an der Schulter, um ihre Aufmerksamkeit zu erregen. Als sie die Ohrhörer herausnimmt, höre ich Musik, etwas Leichtes, die hohe Stimme eines Mädchens.

Sie sieht mich und lächelt fröhlich – als ob die aufgeregte Szene heute Vormittag nie stattgefunden hätte. Sie ist die Priya, die ich kenne. »Matthew!« Sie richtet sich auf und greift nach meiner Hand. Ich setze mich auf ihr Bett und küsse sie auf die Wange. Ihren Eltern gefällt das wahrscheinlich nicht, aber egal.

»Priya, ich möchte, dass du meinen Vater kennenlernst, David Jones«, sage ich, während mein Dad zu uns tritt.

»Du kannst DJ zu mir sagen.«

Priya hält sich die Hand, die nicht in meiner Hand liegt, vor den Mund und kichert: »Sie? Sie sind in der Nacht auf die Welt gekommen, als das Raumschiff landete. Ich habe Sie im Internet gesehen und auf dem Video, das Matthew mir gezeigt hat.«

Er nickt und ist offensichtlich total begeistert davon, dass sie weiß, wer er ist. »Ich habe gehört, dass du zu Besuch gekommen bist, als ich nicht da war.«

»Nein, nein, es war kein Besuch. Mein Raumschiff kommt, um mich abzuholen.« Sie beginnt zu zittern, und ihre Stimme klingt ängstlich. »Aber ich bin jetzt nicht da! Wie soll ich nach Hause kommen?«

Mit angehaltenem Atem beobachte ich, wie sich die Denkprozesse im Kopf meines Vaters auf seinem Gesicht abbilden. Was wird er ihr erzählen? Die Wahrheit? Wessen Wahrheit – seine oder die vom Rest der Welt?

»Möglicherweise hast du das Landegebiet falsch berechnet«, sagt mein Dad endlich.

Priya runzelt die Stirn. »Nein, es ist das Feld. Ich weiß es.«

»Ihr seid durch ein Wurmloch gekommen, richtig?«

»Ja, aber dieses Wurmloch ist stabil. Es ist eines von den 115 uns bekannten Wurmlöchern, die an beiden Enden stabil sind.«

Wenn diese Antwort meinen Vater verunsichert, zeigt er es nicht. Er hebt einen Finger. »Sehr richtig, aber hast du bedacht, dass die Position der Erde im Weltraum anders ist als vor über fünfzig Jahren? Das Wurmloch hat vielleicht einen stabilen Ausgangspunkt, aber wo steht die Erde in Relation dazu?«

Er klingt so überzeugt, dass ich mich frage, ob das vielleicht doch echte Wissenschaft ist oder eher Science-Fiction? Ich werfe einen Blick hinüber zu den Shahs, die *nicht* widersprechen. Allerdings glaube ich, dass sie zu diesem Zeitpunkt jeden mit ihrer Tochter sprechen lassen würden, der sie fröhlich macht.

Verdammt, mein Vater klingt echt, als hätte er voll die Ahnung.

Ich warte ab, ob Priya es schluckt.

Langsam, sehr langsam kommt es bei ihr an, und sie lächelt. »Sie haben recht! Das habe ich in meinen Berechnungen nicht berücksichtigt.«

Mein Vater ist sichtlich erleichtert. »Gut, dann lass uns einen Blick auf deine Berechnungen werfen.«

Priya reagiert erneut begeistert und mit mehr fröhlicher Energie, als ich bei ihr gesehen habe, seit wir auf dem Feld waren. »Mein Notizbuch ist in meiner Tasche.« Sie schaut sich suchend in ihrem Zimmer um, aber ich entdecke die Tasche zuerst und hole sie.

Mein Vater setzt seinen Rucksack ab und zeigt ihr, dass auch er eine schwarze Tasche hat. Haben das nicht alle berühmten Raumfahrer? »Ich habe auch ein Notizbuch, aber es ist elektronisch.«

Ich erwarte, dass sie ihr Notizbuch fest an sich drückt, aber sie zeigt meinem Vater bereitwillig ihren Schatz.

Während er vorsichtig – fast ehrfürchtig – die Seiten umblättert, sehe ich noch mehr gekritzelte Notizen, die sie während ihres Besuchs gemacht hat. Auf den letzten Seiten ist ihre Handschrift schlampig und unregelmäßig, sodass ich viele Wörter kaum entziffern kann, aber ich sehe ...

Matthew.

Ginger.

Liebe.

Ich spüre, wie meine Wangen warm werden, und frage mich, ob mein Dad diese Wörter auch sieht. Wenn es so ist, sagt er nichts. »Okay, los geht's. Schau dir diese Formel hier an«, sagt er und zeigt auf eine Reihe von Gleichungen. »Erklär sie mir.«

Während Priya eifrig ihre Berechnungen erklärt, drehe ich mich zu den Shahs um, die offenbar begeistert sind von der Wirkung, die mein Dad auf ihre Tochter hat.

Sowohl mein Vater als auch Priya sind in diesem Augenblick genau die, die sie sein wollen. Und sie sind total im Glück.

»Erzählen Sie mir mehr über das Feld, DJ«, höre ich Priya sagen. »Wie war es für Sie, Ihr ganzes Leben lang in seiner Nähe zu wohnen?«

Mein Vater schaut mich an und bindet mich mit seinem Lächeln in das Gespräch ein. »Matty soll es dir erzählen.«

»Huch, ich? Aber ich …«

»Weißt du noch, wie wir unsere Teleskope draußen auf dem Feld aufgebaut haben? Direkt nebeneinander?«, fragt er mich. »Wir haben belegte Brote und Limo in der Dose mitgenommen. Deine Mutter war total dagegen, weil sie Angst hatte, du würdest dir damit die Zähne ruinieren.«

»Oh ja, richtig.« Daran erinnere ich mich tatsächlich. »Mom sagte mir immer, ich sollte stattdessen mehr Milch trinken. Manchmal ist sie eine echte Krankenschwester.«

Priya grinst und kuschelt sich in ihr Kissen wie ein Kind, das einer Gutenachtgeschichte lauscht. »Bitte erzähl mir mehr.«

»Magst du ihr erzählen, warum das Feld der perfekte Ort zum Sternegucken war?«, souffliert mir mein Vater.

»Weil dort nichts stört. Es gibt keine Bäume, keine Stromleitungen, keine hohen Gebäude … nicht einmal Straßenlampen«, sage ich automatisch, während ich mich auf das Feld zurückversetze, neben meinen Vater.

»Das ist der perfekte Ort, um den Himmel zu erforschen.«

In meinem Kopf poppt das Bild eines Computerbildschirms auf, die hässliche Website meines Dad. Bilder von uns beiden neben unseren Teleskopen, Fotos, die, wie ich mich erinnere, meine Mom damals von uns gemacht hat, als es bei DJ und Junior immerzu nur um die Astronomie ging. Und unter jedes Foto, das mein Dad postete, schrieb er einen Kommentar:

Ich bin so stolz, dass Matthew gelernt hat, selbstständig Orion zu finden.

Matthew wird eines Tages ein berühmter Astronom sein!

Matthew und ich schlafen heute Nacht auf dem Feld, damit wir nach dem Kometen Ausschau halten können.

Wenn ich ehrfürchtig mit dem Finger zum nächtlichen Himmel zeigend neben meinem Teleskop posierte, sah ich aus wie ein kleiner Astronom, wie er im Buch steht.

»Der Komet!«, sage ich. »Erinnerst du dich?« Das war im Juni 2010. Ein neuer Komet hatte Kurs auf uns genommen. Der verschwommene grüne Ball am Himmel war größer und deutlicher zu sehen als viele, die vor ihm kamen.

»Ja!« Mein Dad nickt mit dem Kopf. »Wir haben uns den Wecker gestellt – auf ungefähr eine Stunde vor Sonnenaufgang.«

Unser Beobachtungsposten auf dem großen, offenen Feld, weit weg von jeglicher Lichtverschmutzung, war fast so gut wie ein Observatorium. Wir hätten ihn mit Ferngläsern sehen können, aber mit unseren Teleskopen waren wir ganz dicht an dem zweischweifigen Kometen.

Noch die Erinnerung daran ist aufregend. Ganz allein draußen auf dem Feld, konnten wir uns vorstellen, wir wären berühmte Astronomen, und so tun, als würden *wir* den Kometen entdecken.

Ich spüre, wie Priya nach meiner Hand greift, und schaue auf. Mit ihrer rechten Hand hält sie die Hand meines Vaters. Alle drei sind wir miteinander verbunden.

»Ich kann mich auch an diesen Kometen erinnern«, sagt sie.

»Nach jenem Sommer war er weg«, sagt mein Dad. »Aus unserem Sonnensystem verschwunden.«

»Aus unserem auch«, fügt Priya hinzu.

Weg. Verschwunden. Eine endgültige Flucht. Ein letzter Auftritt. Komet C2009/R1 wirbelte in einer prächtigen Lightshow an uns vorbei und verließ uns für immer.

»Dieser leuchtend grüne Schweif«, sagt mein Dad. »Weißt du noch, Junior?«

»Wie könnte ich das vergessen? Es war fantastisch!«

»Besser als die beste Folge aus Raumschiff Enterprise«, zieht mich mein Vater auf. Ihm hat Captain Kirk immer besser gefallen als Picard.

Wir wenden uns beide Priya zu, die uns eindringlich ansieht. Zuerst mich und dann meinen Dad: »Jeder Widerstand ist zwecklos«, sagt sie roboterhaft. Genau. Wie. Ein. Borg.

Ich jauchze vor Freude. »Ja! Ich wusste, dass du ein Fan der Next Generation bist.« Ich drücke ihre Finger in meiner Hand und freue mich, dass mein Dad zusammenzuckt.

Mit hochgezogenen Augenbrauen schaut er kurz zu den Shahs hinüber, als wollte er sagen: *Nicht zu fassen, dass ich so etwas in die Welt gesetzt habe.*

»*Star Trek* gehörte zu meiner umfassenden Datensammlung«, sagt Priya.

Hinter uns geht die Tür auf, und eine Schwester mit einem Tablett kommt herein. »Hat hier jemand Pizza zum Abendessen bestellt?«, fragt sie grinsend.

»Hast du?«, frage ich Priya, und sie nickt.

»Ich liebe Pizza.«

Ich höre, *ich liebe dich,* aber ich weiß, dass sie das nicht gesagt hat.

Priyas Vater räuspert sich. »Matthew, vielleicht magst du jetzt gehen und morgen wiederkommen.«

»Die Besuchszeit beginnt um zehn«, fügt die Schwester hilfsbereit und sehr direkt hinzu.

»Oh, ja, ja, natürlich«, sage ich, obwohl ich nicht annähernd bereit bin zu gehen. Ich beuge mich hinunter und umarme Priya. Sie küsst mich auf den Mund, und ihr Gesicht verschmilzt mit meinem. Es ist ein langer, anhaltender Kuss, der sich … endgültig anfühlt.

Ich drücke meine Finger in ihren Rücken und ziehe sie fest an mich, spüre ihre Lippen auf meinem Hals und ihre Wimpern, die an meiner Wange entlangstreichen. *Nicht weinen, Matty, jetzt verdammt noch mal nicht weinen.*

»Alles wird gut«, höre ich ihre Stimme leise an meinem Ohr. »Du musst daran glauben.«

»Ja«, flüstere ich. »Ich glaube daran.«

Als wir uns voneinander lösen, lächelt sie meinen Vater an. »Danke, DJ. Ich bin so dankbar, dass Sie mir bei meinen Berechnungen geholfen haben.«

»Es war mir ein Vergnügen. Wenn ich dich nicht wiedersehe, wünsche ich dir … eine gute Reise.« Mein Vater blinzelt und schaut weg. Und er schluckt mühsam, Ehrenwort.

Als wir uns von den Shahs verabschieden, spüre ich ihre Dankbarkeit, auch wenn sie sie nicht in Worte fassen.

Es ist, als könnte ich – ja – ihre Gedanken lesen.

Draußen auf der Straße begleite ich meinen Dad zu

seinem Truck und gebe ihm förmlich die Hand. »Danke, dass du gekommen bist. Das hat ihr wirklich geholfen«, sage ich.

»Oh, äh, ja, kein Problem«, sagt er. »Übrigens, wie kommst du nach Hause?«

Darüber hatte ich mir noch keine großen Gedanken gemacht. »Mit dem Bus?«

»Mit dem Bus? Heute Abend noch?« In seiner Stimme schwingen Zweifel mit.

»Na ja, wahrscheinlich ...« Aber eigentlich ist das Quatsch, vor allem, wenn ich gleich morgen früh wieder herkommen will. »Vielleicht versuche ich auch, heimlich im Krankenhaus zu übernachten«, sage ich.

Mein Vater nimmt meine dumme Idee gar nicht zur Kenntnis, sondern sagt: »Wie wär's mit einem Happen zu essen? Danach kannst du ja nach Hause fahren.«

Essen. Tja, wer lehnt schon eine Essenseinladung ab?

»Ich kenne eine gute Pizzeria, die auch liefert«, sagt Dad. »Wir könnten beim Essen *Trek* gucken.«

»The Next Generation?«, schlage ich vor.

Aber mein Dad ist unerbittlich. »Nicht in meinem Haus. Entweder Kirk und Spock oder gar nichts.«

Ich brauche nicht lange für die Entscheidung. »Ja, einverstanden.«

Mein Dad sieht aus, als hätte er gerade im Lotto gewonnen. Oder seinen eigenen Kometen entdeckt. »Steig ein. Was magst du? Käse und Pilze?«

»Und Salami und Peperoni.«

»Genau mein Geschmack.«

Ich steige auf der Beifahrerseite des Trucks ein, und es

fühlt sich sofort vertraut an, wie wir sitzen. Dad und ich, nebeneinander, wie auf dem Feld. Ich schaue durch die Windschutzscheibe und winke Priya, die in ihrem Zimmer ihre Pizza isst, zum Abschied stumm zu.

»Sieht so aus, als könnte ich einen Job im Observatorium hier in Philly bekommen«, sagt mein Dad beim Losfahren.

Endlich sind wir bereit, uns zu den Sternen vorzuwagen.

Das ist eines der Lieblingszitate meines Dad von Carl Sagan.

TAG ACHT

9:43

Ich nahm dann doch nicht den Bus nach Hause. Wie sich herausstellte, hatte mein Dad die ganzen ersten drei Staffeln auf DVD, sodass wir einen Serienmarathon machten. Außerdem gab es Pizza.

Er fährt mit dem Truck vor dem Krankenhaus an den Randstein und legt den Gang auf Parkstellung. Wir steigen beide aus, und ich spüre die Spannung zwischen uns wie einen stromführenden Draht.

Bevor er sich bedanken kann oder so was, stoße ich hervor: »Ich hasse dich nicht.«

Die Miene meines Dad hellt sich überrascht auf. »Okay. Gut.«

»Ich ... ich mag dich gerade nicht besonders. Ich mag es nicht, wie du getan hast, was du getan hast, aber ich ...« Die Wörter klingen nicht richtig. Sie gehen mir nicht leicht von den Lippen. »Ich vermisse dich. Ich vermisse es, mit dir zusammen zu sein.«

Ich stecke die Hände in die Taschen, spüre, wie mein Gesicht warm wird, von der Sonne, definitiv von der Sonne, und muss wegsehen. »Ich vermisse es, wie es war, als ich ein Kind war und wir etwas zusammen machten.«

Bis Priya in mein Leben trat, habe ich gar nicht bemerkt, wie sehr ich ihn – uns – vermisst hatte.

»Ja, ich auch. Aber so was passiert. Du hast die Schule und deine Freunde. Und ich war dir sicher ziemlich peinlich.« Er lacht fast. Wir wissen beide, wie wahr diese Aussage ist.

»Ja, vermutlich …« Ich habe nichts verstanden. Ich wusste nichts.

Denk wie eine Katze. Ich habe überhaupt nicht wie DJ gedacht. Ich habe nur wie ich gedacht.

Ich spüre einen Kloß in meiner Kehle. »Ich mag es nicht, wenn Leute weggehen. Priya, Em … du.«

Er sagt nichts. Widerspricht mir nicht. Er wird nicht zurückkommen. Em wird weggehen. Und Priya auch.

So ist es. Ausnahmsweise hinke ich mal nicht einen Schritt hinter allen her. Und das ist scheiße.

Meine Schultern fallen nach vorn, und das Herz tut mir weh. Ich lehne mich gegen den Truck und lege den Kopf auf die Arme. Das von der Sonne aufgeheizte Dach des Pick-ups verbrennt mir die Haut.

Da spüre ich die Hand meines Vaters auf meinem Rücken und seinen Atem an meinem Ohr. »Von dem Augenblick an, wenn wir geboren werden, sterben wir, Matty. Wir sind wie die Sterne. Wir explodieren zum Leben und verglühen dann langsam. Es ist an dir, das Licht besonders hell und lang leuchten zu lassen.«

Ich drehe den Kopf und schaue ihn an.

»Das hat dein Großvater zu mir in der Nacht gesagt, als ich geboren wurde.«

»Daran kannst du dich unmöglich erinnern.«

»Es ist der einzige Satz von ihm, an den ich mich tatsächlich erinnere.«

Unwillkürlich muss ich durch meine Tränen hindurch lachen. »Du bist schon was Besonderes.«

Wir stehen nebeneinander und schauen an dem Krankenhaus hinauf. Ich versuche mir vorzustellen, wie Priya und ihre Eltern zusammen Kaffee trinken, und mache mir im Geist eine Notiz, dass ich aus der Cafeteria ein paar Doughnuts mitnehme, bevor ich hinaufgehe.

»Schaffst du das, ich meine, so allein?«, fragt Dad.

»Ja, alles gut.«

Er klopft auf das Handy in seiner Tasche: »Du weißt, wie du mich erreichst.«

Wir umarmen uns nicht. Wir sind keine großen Umarmer in der Familie Jones.

Kurz bevor er weggeht, umschlingt mein Dad mich in einer unbeholfenen Umarmung.

Okay. Vermutlich sind wir jetzt doch Umarmer.

Drinnen im Krankenhaus verteilen sich Sonnenstrahlen auf meinem Weg über das Linoleum. Der ganze Ort fühlt sich heller und freundlicher an als am Tag zuvor.

Lächelnd stelle ich mich für meinen Besucherausweis an.

»Ich möchte Priya Shah besuchen«, sage ich fröhlich. Der Name klingt so zart und hübsch. Wie könnte man nicht lächeln, wenn man ihn ausspricht?

Die Empfangsdame hinter dem Schreibtisch hält inne, und ihre Finger schweben über der Tastatur. Ihr Blick trifft meinen kurz und huscht dann davon.

»Es tut mir leid, aber …«

17:36

Ich stelle mir vor, dass sie am Leben ist: Sie legt den Kopf schief und kann meine Angst nicht verstehen, weil sie natürlich gehen muss, weil sie natürlich nicht mehr hierbleiben kann. Ihre Aufgabe ist erfüllt. Sie hat alle Daten gesammelt, die sie benötigt. Ihr Besuch ist vorbei, und sie wird nach Hause beordert.

Ich möchte ihr sagen: *Verlass mich nicht.*

Ich möchte ihr sagen: *Mein Leben wird nicht mehr dasselbe sein ohne dich.*

Ich möchte ihr sagen ...

Ich liebe dich für das, was du mir gegeben hast.

Ich liebe dich für das, was du mir zurück*gegeben hast.*

Aber sie ist weg.

»Gute Reise«, flüstere ich.

9:59

Das Teleskop steht immer noch dort auf dem Feld, wo ich es zurückgelassen habe, und das Zelt auch. Wahrscheinlich sollte ich beides ins Haus zurückbringen, falls es regnet. Aber ich kann nicht.

Ich denke immerzu, dass sie zurückkommt. Dass sie mit ihrer schwarzen Tasche und der weißen Perücke langsam den Hügel heraufgeht. Dass Ginger bellt, bis ich sie rauslasse, und dann unter den Weiden hindurch und durch den Bach stürmt, um ihren dicken Kopf in Priyas Hand zu vergraben.

Ich muss das Teleskop also dort lassen, auf den nächtlichen Himmel gerichtet, tief hinein in das Sternbild Waage, wo ein kleiner Planet in der Nähe von Gliese 581c seine Sonne zwanzig Lichtjahre von der Erde entfernt umkreist.

Ich schließe die Augen und versetze mich in Priyas Zimmer im Hospiz zurück, wo wir einander anschauen und zuhören, wie ihre Mom mit Emily redet.

Astrozytom. Dr. Shah sagte, sie hätte die Tumore von Kindheit an gehabt. OP. Bestrahlung. Schwierig zu entfernen.

Während mein Dad in seinem Apartment nach Pizza und Raumschiff Enterprise vor sich hindöste, klappte ich sein Tablet auf und gab ein paar Wörter in eine Suchmaschine ein.

Astrozytome sind Gehirntumore. Sie heißen »astro«, weil sie wie Sterne geformt sind.

Ich durchsuchte die Seite nach Anzeichen und Symptomen und fand:

Schlechte Hand-Auge-Koordination.

Ich erinnerte mich, wie sie weinte, als sie versehentlich Gingers Schwanz packte, statt sie zu streicheln.

Schwierigkeiten zu stehen oder zu gehen.

»Ich bin nicht an eure Schwerkraft gewöhnt«, hatte Priya gesagt, als ihre Beine unter ihr nachgaben.

Gedächtnisausfälle.

Ihr Notizbuch. *Rot bedeutet anhalten, mein Name ist Priya* und so weiter und so fort in ihrer »Datensammlung«. Sie hatte vergessen, wie man schwimmt. Sie wusste nicht, was ein Hund war. Sie erkannte mich manchmal nicht. Sie vergaß ihre eigenen Eltern.

Ich hatte angenommen, dass ihre Schwierigkeiten, Wörter zu finden, auf mangelnde Sprachkenntnisse zurückzuführen seien, aber sie waren nur ein weiteres Symptom ihres sich verschlechternden Zustands.

Auf einer anderen medizinischen Website erfuhr ich, dass Tumore oft auf verschiedene Teile des Gehirns drücken und Reaktionen hervorrufen, die niemand vorhersehen kann. Nicht alles ist genau verortet.

Gilt das Lesen der Gedanken einer anderen Person als eine unvorhergesehene Reaktion? Wir waren verbunden,

Priya und ich. Sie wusste, was ich denke, was ich mir wünsche, was ich fühle.

Sie hat mich verstanden.

Aber das Feld ...

Auf einmal lodert ein Zorn in mir auf, der Platz in meiner Brust beansprucht und alle Luft aus meinen Lungen saugt: »Warum eine Außerirdische sein? Warum nicht einfach ein Mädchen, das den Weltraum mag?«

Aber darum ging es nicht.

Wie mein Dad fand Priya etwas auf dem Feld, woran sie glauben konnte. Sie fand Trost in dem Wissen, dass wir nicht allein sind im Universum.

Astrozytom. Ich schiebe das Wort in meinem Kopf hin und her. Für ein Mädchen, das den Weltraum und die Wissenschaft liebt, war es vielleicht Schicksal, dass sie ein ganzes Sternbild in ihrem Körper und ihrer Seele hatte.

Ein Mädchen, das nicht sterben möchte ... findet vielleicht einen Weg, kein Mädchen mehr zu sein.

Ginger, die mir geduldig hinterhertappt, jault, als wüsste sie, dass Priya wirklich weg ist. Ich fasse mit der Hand hinunter zu ihr, um sie zu streicheln, und sie reagiert, indem sie schnüffelnd mehr fordert.

Mit dem Auge am Teleskop suche ich den Himmel ab. Ist das eine Sternschnuppe? Der Schweif eines Kometen? Oder der Feuerstrahl einer Rakete? Ich stelle mir vor, wie Priya in ihrem Raumschiff auf dem Weg zu ihrem Heimatplaneten durch das Wurmloch saust, das sie irgendwie an Pizza essen erinnert.

Ein Grinsen erscheint auf meinem Gesicht.

Sterne verteilen sich am Himmel wie Edelsteine, und einen Augenblick lang glaube ich wirklich, dass ich Priyas Heimatplaneten sehen kann. Er leuchtet und glüht am hellsten.

Ich bin noch nicht bereit, zum Haus zurückzugehen und mein normales Leben aufzunehmen. Noch nicht. Ich möchte das Universum um mich herum spüren, das mich umgibt und mich zudeckt.

Ich tippe auf den Bildschirm meines Handys, um die Taschenlampen-App aufzurufen, aber in dem schlechten Licht sehe ich nicht, was ich berühre, und öffne stattdessen die Galerie.

Da ist ein Video, das nicht ich aufgenommen habe.

Die Haare auf meinem Nacken stellen sich auf, und mein Herz schlägt schneller. Wie in der Nacht, als ich Priya auf diesem Feld kennenlernte. Die Blätter der Nacht wirbelten um sie herum, und ihr Lachen elektrisierte die Luft. *Sie* war der Grund, warum dieses Feld magisch war.

Auf dem Bildschirm meines Handys erscheint Priya.

»Hallo, Matthew«, sagt sie in die Kamera. »Danke, dass ich dein Handy benutzen darf.«

In dieser Nacht hatte sie mein Handy genommen, es aus meiner Küche mitgehen lassen, während ich schlief.

»Ich muss natürlich niemanden anrufen. Sie machen sich schon auf den Weg. Während ich diese Worte spreche, sind sie schon auf dem Weg zu mir. Sie wollen, dass ich zurückkomme, und ich möchte auch zurück.«

Ich berühre den Bildschirm, halte das Video einen Augenblick an, damit ich ihr Gesicht betrachten kann.

Habe ich in den Worten, die sie sagte oder wie sie sie sagte, etwas verpasst?

Ich lasse das Video weiterlaufen.

»Bitte, pass auf deinen Hund auf. Ich spüre, dass sie viel mehr Zuneigung braucht, als du ihr gibst.«

Ich schaue hinüber zu Ginger. Das ist leicht zu erkennen.

»Danke, dass du dich um das Feld kümmerst, Matthew. Ich spüre, dass du mich vermissen wirst, wenn ich weg bin, aber das solltest du nicht. Ich habe alle Daten gesammelt, die ich brauche.« Ihr Blick huscht von der Kamera weg, und ich höre sie seufzen, bevor sie wieder zurück in die Kamera – zu mir – schaut. »Ich habe meine Zeit auf der Erde genossen.«

Das Video endet abrupt. Es ist nur fünfzehn Sekunden lang. Ich spiele es wieder und wieder und wieder ab. Es wird nicht länger. Und es erzählt nicht mehr als das.

Eine neue Woge von Tränen überspült mich. Ich dachte eigentlich schon im Krankenhaus, ich wäre fertig mit Weinen. Oder auf der Busfahrt von Philly zurück nach Hause. Oder in den Armen meiner Mutter früher am Abend.

Meine Zeit auf der Erde. Unser Augenblick. Ein kurzes Aufleuchten in den dunklen Weiten des Raums.

Als mein Dad und Carol weg waren, hatte ich leichtfertig zu meiner Mom gesagt, dass diejenigen, die zurückbleiben, mit ihrem Leben weitermachen müssten. Aber wie schaffen wir das? Wie schaffe *ich* das?

Ich weiß nicht, was die Zukunft bringt – für mich oder meine Mom oder meinen Dad. Priya lehrte mich in einigen wenigen Tagen, dass man an etwas glauben kann, auch wenn man es nicht sieht. Ob es um das Leben auf einem anderen Planeten geht, den Glauben an einen Gott, den wir nicht sehen können, oder einfach die Liebe – das Herz braucht keinen Beweis, um zu wissen, dass es etwas gibt.

Wir sind Teil des Universums; wir sind in diesem Universum, aber noch viel wichtiger ist, dass das Universum in uns ist.
Neil deGrasse Tyson

Dank

Dieses Buch liegt mir sehr am Herzen – wie die Menschen, die mich unterstützt und ermutigt haben.

An meine Lektorin Kristen Pettit: Danke, dass du mich immer antreibst, meinen Figuren Tiefe zu geben und sie in die Welt zu schicken; dass du mir Nuancen und Abstufungen zeigst und Dinge aus meinem Gehirn pflückst, von denen ich nicht wusste, dass sie dort sind.

An meinen Agenten Adam Peck: Danke für deine Begeisterung, deine detaillierte Kritik und deine kontinuierliche Betreuung. Ich bin sehr glücklich, wenn ich weiß, dass dir etwas gefällt.

An Jen Klonsky und Elizabeth Lynch von HarperTeen: Danke, dass ihr mich und meine Arbeit kontinuierlich unterstützt, sowohl virtuell als auch in der echten Welt. Und an die Marketing- und Vertriebsteams bei HarperCollins: Danke, dass ihr meinen Büchern helft, auf der ganzen Welt ihre Leserinnen und Leser zu finden.

An meine Testleser Omaira Galarza, Corey McCullough und Gwen Owens: Danke, dass ihr mich seit den ersten Entwürfen zu diesem Buch angespornt habt.

An die Astronomin April P. Senjo: Danke fürs Überprüfen der wissenschaftlichen Passagen in meinem Roman und für die Hilfe, die Sterne zu verstehen.

An die Lektorin Brenna Franzitta und die Produktionsleiterin Renée Cafiero: Danke, dass ihr mit rasiermesserscharfer Aufmerksamkeit auf jede Kleinigkeit geachtet und auf Klarheit bestanden habt.

An Sarah Kaufmann, die das Cover gestaltet hat: Danke, dass du mich hast staunen lassen. Deine wunderbare Kunst verblüfft mich.

An meine Mom und meinen Dad: Danke, dass ihr dieses Buch gelesen habt und dass es euch gefällt. Es wurde für euch geschrieben, für uns, für den Ort, von dem wir kamen. Es wurde mit Liebe geschrieben.

An meinen Mann: Danke, dass du immer sagtest, »das hast du großartig gemacht«, wenn du wusstest, dass ich genau das hören muss.

Und schließlich an euch, meine Leserinnen und Leser: Danke, dass ihr euch die Zeit genommen habt, dieses Buch zu lesen, und dass Matty und Priya eine Weile in euer Leben kommen durften.

Wir alle sind Sterne. Wir alle sind der Stoff, aus dem das Universum gemacht ist.

#ichglaubdaran

dtv
Reihe Hanser
»So viel Wucht,
so viel Gefühl ...«
stern
John Green
Eine wie Alaska
Reihe Hanser
dtv
ISBN 978-3-423-62403-9
dtv
John Green
Die erste Liebe
[nach 19 vergeblichen Versuchen]
Reihe Hanser
Roman
ISBN 978-3-423-62449-7
John Green
MARGOS SPUREN
Reihe Hanser
dtv
ISBN 978-3-423-62499-2
JOHN GREEN
DAS SCHICKSAL IST EIN MIESER VERRÄTER
ROMAN
Reihe Hanser
dtv
ISBN 978-3-423-62583-8
Übersetzt von Sophie Zeitz
www.john-green.de